KB232670

일곱 번째 파도

love is the seventh wave

장정혜

지식과교양

일곱 번째 파도 _ *love is the seventh wave*

스팅

감각의 제국에서
당신은 당신이 바라보고 있는 세계의 여왕
모든 도시와 모든 국가들이 앞으로 무너져 내리지

거기에는 당신이 이해하지 못하는 더 깊은 세계가 있다네
거기에는 당신의 손을 잡아당기는 더 깊은 세계가 있다네

바다의 모든 물결들
나무의 모든 잎새들
사막의 모든 모래언덕들
우리가 알지 못하는 모든 힘들

거기에는 더 깊은 세계가 있다네
거기에는 더 깊은 파도가 있다네

그 파도가 도시에서 일어나고
그 파도가 땅을 휩쓸고 지나가지
모든 국경과 모든 경계를 넘어
그 어떤 것도 그 힘에 대적할 수 없다네

거기에는 더 깊은 파도가 있다네
세상에서 일어나는 물결
거기에는 더 깊은 파도가 있다네

길 위에 흘린 모든 피들과 모든 분노들
모든 무기와 모든 탐욕들
모든 군대와 모든 미사일들
우리 두려움의 모든 상징들

거기에는 더 깊은 파도가 있다네
세상에서 일어나는 물결
거기에는 더 깊은 파도가 있다네

모든 파괴의 정점
모든 분노의 중심
모든 천사와 모든 악마
그것들이 우리 주변에 있어

거기에는 더 깊은 파도가 있다네
땅을 휩쓸고 지나가는
거기에는 더 깊은 파도가 있다네
그 어떤 것도 그 힘에 대적할 수 없다네

사랑이 바로 그 일곱 번째 파도라네
사랑이 바로 그 일곱 번째 파도라네

차례

우주

비밀

사람들

소통의 생명기호와 통로

따뜻한 감성을 자극하여 긴장감 속에서 상상력을 확장시켜 주는 장정혜의 응축된 문학적인 세계는 그만의 체취, 느낌, 특이한 육성과 색깔로 깔끔하게 처리되어 "사랑·슬픔·꿈·우주·비밀·사람들"로 일련의 소통의 통로를 걸쳐 시적 상상력이 경이롭게도 응축된 『일곱 번째 파도』에서 하나의 성채城砦로 빛난다. 영상을 통한 특이한 구성의 기법과 문체는 여러 개의 장면과 에피소드의 표출로 독자를 긴장시키는 심리적 효과는 물론하고 칙칙함이 없는 담백함마저 압축하고 있어 신선한 일상적 감동을 안겨주고 있다.

사물을 응시하며 내면 깊이 투사하는 그만의 예리한 지력은, 흐트러짐이 없을뿐더러 몸담고 있는 시간과 공간을 수시로 조응하며 우리가 생존하는 지금이, 과거의 누군가가 그토록 소망했던 시간대임을 여러 즉물적 대상과 에피소드를 자연스럽게 접목시켜 이야기한다. 주제의 참신성을 다양한 관점a point of view에서 조명하여 선명하게 명증시켜 주는 작가 장정혜의 수사적 기교는 신선한 충격을 안겨주기에 부족함이 없다.

이처럼 시종 일상적 삶을 통한 즉물적 현상들을 해석학적 시각에서

분할과 통합의 통로를 통해 확인하는 생산적인 작업은 실로 충분한 가치를 지닌다. 이처럼 시적 감미로움을 안겨주는 지극히 선하고 창조적인 행위는 성숙하고 충직한 독자들에게 한 순간의 분노와 격정을 평정시켜 주는 다이돌핀마저 쏟아내는 시적 치유治癒의 놀라움을 열정적 생산물인 『일곱 번째 파도』를 통해 비로소 접할 수 있을 것이다. 아울러 충격적인 문학적 파상波狀으로 결코 한 순간의 외면도 허용하지 않을 긴장감 속에서 미끄러짐의 사유思惟를 통한 아득함마저 체득하게 할 것이다.

특히 정신적으로 빈궁한 삶의 현상에서 평설자에게 있어 우리에게 다소 낯선 이름인 장정혜 작가와 계간종합지 『아세아문예』(송병훈)를 통해 맺게 된 인연, 즉 '수필' 추천은 운명적이랄 수는 없지만 결코 우연일 수도 없다. 일단, 그 연유의 하나는 문체에 시적 미감을 가미시킨 장정혜가 자신의 투명한 눈물마저 선명한 이미지로 형상화하면서 독자들의 피곤한 영혼에 자연적인 대상에서 발아되는 식물성 언어를 개성적으로 통신하며 우리 곁의 친근한 삶의 동역자가 되어준 것이다.

차치에 또 하나 분명한 연유는 그만의 글쓰기를 통해 명증한 즉물적인 편린은, 사물을 관찰하는 예리한 눈心眼이 물상과 관념이라는 상오의 연계성을 중시한 결과물에 기인한 점일 것이다. 이처럼 특이 체질인 장정혜 작가는 건축학을 전공하고 영화 아카데미를 졸업한 후, 인도와 티베트 지방을 여행하며 다큐멘터리를 제작하였고, 프론트라인 픽처스 시나리오 개발부 차장을 역임하고 현재 버드랜드 영화 시나리오 작가로 활동 중에 있는 경력의 소유자이다.

이처럼 특이한 삶의 현장에서 다양한 체험을 통해 자신의 상상력을 보다 확장하며 창작에 날 푸른 작가정신으로 몰두한 그의 정신작업에, 같은 길을 걷는 동도同途로서 격려의 박수를 보내지 않을 수 없다. 까닭은 우리의 피곤하고도 다양한 삶에 그만의 작가정신이 겨냥한 새로운 발견과 접근, 치밀한 느낌과 색깔로 사물을 예리하게 투시하면서도 결과적으로 정치精緻하게 표현한 수사적 기교의 눈부심 때문이다.

여기서 무엇보다 포스트 모더니즘적 경향과 색채로 변형과 파상을 반복하며 괴기적인 정조情調에 잠식되어 있는 작품에 경계 허물기라는 담론을 수용하여 소외된 인간관계의 회복을 위한 그의 고뇌는 실로 눈물겹다. 한편, 평자의 내면의식에 충격을 안겨주는 것은 본질에 충실하면서도 시적 상상력을 확장시켜 개성적인 문체로 감흥을 일깨워 불가능을 가능으로 전이轉移시키는 비공인된 입법자로서의 역할을 시대적 소명으로 자인하고 있는 현상이다.

결론적으로 장정혜 작가에게 거는 한결같은 기대라면 견고한 고독이 자리한 냉혹한 처소에서도 일관된 선함과 올곧음을 다양한 파격으로 형상화하며 탐색하면서도 부단히 건강한 비평정신의 붓끝을 예리하게 갈고닦으라는 것이다. 다시금 영혼의 닻줄을 움켜잡는 감성적 예언자로서의 소임을 엄숙하게 수행하여 줄 것을, 푸른 월광의 적요寂寥 속에서 관조적 시선으로 응시할 뿐이다.

엄창섭 | 아세아문예 주간, 국제펜클럽 한국본부 고문

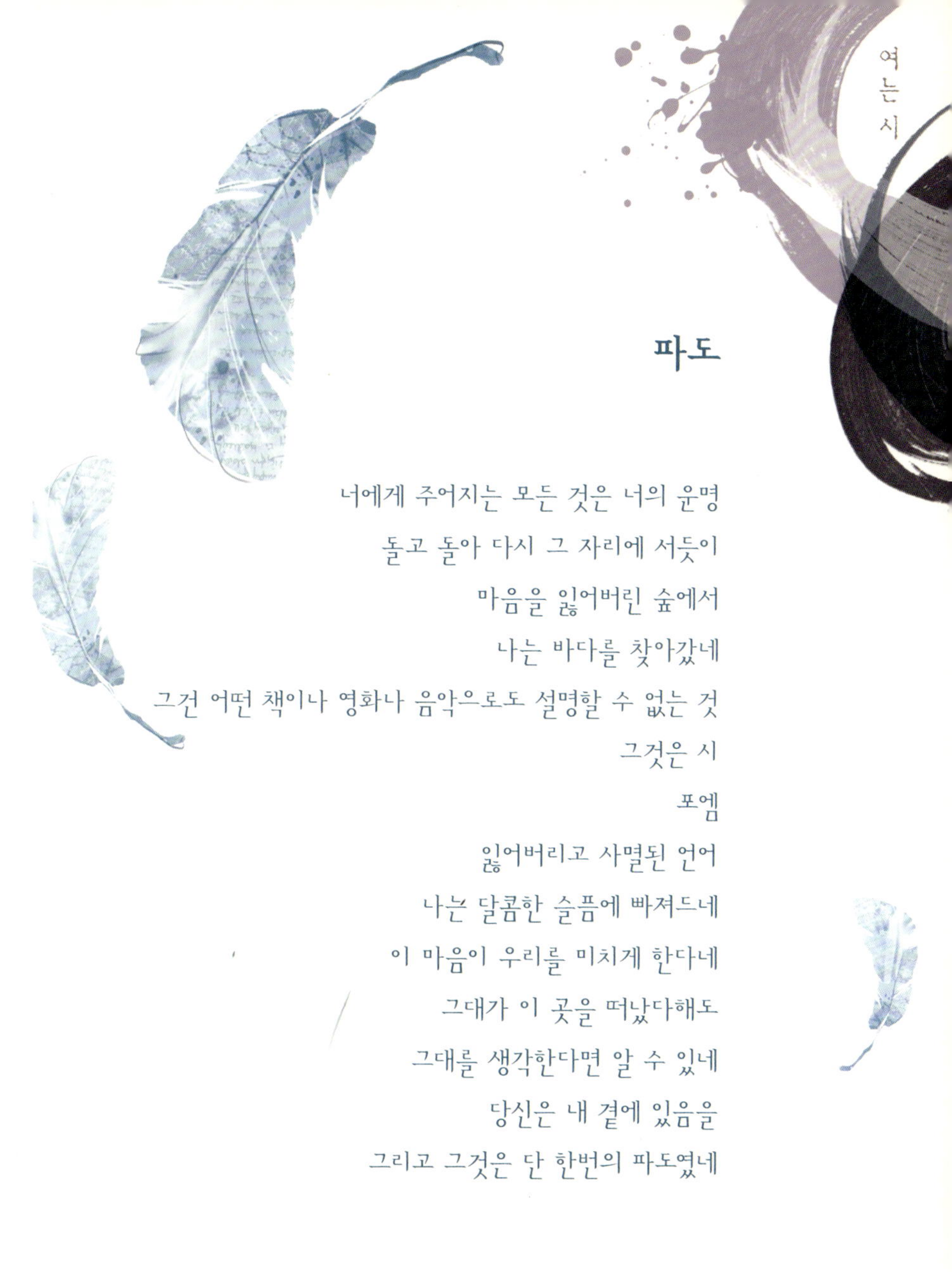

파도

너에게 주어지는 모든 것은 너의 운명

돌고 돌아 다시 그 자리에 서듯이

마음을 잃어버린 숲에서

나는 바다를 찾아갔네

그건 어떤 책이나 영화나 음악으로도 설명할 수 없는 것

그것은 시

포엠

잃어버리고 사멸된 언어

나는 달콤한 슬픔에 빠져드네

이 마음이 우리를 미치게 한다네

그대가 이 곳을 떠났다해도

그대를 생각한다면 알 수 있네

당신은 내 곁에 있음을

그리고 그것은 단 한번의 파도였네

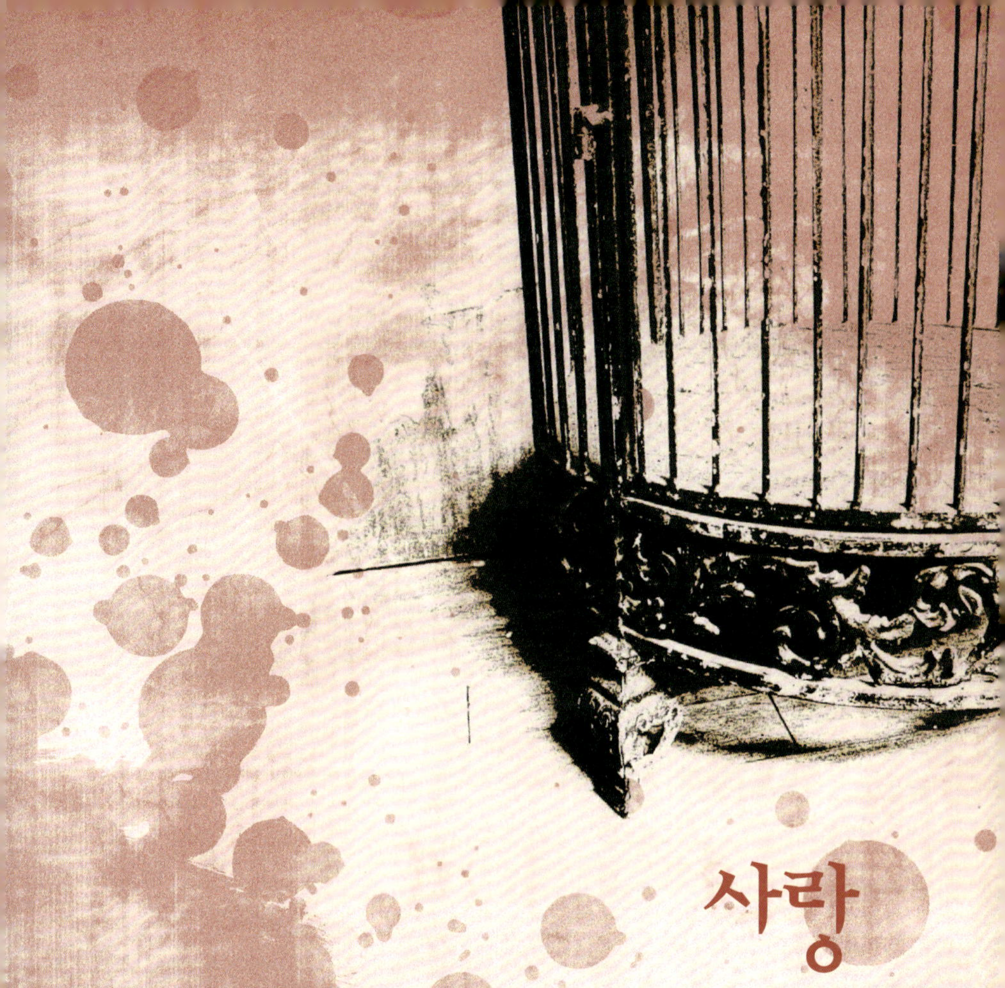

사랑

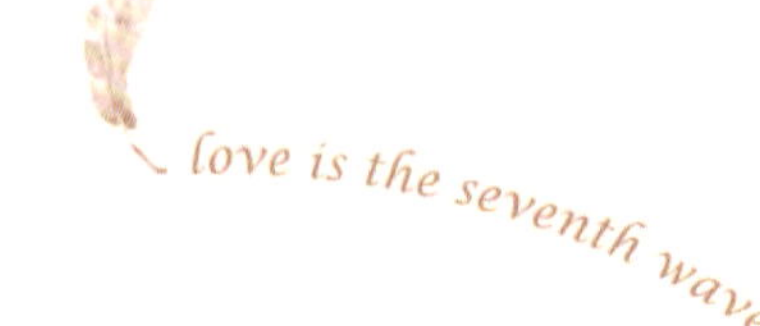
love is the seventh wave

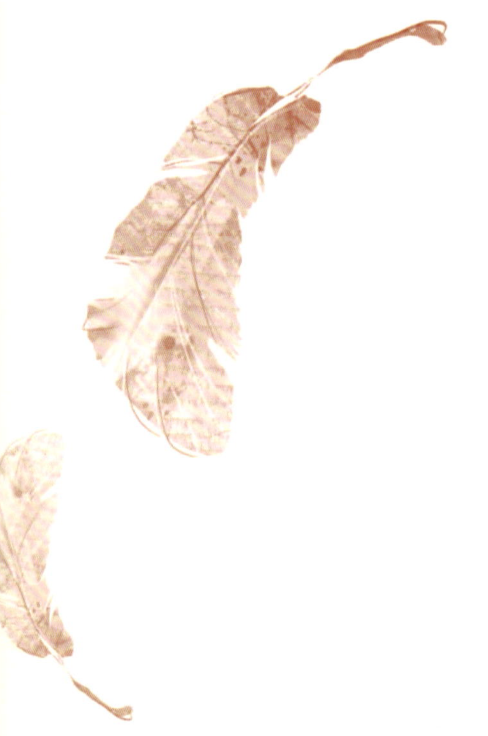

라운드 미드나잇

비가 오고 있었다. 창 가득히,

그래서 나는 창을 닫았다.

누군가가 우산을 접고 가게로 들어섰다.

저녁 7시. 퇴근을 하기에는 이른 시간이다.

그가 오는 시간은 9시, 혹은 10시.

그리고 그는 한 시간이나 두 시간 즈음 이곳에 머물다 갔다.

혼자일 때도 있고, 어떤 여자와 함께일 때도 있었지만,

나는 그가 혼자 오는 것이 좋았다.

그럴 때면 그는 가게 선반에 진열된 음반의 목록을 확인하거나, 하릴없이 맥주를 축내곤 했다.

그러나 그가 신청곡을 내게 청한 적은 한 번도 없었다.

그래서 나는 자유를 누렸다.

내가 원하는 음악으로 그에게 프로포즈하는 자유를. 그것은 토니 베

넷의 [*Because of you* 당신 때문에]인 적도 있었고, 제니퍼 가렛의 [*Fever* 열병] 또는 사라 레이어니의 [*Too late to love you* 당신을 사랑하기에는 늦어버렸어요]인 적도 있었지만, 그를 사랑하기에 내가 너무 늦었다고 생각한 적은 없었다.

내가 이 가게에서 아르바이트하고 있는 한, 그는 이곳에 올 것이다. 그는 내가 틀어주는 음악에 맞춰 맥주 한잔 축이는 시간이 필요하니까.

우리 가게와 대로를 마주하고 있는 그의 회사는 ##증권.

나는 그 증권사가 무슨 일을 하고 있는지 알 수 없다. 신문에 표시되는 주식 시황표에 관한 것도 그와 그녀간의 대화를 통해 알게 되었으니까.

그는 그런 말을 하는 것을 싫어한다.

하지만 그녀는 그런 말을 하는 것을 좋아한다.

그들은 별일이 없는 한 올 가을에 결혼하기로 했고, 그녀는 예식장과 아파트를 보러 다니는 것에 지쳐있었다.

그러나 웨딩드레스의 디자인을 말하면서 반짝거리는 그녀의 눈길을 나는 놓칠 수가 없었다.

그 행복은 나의 것이어야 했는데.

Maybe too late to love you
어쩌면 사랑하기에는 너무 늦었는지도 몰라

그는 흘끗 나를 쳐다보았다.

만약 노르웨이에 얼음 숲이 있다면, 그의 눈일 것이다. 그것은 고요하게 침잠되어 있었고 맑았지만, 빛나지는 않았다.

어느 순간엔가 그의 눈에서는 아무것도 빛나지 않기로 작정을 한 것 같았다.

나는 그런 눈을 좋아한다.

그저 바라보기 위해서만 존재하는 창 같은 눈.

그러나 그런 눈을 통해서는 안에 무엇이 있는지 짐작하기 힘들었다. 나는 그가 사람들과 함께 있을 때, 그런 눈을 하고 있다는 것을 알았다.

그러나 혼자 테이블에서 맥주를 마시고 있을 때는, 그의 눈은 끊임없이 새로운 이야기를 만들어 내고 있었다.

나는 그 눈이 미칠 듯이 사랑스러웠고, 때로는 그 눈 속에 내가 없기 때문에 질시가 날만큼 매혹적이었다.

나는 한 번도 그런 눈을 가진 남자를 본 적이 없었다.

증권회사에 근무하는 김대리는 그런 남자였다.

그러던 어느 날인가부터 장마가 그쳤다.

본격적인 휴가철. 그러나 나는 어디에도 갈 데가 없었다.

나는 이 여름동안 읽을 책도, 사랑할 남자도, 넉넉한 돈도 가지지 못한 채 카페 섬을 지키고 있었다.

그는 그녀와 함께 어딘가의 해변에서 맥주를 마시고 있겠지.

나는 그가 잘 마시던 하이네켄을 땄다. 하지만 마시지는 않고, 그냥 쏟아 부었다.

난 술을 마시지 못한다. 한 잔만 마셔도 오바이트다.

그것이 이곳 사장이 나를 아르바이트로 뽑은 이유다.

23살. 상업계 고등학교 졸업. 그리고는 줄곧 아르바이트 인생이다.

조그마한 중소업체에 경리사원으로 들어간 적이 있었지만, 사장이 너무 나를 좋아했다. 6개월 만에 나왔다.

그리고는 남자친구를 사귀었다.

그 넘 아버지가 커다란 갈비집을 운영했다.

거기에서 1년 넘게 아르바이트를 했다. 모두 친절한 사람들. 나를 가족처럼 대해 주었다.

난 그런 가족들 안에 있는 것이 어려서부터 소원이었다.

우리집은 오래전에 박살나버렸으니까.

그런데 그 넘이 어느 날 내게 결별 선언을 했다.

다른 여자가 생겼겠지만, 그게 누구냐고 묻지도 않았다. 대학에 다니는 내 친구가 가게에 놀러왔을 때부터 나는 눈치 채고 있었으니까.

그 친구는 내게 왜 그 집에 있냐고, 새로운 인생을 시작하라고 충고했다.

그리고 나는 그 친구의 충고대로, 이 카페의 아르바이트로 다시 취직했다.

이곳에서의 시간은 그곳에서의 시간보다 한적하다.

하루는 훨씬 느리고 감미롭다. 이 하루가 어딘가로 흘러갈 것인지는 알 수 없지만, 나는 요즘처럼 오랫동안 어느 한 곳을 응시해 본 적이 없었다.

그리고 나는 다시 사랑에 빠졌다. 노르웨이의 얼음 숲과.

그런데 그 여름이 다 가도록 그는 다시 나타나지 않았다.

그는 그녀의 계획대로 결혼을 했겠지. 그래서 두 사람은 더 이상 이런 섬이 필요 없는지도 몰라.

이제 그들의 섬은 이십 몇 평짜리 아파트.

그는 음악을 듣는 대신 좁은 거실에서 혼수로 마련해온 대형 텔레비전으로 뉴스를 보겠지.

그렇게 또 누군가의 마음에서 섬은 사라진 것이겠지.

나는 가을을, 그리고 겨울을 건넜다.

눈이 몹시 내리는 밤.

세상은 하얗게 덮어버렸고, 지나가는 차 소리도 그 눈에 묻혀버리고 말았다.

그리고 그 하얀 길 위에 누군가의 발자국이 새겨지는 것을 나는 보았다.

그는 검은 코트에 수북이 쌓인 눈을 털며 나의 가게로 들어섰다.

그리고 최초의 신청곡을 내게 부탁했다.

It never entered my mind
그것은 내 마음에 와 닿지가 않았어.

그 다음에 나는 이 곡을 틀었다.

I see your face before me
당신의 얼굴을 바로 앞에서 바라보고 있네요.

round midnight

라운드 미드나잇

그는 한밤중까지 나의 가게에 머물렀다.

그리고 내게 메리 크리스마스라고 말하고는 사라졌다.

나는 그를 따라 나갔다.

그의 발자국이 길 저편까지 이어지고 있었다.

나는 그의 발자국에 나의 발자국을 포개었다.

눈은 끊임없이 내렸다.

어둠을 녹여 버릴 듯이 맹렬하게,

그렇게 나는 하염없이 걸었다.

라운드 미드나잇.

메리 크리스마스, 나의 오랜 작은 꿈.

라디오

낡은 라디오에서 또 지지직거리며 음악이 흘러나왔다.

음악은 부드럽게 빗소리에 묻혀 들어갔다.

죽은 피아니스트가 치는 죽은 쇼팽의 마주르카.

디제이는 북 클릿을 읽듯 음악을 설명한다.

나는 톤을 조금 줄였다. 그 음악의 이면에 대해서는 별로 알고 싶은 바가 없다. 피곤한 머리를 뉘일 조금은 단순한 선율이 필요했는데 쇼팽은 잘못된 선택이었다.

나는 라디오를 끄고, 침묵으로 돌아왔다.

똑똑.

누군가가 방문을 두드렸다.

들어오세요.

아내였다.

아내는 오늘도 쟁반에 복숭아를 담아 내 앞에 내어 놓았다.

그녀는 거의 말이 없다. 그래서 나는 그녀를 사랑했다.

그녀는 조용히 공기처럼 존재했다. 우리는 그저 침묵으로, 미소로, 조그마한 단서로만 대화했다.

왜 그리 말이 없으세요?

우리 부부가 무슨 친목회에 끌려 갈 때면 듣는 말이다.

아내는 조용히 웃는다.

그때, 나는 나의 역할을 수행한다. 바람잡이. 농담과 웃음과 이 책, 저 책에서 꿰찬 지식들로 무장하고 그들과 한판 벌이고 온다. 난 그런 떠들썩함이 좋다.

하지만 가장 편안한 건 나도, 아내도, 부드러운 침묵 속에서이다.

내 아내는 격렬하지도, 슬프지도, 노엽지도 않다.

그녀에게는 인간이 느낄 수 있는 희로애락의 감정 중 어느 부분이 탈락된 것 같다.그건 정말 생소한 느낌이었다.

처음 우리가 만난 건 비오는 처마 밑에서였다.

그녀는 우산을 접고 비오는 거리를 바라보고 있었고, 우산이 없었던 나는 혹시나 이 아름다운 아가씨가 저 신호등 앞까지 내게 우산을 씌워 줄 수 있을까 하는 궁리를 하고 있었다.

그녀는 승낙했다. 마치 나를 만나기 위해 빗속을 잠시 피해 처마 밑으로 들어왔다는 듯이

그리고 우리는 바라보았다.

조용히 서로의 눈을

어떤 두려움이나 제스처도 필요 없었다.

오랫동안 이런 고요를 기다리고 있었던 사람들처럼 호수에 빠져들었다.

물은 서서히 목 밑까지 잠겨왔지만, 나는 두렵지 않았다.

물속에서 그것은 익숙한 고독이었다.

그녀는 내 손을 잡았다.

우리는 건너편까지 잠수해갔다.

강을 건넜을 때 그녀는 활짝 미소 지어 보였다.

심지어 팔짝 뛰기까지 했다.

나는 그런 그녀를 꽉 끌어안았다.

다시는 떨어지지 않겠다는 듯이

그것은 새로운 우주.

침묵의 언어.

제스처가 필요 없는 게임이었다.

아내가 복숭아를 들고 들어왔다.

나는 그것을 한 입 베어 먹을 것이다.

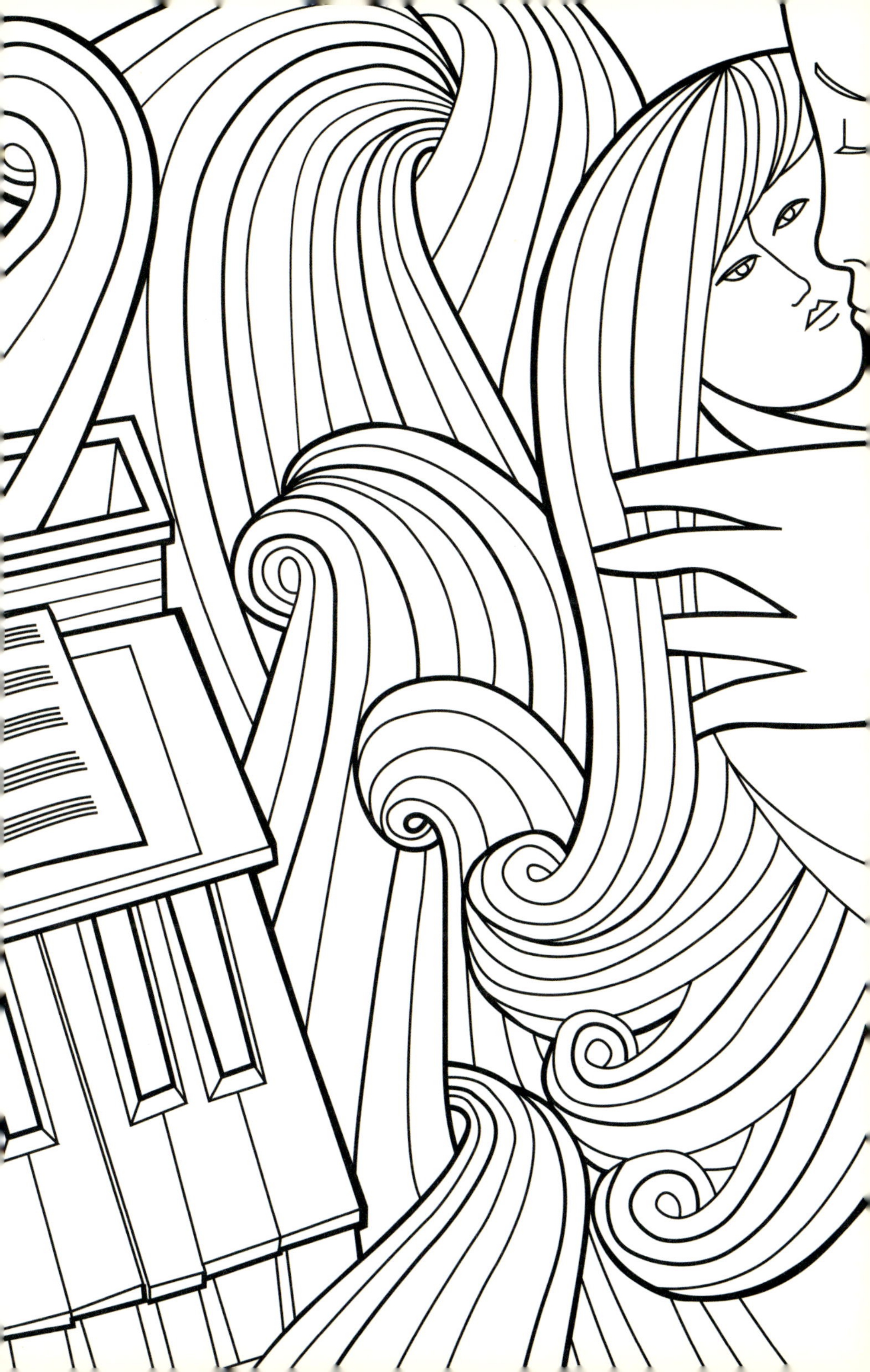

그녀를 만나면 안녕이라고 말해줘요

1 : 이런 글을 쓰는 것이 재미있어?

2 : 음.

1 : 이상한 취미를 가졌군.

2 : 그건 네가 시간 날 때마다 무언가를 그리는 것과 비슷해.

1 : 이런 걸 쓰려면 뭐가 필요하지?

2 : 홍차 혹은 맥주, 그리고 곁들여서 담배.

1 : 모두 좋지 않은 것들이야.

2 : 그리고 음악과 책장.

1 : 그건 허용할만하군.

2 : 내겐 모든 것이 허용돼.

1 : 그건 너에게 나빠. 고르라구, 무엇이 너를 이롭게 하고 해롭게 하는 것
   인지를.

2 : 아무것도 나를 해롭게 할 수 없어.

1:비틀즈의 노래 가사 같군.

2:행복은 따뜻한 총이야.

1:그렇게 생각해?

2:그들이 그렇게 말했어.

1:누가?

2:비틀즈.

1:사랑은 감정의 게임이지.

2:실없는 소리.

1:존 레논이 그렇게 말했어.

　나를 좋아하지 않지?

2:아니야. 좋아해.

1:하지만 사랑하진 않잖아.

2:그런 것 같니?

1:음.

2:너는?

1:난 .... 난...........

2:봐, 너도 아무 것도 말할 수 없잖아. 감정을 어떻게 정의를 내리니?

1:하지만 내려야 하는 순간들이 있잖아.

2:어떤 순간? 난 싫어. 맹세하는 것 같아서 싫어.

1:무언가를 맹세해 본 적이 있어?

2:어렸을 때.

1:줄리엣을 만난거야?

2:음……. 줄리엣은 로미오보다 훨씬 똑똑하니까, 로미오를 떠났지.

1:그 여잔 죽은 거야?

2:누구?

1:너의 첫사랑……. 진짜 죽었어?

2:왜 죽냐. 지금 파리에 있어.

1:그런데 왜 줄리엣이라고 했어?

2:게임에 끌어들인 건 너야. 줄리엣이냐고 물은 것도 너고. 넌 어떤 순간에는 믿을 수 없을 정도로 멍청해.

1:아니야, 내 책장과 음악들이 나를 보호해 줄거야. 난 어떤 것은 상당히 잘 알고 있다구.

2:서양 미술사와 클래식 음악 열람 같은 거? 아니면 이국의 언어들? 그런 것들이 너를 어떻게 보호해줄 수 있어? 넌 어린애라구.

1:그렇지 않아. 난 알고 있어, 알고 있다구.

2:무엇을 알고 있는지 말해봐.

1:너.

2:나? 말해봐, 난 무언지.

1:넌…… 말할 수 없어.

2:왜? 책의 목차처럼 말해봐. 그리고 분석하고, 분류하고, 마음에 들지 않으면 다 읽은 책처럼 다시 책장에 꽂아둬.

1:잔인하게 말하지 마. 넌 버림받기 싫은 거지?

2:버림?

1:줄리엣이 너를 떠났잖아. 파리로 갔잖아. 맹세까지 했는데…….

2: 그 앤 나를 버리지 않았어. 어떤 시효가 다 되었을 뿐이야. 감정의 시효, 사랑의 시효.

1: 진실한 사랑은 영원해.

2: 누가 그렇게 말해? 셰익스피어가 왜 로미오와 줄리엣을 죽였는지 생각해봐. 감정이 시들어서 시간에 때 묻지 않게 하려고 한 거야.

1: 제법인 걸. 셰익스피어를 읽었어?

2: 아니, 주말의 명화에서 봤지. 하지만 그쯤은 알 수 있다구. 봐, 넌 멍청하잖아. 어떤 근거로 책장과 음악이 너를 보호해 줄 거라고 말할 수 있어?

1: 난 단어들을 말할 수 있어.

2: 말을 하는군. 아, 빛나는 천사여, 다시 한 번 더 말해보려무나.

1: 그만둬.

2: 상처 맛을 모르는 자나 남의 상처를 비웃는 법이지.

1: 제발, 그런 연극대사는 그만둬.

2: 책장은 너를 보호해주지 못해. 음악 역시 마찬가지야. 너를 보호해 주는 것은 타자기도 아니고, 나를 보호해 주는 것도 붓이나 물감이 아니야.

1: 그럼 뭐지?

2: 없어.

1: 허무한 걸.

2: 어쩔 수 없지. 없는 걸.

1: 줄리엣은 그 후에 어떻게 되었지?

2 : 스토리가 알고 싶으면 책을 봐. 내 인생의 페이지는 이제 더 이상 너에게 공개할 수 없어. 나도 나 자신을 보호해야 하니까.

1 : 사랑하니까 묻는 거야. 책도 지루하지 않기 때문에 읽는 거구.

2 : 줄리엣은 말했어. 맹세는 달에 두고 하는 거라구. 왜냐하면 달은 천체의 궤도에서 나날이 변하니까. 변하지 않는 태양은 지겹다고 했지. 사랑의 꽃 봉우리는 여름날 바람에 마냥 부풀었다가………….

1 : 그래서, 그 다음엔?

2 : 달콤한 안식이 저의 가슴속에서나 마찬가지로 당신 가슴속에도 깃들기를.

그리고 2는 1을 바라보았다. 그녀는 어린애였다. 그는 낡은 대사로 여전히 그녀를 울릴 수 있었으니까. 그러나 모든 것은 그토록 단순하고도 그토록 복잡했다. 그리고 2는 생각했다.

줄리엣은 어디에도 존재하지 않아. 파리에서 그녀는 이름을 바꾸었고 더 이상 내 연극속의 의상을 입고 다니지도 않아. 난 다만 줄리엣이 거기에 서 있도록 무언가를 잊을 뿐이야.

망각만이 영원히 나를 그녀와 결합시켜 줄 것이다. 세익스피어가 주말의 명화에서 하고 싶었던 말도 그런 거겠지 혹은 어떤 달콤한 음악이었는지도……. 1은 다시 묻기 시작했다.

1 : 무슨 생각을 하고 있는 거지?

2 : 나를 보호해 줄 생각.

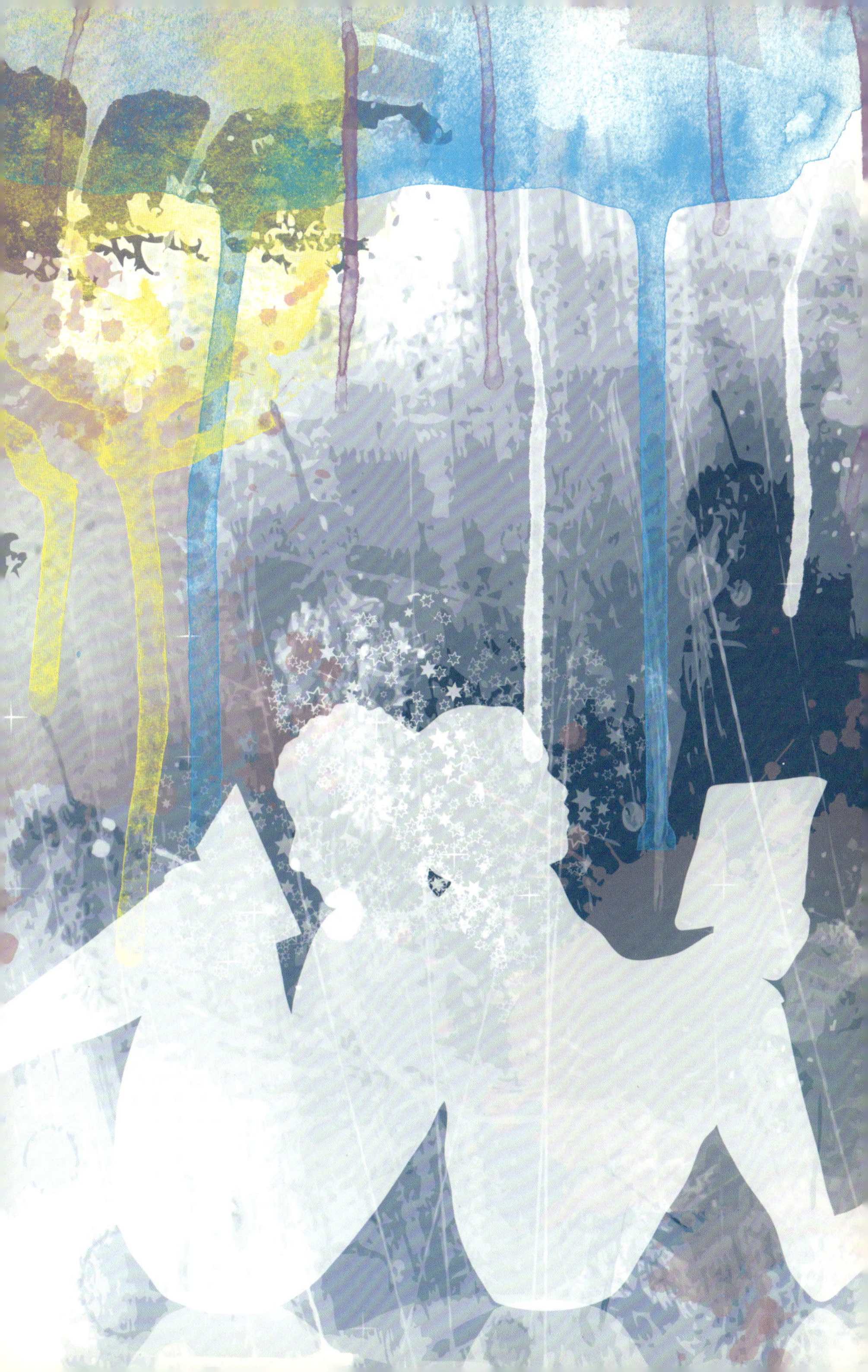

모든 것은 흘러간다. 영원한 것은 아무것도 없다. 우리는 끊임없이 변하고 그건 태양도 마찬가지지. 눈에 띄지 않게 태양도 달처럼 늙어갈 거야. 난 그걸 알고 있었지. 그럼에도 불구하고 어떤 것이 다시 시작되기를 바라지. 그리고 다시는 고통 받지 않기를.한 달 동안 선글라스를 끼고 다닌 적이 있어. 첫째는 눈물을 흘리기 위해서. 둘째는 세상의 빛이 나에게는 너무 밝게 느껴졌기 때문이야. 그렇게 그녀는 내게 독약을 주었어. 그것도 여러 번. 하지만 난 죽지 않고 살아남았지. 난 그녀를 사랑해. 그러니 내게서 사랑한다는 다른 대답을 기대하지 마. 꼬마야, 사랑은 네가 책에서 읽은 것이 아니야. 네가 만드는 단어들도 아니고, 네가 듣고 있는 음악도 아니지. 그건 말이야, 선글라스란다. 내가 한 달 동안 쓰고 다닌 선글라스. 그리고 그것은 그 나름의 방식으로 나를 보호해 주었지.
1은 끝없는 침묵에 잠긴 2의 눈에 키스했다.

취중진담

1 : K가 자네를 7이라고 부르더군. 그래서 내가 자네 이름은 8이라고 해
줬지. 그 놈은 다 좋은데 사람들 신상명세를 기억을 잘 못해. 나하
고 만난 지도 5년이 넘었는데 항상 나를 놀린다고 하는 얘기가 그
영화 망했을 때 강감독이 사무실의 난 다 치우라고 그랬다죠? 한다
구. 난 거기 프로덕션과 아무런 상관이 없다고 몇 번씩이나 말했는
데 말이야.

2 : 머리가 나쁜 건가요. 관심이 없는 건가요?

1 : 모르지. 그런 사람들 있잖아, 길치나 음치 같은 사람들. 그 놈은 신상
명세치인거지.

2 : 그래요? 저보고 형이라고 부르라고 호탕하게 굴던데……. 이름을 기억
을 못하다니.

1 : 원래 그렇다구. 그래도 자네가 단편 영화 만든 것은 기억하고 있던데.
그 영화 되게 꿀꿀했다고.

2 : 그때 좀 꿀꿀했었죠.

1 : 이봐, 3. 뭐하고 있는 거지?

3 : 전화요.

1 : 어디에?

3 : 가상의 애인에게요.

1 : 애인이면 애인이지, 가상의 애인은 또 뭐야?

3 : 제 맘이에요.

2 : 이야기가 그렇게 재미가 없었나?

1 : 암튼, K는 그렇다구. 이번 프로젝트에 관심이 있다니까 앞으로 자주 보게 될 거 같아서 한마디 해 두는 거야.

2 : 딱 보니까 사람이 욕심이 많게 생겼어요.

1 : 자네가 딱 봐서 모르는 사람이 어딨어. 다 알지. 그 놈이 또 엄청 마초야. 내가 기본적으로 마초들 안 좋아하지. 그래도 그 놈은 귀여운 마초라고 할 수 있지.

2 : 마초가 원래 콤플렉스가 많아요.

1 : 콤플렉스 없는 인간이 어디 있어? 자네가 보기에 나는 어떤 거 같아?

2 : 글쎄요. 뭐 내일 잘릴 거 같아서 말 못하겠는데요.

1 : 자네나 나 자르고 딴 데로 도망가지 마. 어때? 금년 신수가?

2 : 인사동에 자리 깐 것도 아니고……. 물고기자리가 엄청 예민하죠. 혈액형은 A형이죠? 별자리와 혈액형만 알면 그 사람의 70%는 안다고 할 수 있죠. A형과 물고기자리는 최악의 결합이죠. 예술가로서는 최상이지만……

3 : 그는 나를 사랑하지 않는데요.

1 : 뭐?

3 : 그는 나를 사랑하지 않는데요. 나를 사랑한 적이 없대요. 나는 아무
런 의미가 없기 때문에 어떤 의미인지 생각해 본 적도 없대요. 난 그
냥 낫씽이죠. 낫씽.......

2 : 가상의 애인이 114 아저씨였나? 뭐가 낫씽이라는거야?

1 : 얘, 취했다구.

3 : 전 취하지 않았어요. 모든 게 말짱하게 보인다구요.

1 : 그게 취했다는 증거야.

3 : 난 다 읽을 수 있어요. 산낙지 10000원, 꼼장어 6000원, 석화 13000
원, 그런데 석화가 뭐죠?

2 : 굴.

3 : 그렇군요. 굴이군요. 굴…….

1 : 왜, 석화 먹고 싶어?

3 : 아뇨. 산낙지를 먹을래요. 꿈틀거리는 것을 먹을래요. 죽은 거는 싫어.

1 : 취했군. 참, 나……. 아줌마 여기 산낙지 한 접시요.

3 : 예전에 축제 하면 저희 과 주 메뉴가 산낙지였어요.

2 : 무슨 과 나왔지?

3 : 몰라요, 기억이 안 나요.

1 : 취했어. 이봐, 정신 차리라구.

3 : 전 괜찮아요. 항상 그렇듯이 지금도 괜찮다구요. 척 보면 아신다고 했
죠. 저는 어떤 것 같아요?

2 : 글쎄……. 고민이 많나. 자기가 특별하다고 생각하지?

3 : 당신은 특별하지 않나요?

1 : 취했군.

3 : 모든 사람은 특별해요. 그렇지 않나요?

2 : 그렇겠지.

3 : 하이네켄 마시고 싶다.

1 : 웬 하이네켄?

3 : 제프리가 그랬잖아요. 하이네켄은 킹 오브 비어라고…….

1 : 제프리? 그 놈이 애인이야?

3 : 아뇨. 블루 벨벳에 나온 제프리 말이에요. 걔가 샌디에게 그러잖아요.
   인생에서 무언가를 배우려면 위험을 무릅써야 한다구. 그리고 도로시
   의 아파트에 들어가서 비밀을 밝혀보자고 했잖아요.

1 : 그리고 여자하고 하이네켄을 마시는 거야?

3 : 모르겠어요. 기억이 안 나요. 하지만 암튼 하이네켄 때문에 곤경에 처
   하죠.

1 : 데이비드 린치는 변태 같아.

3 : 난 정말 좋아. 그 사람…….

2 : 누구?

3 : 데이비드 린치……. 아직도 살아있겠죠? 살아있으면 만나고 싶어.

1 : 만나서 뭐하게?

3 : 하이, 하고 말하죠. 난 정말 당신을 좋아한다고…….

1 : 취했군.

3:이 집엔 하이네켄이 없겠죠?

2:산낙지 왔습니다. 하이네켄 대신 산소주가 있군요.

3:난 잔인해지고 싶어. 아주 잔인해지고 싶어.

2:산낙지 먹어요.

1:애, 똘아이 같지 않아?

2:글쎄요.

3:저 좋아하지 않죠?

2:글쎄요.

3:우린 같은 대학을 나왔잖아요.

2:그런데요.

3:전 그때 캠퍼스에서 본 기억이 있어요.

2:아, 예.......

3:실은 수영장에서 봤죠.

2:그래요?

3:접영을 아주 잘 하시던데요. 전 접영 잘하는 남자가 좋거든요.

2:그러시군요.

1:접영이 뭐야?

3:버터플라이처럼요, 두 팔을 동시에 펼치면서 물살을 가르는 거죠. 접
  영을 우아하게 하기란 결코 쉬운 일이 아니거든요.

1:그만 마시라구.

3:싫어요.

1:그럼 맘대로 해.

2 : 저도 기억해요.

3 : 그래요? 전 주황색 수영복을 입었어요.

2 : 그게 아니라, 실은 주점에서 술 마시던 거 기억해요.

3 : 그래요?

2 : 그럼요. 그리고 취중진담을 했었죠.

3 : 뭐라고 그랬는데요?

2 : 뭐라고 했어요.

3 : 그걸 어떻게 기억해요?

2 : 너무 많은 걸 기억하죠. 실은 1955년에 태어난 적도 있었죠. 마르티크
   섬에서

3 : 그래서 어떻게 되었나요?

2 : 17살에 죽었죠.

3 : 와우.

1 : 자네도 취했어?

2 : 나는 아버지와 배를 탔어요. 그리고 폭풍우를 만났을 때 이곳을 떠나
   서 영원히 돌아올 수 없다는 것을 알았죠. 내가 알고 있는 모든 것을
   떠나 다른 사람이 되어야 한다는 것을…….

3 : 그래서 이렇게 되었어요?

2 : 그래서 이렇게 되었죠. 그때보다는 오래 살고 있잖아요.

3 : 저는 그때 뭐였을까요?

2 : 밤바다를 헤엄치고 있었죠. 술에 취해 바다에서 익사했죠.

1 : 이봐. 쓸데없는 시나리오 그만 쓰고 마시라구. 마셔.

3 : 사랑을 하게 될까요? 어떤 사람을 만나 사랑하는 게 정말 가능할까요?

2 : 가상의 애인은 뭐라고 했죠?

3 : 이제 아무하고도 연락하지 않는다고 했어요.

2 : 그래서 제프리는 하이네켄을 마시고 무언가를 배웠나요?

3 : 글쎄요. 그는 어떤 방으로 들어갔고, 한 여자를 만났고, 그녀를 사랑하고, 비밀들을 알게 되었죠. 그래서 그녀를 구하려고 했는데……. 데니스 호퍼가 그 영화에서 어떻게 되었더라. 암튼 결론은 해피엔딩이죠. 새는 벌레를 잡아먹고, 아이는 프로펠러 모자를 쓰고 엄마 품에 안겼으니까.

2 : 그렇군요.

3 : 그런 거 같아요.

1 : 이봐, 쓸데없는 소리 그만하고 한 잔 하지.

1 : 음악은 어떤 쪽으로 하세요?

2 : 다 맞춰주려고 해요. 그런데 될 수 있으면 뽕짝은 피하고 싶어요. 언제 작업실에 놀러오세요.

1 : 영화 음악은 어떤 쪽?

2 : 질문이 거칠군요. 글쎄. 워낙 많은 작곡가들이 있으니까. 클리셰 같지만 그래도 엔리오 모리꼬네가 좋아요. 뭔가 노스탤지어를 자극하잖아요.

1 : 그 사람 음악이 없는 원스 업폰 어 타임 인 아메리카는 상상이 되지 않는데요.

2 : 그렇죠. 음악은 공기와 같으니까. 밀도가 달라져요. 어떤 음악이 닿아 있는가에 따라. 페드라 라는 영화 봤어요?

1 : 아뇨.

2 : 난 그 영화 수백 번 봤어요.

1 : 하하, 어떻게 수백 번을 봐요?

2 : 그렇게 되요. 술 마시면서 잘 보니까. 옛날 영화들을 보면 묘한 취기
  가 있거든요. 감정을 끝까지 몰고 가죠.아, 그 영화도 괜찮았어요. 사
  랑의 은하수.

1 : 썸웨어 인 타임?

2 : 그게 원제인지는 모르겠는데. 슈퍼맨이 나오죠 본드걸과.

1 : 크리스토퍼 리브와 제인 세이모어!

2 : 맞아요.

1 : 하, 난 그 영화 본 사람은 한 번도 만난 적이 없는데.....

2 : 사람들은 그 영화 잘 몰라요.어렸을 때 주말의 명화에서 봤어요.

1 : 저두요. 어쩌면 똑같이 봤을 수도 있겠다.

2 : 그랬을 수도 있죠. 그 때는 비디오가 없었으니까. 영화 보려면 주말
  밤에 잠자면 안 되죠. 기다리다 기다리다 깜빡 잠이 들면 아침에 일
  어나서 짜증을 부리죠. 지나간 관람기회는 다시 돌아오지 않으니까.

1 : 맞아요. 맞아. 나도 그 때 스팅 본다고 새벽 2시까지 깨어 있곤 했어
  요. 그런데 그 기다리는 시간이 묘하게 짜릿한 느낌이 있었죠.

2 : 요즘은 모든 게 너무 쉬워졌어요. 음악도, 영화도, 사랑도.

1 : 그럴까요, 사랑도?

2 : 결혼정보회사 같은 데에서 배우자 찾는 사람들 말이죠, 난 이해가 안
  가요.

1 : 전 이해가 가는걸요. 아무도 프러포즈하지 않는다면, 그렇게라도 해서
  누군가라도 찾아봐야죠.

2:너무 필사적이잖아요.

1:모든 사랑에는 노력이 필요하니까요.

2:모범적으로 사시는 군요.

1:아뇨. 이해하려고 노력할 뿐이에요.

2:어떤 건 이해하지 마세요. 이해할 필요가 없는 것도 많아요. 세상에
　는…….

1:아, 그런데 우리가 무슨 이야기를 하고 있었죠?

2:사랑의 은하수

1:번역 제목이 더 근사해요.

2:난 제인 세이모어가 좋았어요. 내가 좋아하는 꿈속의 여자처럼 생겼
　거든요.

1:난 크리스토퍼 리브. 난 슈퍼맨 팬이에요. 그가 지구를 다시 돌려서
　사랑하는 여자를 구했을 때부터…….

2:그런데 그 영화에서 그는 제인 세이모어를 다시 구하지 못하죠. 타임
　트래블에서 풀려나와버렸으니까.

1:맞아요. 그 트릭도 엉성하기 짝이 없었죠. 동전 하나 때문에. 시간이
　바뀌는 거잖아요.

2:그리고 크리스토퍼 리브가 제인 세이모어를 잊지 못하고, 그녀와 함
　께 투숙했던 호텔에 머물죠. 평생 동안. 죽을 때까지.

1:그 장면. 어렸을 때도 가슴이 에이는 것 같았어요.

2:음악도 좋았죠. 라흐마니노프. 난 그 영화도 수백 번 봤어요.

1:비디오가 나와서 좋아졌다니까. 수백 번도 볼 수 있고.

2 : 대사도 다 외우니까. 그 말 알아요? 광인과 연인과 시인은 모두 상상
　으로 가득 차 있다…….

1 : 그 영화에 나오나요?

2 : 아뇨. 셰익스피어의 한여름 밤의 꿈에 나오는 대사에요. 영혼은 이상
　형을 만들어내죠. 그래서 인간의 형상으로 나타난 자신의 이상형을
　만날 때마다 상상력을 동원해서 사랑을 시작해요. 그리고 세상의 모
　든 것이 그 상상력 때문에 마술처럼 아름다워지죠.

1 : 혹은 흑마술을 쓴 듯이 처참해지기도 하구요. 분별 있고 정직한 사랑
　은 드물어요.

2 : 영화만 봐서 그럴걸요? 비극은 잘 팔리니까. 현실은 그보다는 나을 거
　예요. 모든 사랑 노래는 그리움을 노래해요. 그게 한국에서는 잘 팔
　리죠. 사랑의 기쁨보다는 사랑의 슬픔이…….

1 : 너무 기뻐하면 사람들이 질투할걸요?

2 : 너무 슬퍼하면 님프들이 갈가리 찢어죽일지도 모르죠. 오르페우스가
　그렇게 죽었다잖아요.

1 : 하하하.

2 : 완전해지려면, 자신과 딱 맞는 짝을 만나야 한다고 하죠. 그 다음은
　만사형통.

1 : 너무 오래된 신화 아닌가요?

2 : 신화를 잘 분석해보세요. 지금 사람도 거기에서 한 치도 나아가지 못
　했으니까. 어떤 존재와 결합하려는 것은 지상의 모든 존재의 욕망이
　죠. 인간의 욕망은 의외로 얼마 안 돼요. 전 인생에 걸쳐 그것을 채우

려고 하는데, 왜 그게 그렇게 힘든지가 불가사의할 정도로……

1: 저는 하루에 두 삽씩 마음속에서 파내어요.

2: 뭘?

1: 갈망을.

2: 떠낸 그것은 어디에 담아두나요?

1: 영화, 빛과 소리. 그리고 가공된 꿈에

2: 어리석군요. 그런 식으로는 절대 제대로 못 살 거예요.

1: 그렇지 않아요. 거기에서 모든 것을 만들 수 있어요.

2: 그래봤자 꿈이죠. 형체도 없고 잡히지도 않는 것. 마야.

1: 내 영혼은 거기에 있어요.

2: 사랑하는 사람이 없나요?

1: 난 보답 없는 사랑만 해보았어요. 메아리 없는 노래만 불러봤죠.

2: 누군가가 그 노래를 들을 거예요. 그리고 당신을 찾아오겠죠.

1: 이봐요. 피아노 칠 줄 알아요?

2: 조금.

1: 이 근처에 노래방이 있어요. 그 입구에는 흰 그랜드 피아노가 있죠.
   거기 갈까요, 우리?

2: 라흐마니노프는 못 쳐요.

1: 그럼, 내가 칠게요. 지금 생각났어요. 내 꿈에 어떤 멜로디가 필요한지

2: 거칠게 말하지 말아요. 멜로디는 천사들이 불러주는 거예요. 필요해
   서가 아니라, 당신이 원래 그 선율을 듣고 그 꿈을 꾸었기 때문에. 모
   든 창조는 다시 기억하는 것에 지나지 않아요.

1 : 이봐요. 오늘밤도 노래가 될 수 있을까요?

2 : 물론이죠. 모든 밤과 낮은 노래가 있어요. 당신은 그것을 발견해야만
  하죠. 그 노래들은 숨어있거든요. 조심스럽게 캐내면 조금씩 드러날
  지도 모르죠.

1 : 당신은 그 노래를 부를 수 있나요?

2 : 당신이 피아노를 치고 난 후에 내가 들었던 선율을 연주해 줄게요. 만
  약 정확하게 연주한다면, 당신 마음에 가 닿을 테죠.

1 : 오늘 밤은 내일 아침으로 끝나겠죠. 시간이 지나기 전에 어서 가요.

2 : 어떤 음악은 영원히 끝나지 않아요. 당신과는 이별하고 싶지 않군요.

1 : 동전 가진 것 있어요?

2 : 네.

1 : 던져보세요.

2 : 네?

1 : 앞면이면 이별이고, 뒷면이면 함께 있어요.

2 : 난 아무 동전도 없고, 던질 하늘도 없어요. 난 사랑을 두고는 게임하
  지 않죠. 그런 게임을 믿지도 않구요. 난 사랑의 노래를 만들뿐. 그것
  을 착취하고 싶지는 않아요. 당신이 그것을 원한다면 내 음악은 당신
  영화에는 어울리지 않을 거예요.

1 : 함께 있어요.

슬프고 웃긴 가게

1:이 길이 아닌가봐. 분명히 이 길 같았는데. 입구에 약국이 있었어. 그
  런데 아닌가봐.

그녀를 따라 두 번씩이나 인사동 골목을 헤매고 다니다가 겨우 세 번째
골목에 들어섰을 때, 나는 그 슬프고 웃긴 가게를 발견했다. 붉은 색의
두터운 망토 같은 커튼을 열어 젖히자, 이미 오래전에 사라져버린 공간
이 나타났다.

1:어둡지? 그래도 여긴 음악이 좋아.

우리는 운 좋게도 단 하나 남은 테이블을 차지할 수 있었다. 낙서가 가
득 적힌 벽과 결이 다 나간 듯한 의자, 그리고 한쪽 벽면을 꽉 채운 음반
들. 언젠가 와본 것 같은 곳.

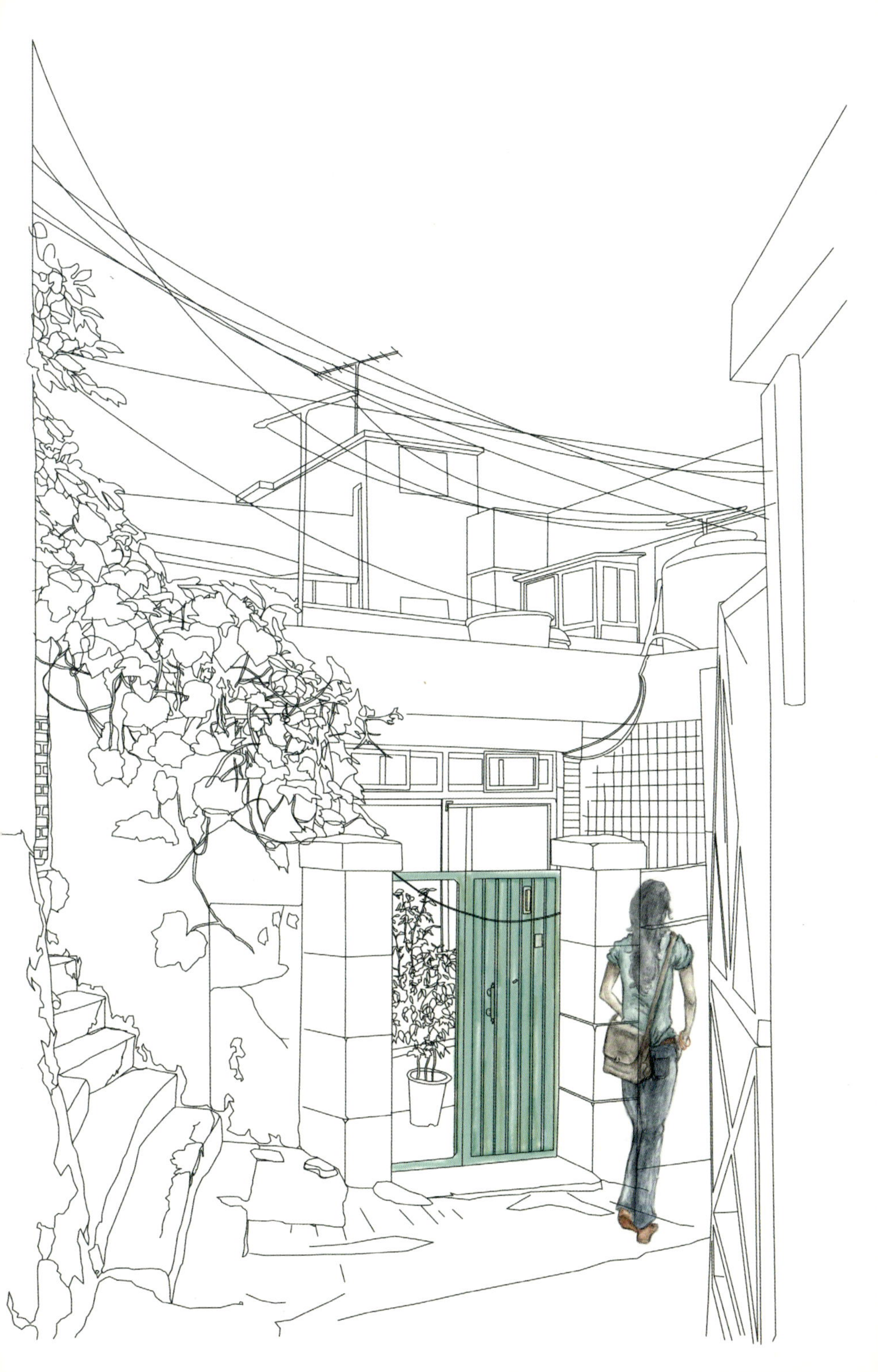

2 : 우리가 여기 같이 온 적이 있었나?

1 : 지금. 신촌의 크로스 아이즈와 비슷하잖아.

2 : 그런가?

1 : 주인이 거기 단골이었대.

2 : 벽은 비슷해.

1 : 음악도 비슷하게 틀어줘. 뭘 듣고 싶어?

2 : 별로 듣고 싶은 음악이 없어. 난 침묵이 좋아.

1 : 늙었구나. 혹은 익은 건가?

2 : 지친거야.

갸르릉 거리며 고양이 한마리가 그녀가 앉아있는 의자로 훌쩍 뛰어올랐다.

1 : 난 고양이가 싫어. 다른 여자애들은 하얀 페르시아 고양이 같은 것을
    안고 웃는데, 난 죽어도 고양이는 못 안을 것 같아.

2 : 너 고양이 알레르기 있잖아.

1 : 내가?

2 : 그래, 벌써 기침하기 시작하잖아.

1 : 그러네. 어떻게 알았어?

2 : 대충 찍은 거야. 너 복숭아 알레르기도 있잖아.

1 : 맞아.

2 : 꽃가루 알레르기도 있구. 고등어 알레르기도 있잖아.

1 : 그러니까 꽤 민감해 보이는데.

2:민감한 건 기억밖에 없지.

1:난 기억 잘 안 해. 헤어지고 나면 그냥 기억이 안 나. 노래를 들어도 눈물도 안 나구. 같이 걷던 거리도 아무렇지 않게 씩씩하게 걸어. 나중엔 누군가가 내게 준 편지를 오래된 책갈피에서 발견해도, 그저 그런가 보다…. 그래. 자랑스럽지도 않고, 후회스럽지도 않아.

2:머리가 나빠서 그래.

1:아냐. 마음이 나빠서 그래.

2:둘 다 나빠서 그래.

1:맞아. 그런가봐. 넌?

2:잊어버리진 않아. 하지만 다시 시작하지도 않지. 연애 안 한지가 어언……

1:5년?

2:아니 2년. 너하고 헤어진 후에 다시 여자를 만난 적이 있어.

1:시작 안 한다면서?

2:내가 시작한 게 아니야. 그녀가 시작한 거지.

1:넌 여전해. 그 귀차니스트 병. 넌 절대로 먼저 시작 안 하잖아. 그 때도 내가 시작하게 만들었지?

2:시작한다고 다 시작하는 건 아니야. 끝낸다고 다 끝내는 것도 아니구, 그냥 그래. 고양이는 갔어?

1:음……. 내가 걔 싫어하는지 아나봐.

2:고양이는 그런 거 신경 안 써. 개나 신경 쓰지.

1:음……. 그럼 다른 볼일 보러 갔나봐.얘기해봐. 2년 전의 연애사건.

2 : 네가 모르는 이야기야.

1 : 그러니까 얘기해봐.

2 : 난 텔레비전이 아니야. 리모컨 누른다고 연속극을 방영해줄 수는 없지.

1 : 아마 나와는 아주 다른 여자였겠지?

2 : 너와 다른 여자가 누군데?

1 : 고양이 같은 여자.

2 : 고양이 같다고 생각해본 적은 없었어. 가끔 나른한 기분이 들긴 했지만.

1 : 그럼 무엇과 닮았어?

2 : 수선화.

1 : 하하하…….

2 : 왜 웃지?

1 : 그냥 우스워서.

2 : 좋은 여자였어. 그런데 내게 좋은 여자는 별로 어울리지 않나봐.

1 : 그럴 리가……. 나도 좋은 여자였잖아.

2 : 좋은 여자들은 빨리 떠나지. 그래서 난 점점 더 나빠질 뿐이야.

1 : 지금 나오는 음악, 마음에 들어?

2 : 아니. 너무 구닥다리 같아.

1 : 도노반이야. 결혼은 미친 짓이다. 사랑과 바커스를 연료로 해서만 만
   들어 질 수 있는……. 만약 우리가 그때 결혼했으면 어땠을 것 같아?

2 : 글쎄. 한 번도 생각해보지 않았어.

1 : 너 그 때 내게 청혼도 했잖아.

2 : 그리고 넌 거절 했잖아.

1:음……. 그랬었지.

2:행복하지는 않았을 거야.

1:왜?

2:네가 행복해하지 않았으니까. 넌 그때 행복한 것을 싫어했어.

1:설마.

2:맞아. 넌 행복한 걸 거의 경멸했지.

1:난 행복해지려고 사는 걸.

2:그래서 행복해질 수 없다는 거야.

1:무슨 소리인지 모르겠어.

2:나도 몰라.

1:하하하…….

2:왜 웃지?

1:오랜만이라서. 너의 그 슬프고 웃긴 말투.

2:넌 내가 웃겨서 좋지? 그리고 슬퍼서 더 좋아하는 것 아냐?

1:맞아. 그랬었어.

2:지금은?

1:지금도 좋아하고 있어. 아니 거의 사랑할 수도 있을 것 같아.

2:슬프고 웃긴 조크군.

1:맞아. 그런데 이런 식으로 이야기 안 한지 나도 오래되었어. 침묵이 좋
  았거든. 서점에서 너의 책을 보았어. 그리고 연락하게 되었지. 너의 책
  의 어떤 문장 때문에. 추억 때문은 아니었어. 그냥 너의 책의 어떤 문
  장 때문에. 추억 때문은 아니었어. 그냥 어떤 활자 때문에. 불현듯 너

를 다시 읽고 싶다는 생각이 든 거야.

2:이른바 고전이군. 고전은 1년에 한 번씩은 되풀이해서 읽어야 하는 거야.

1:음. 그런데 이제야 너를 알 것 같아. 그 때는 몰랐던 너를.

2:알면 가르쳐줘. 내가 누구인지.

1:너는 나야.

그리고 나는 모래의 기억을 덮는다.

네가 나였던, 나는 너였던 찰나의 페이지를.

이제 나는 그 슬프고 웃긴 가게로 가는 길을 뚜렷하게 기억할 수 있다.

내기

1 : 우리 내기하자.

2 : 무슨 내기?

1 : 우리 10년 후에 만나자.

2 : 그런 내기는 필요 없어. 우린 매년 만날 건데, 뭐.

1 : 혹시 서로 잃어버리면, 다른 누군가를 사랑하게 된다면, 죽어버린다면.

2 : 쉿. 그런 소리는 하는 게 아니야.

1 : 그러니까 내기하자.

2 : 서로 잃어버리면 각자의 길을 걸어가면 돼. 살다보면 다시 만나겠지.

1 : 난 확실한 게 좋아. 동전을 던지자. 조건을 말해.

2 : 앞면이면, 10년 후에 만나고, 뒷면이면, 운명에 맡기자.

1 : 앞면이면 꼭 나를 찾아와야 해. 누군가의 연인이 되어있어도, 누군가
　　의 남편이 되어있어도.

2 : 심각하게 말하지 마. 어차피 내기인걸 뭐. 내기는 지켜도 되고, 안 지

켜도 되잖아.

1 : 너, 기억 안 나는구나. 우리 그전에도 내기했잖아. 그래서 지금 이렇게
    만나고 있는 거잖아.

2 : 쉿, 조용. 조용히 하라는 것도 내기였어.

그들은 동전을 하늘 끝까지 던졌다.
그러나 동전은 호수 밑으로 가라앉았다.

1 : 이제 어떡하지? 앞면도 뒷면도 없잖아.

2 : 가서 동전을 주어올까?

그들은 호수를 바라보았다.
광대한 호수였다.
바다처럼 넓었지만, 봄의 미풍처럼 잔잔한 호수였다.

1 : 가지마.

2 : 그럼?

1 : 기억해. 그냥, 내기 한 적이 있었다는 것을.

바람이 지나갔다.
나뭇잎이 흔들렸다.

북쪽나라의 봄

"모닥불을 보니 무슨 생각이 나십니까?"

나는 모닥불 가에 둘러앉은 사람들에게 물어보았다. 2박 3일간의 캠프를 마치고도 그들은 무언가를 말하기를 주저하듯이 좌중에 잠시 침묵이 흘렀다. 그러다가 입담 좋은 박 사장이 한마디 한다.

"군대 있을 때, 거기가 강원도 홍천이었거든요. 겨울이 되면 어찌나 춥던지, 밖에서 보초를 설 때는 하도 추워서 모닥불을 피워놓곤 했지요. 그런데 불가에 서 있으면 앞은 따뜻해지는데 뒤는 왜 그리 썰렁한지 앞뒤로 골고루 돌려가며 불을 쬐었습니다. 그때는 동료애나 의리 같은 것들이 있었는데, 요즘 애들도 그런지 모르겠네요."

흐린 밤하늘에 별이 한 두 개 떠올랐다. 일정은 끝났지만 사람들은 불가를 떠나지 않고 있었다. 나 또한 그러한 밤, 모닥불 가에 가만히 앉아 있으려니 문득 떠오르는 기억이 있었다.

"장작을 위로 세워요. 그러면 더 잘 타는데……."

소사가 김 여사의 지시에 따라 장작을 뒤집었다. 불꽃이 일어 검은 밤의 공기 속으로 타닥타닥 명멸해 사라졌다.

"벌써 30년도 더 지난 일입니다. 제가 뉴헤이븐 예일대에 있을 때······ 그러니까 그 날이 아마도 12월 31일, 그 해의 마지막 날이었을 겁니다. 미국 아이들은 모두 크리스마스 휴가다 뭐다 해서 고향으로 돌아갔고, 외국 유학생도 웬만한 주변머리가 있는 친구들은 다들 건수 만들어서 성탄과 뉴 이어 전야의 밤을 만끽하러 나갔죠. 그런데 의과대학 박사 졸업논문을 준비하고 있던 저는 논문도 논문이지만, 그럴듯한 친구나 일가친척도 없는 관계로 텅 빈 기숙사 안을 어슬렁거리고 있었습니다. 그러다가 기숙사 로비로 갔더니 벽난로에서 모닥불이 타고 있더군요. 날씨도 쌀쌀하고, 불을 보니 시골에서 지냈던 어린 시절 생각도 나고, 운치도 있어서 그 앞 소파에 앉아 불길을 쬐고 있었지요. 그런데 그런 제 모습이 좀 안 돼 보였던지 수위가 맥주 한 캔을 가지고 와서 내 옆에 앉더랬습니다. 그래서 그와 맥주 한 캔을 노놔마시며 이런 저런 이야기를 했지요.

넌 어디서 온 유학생이냐? 왜 뉴이어 전야의 밤에 이곳에 남아있냐고 묻더군요.

나는 한국에서 온 학생인데 별로 할일도 없고, 딱히 데이트할 친구도 없어서 그냥 한가하게 보내고 있다고 했지요. 그러자 그가 이런 융통성 없는 친구가 있나 하는 듯이 나를 쳐다보더니 그러면 뉴욕의 타임 스퀘어라도 가보지 그래? 하고 한마디 툭 던지는 것이었습니다. 타임 스퀘어는 서울의 종로 보신각처럼 새해를 맞으러 뉴요커들이 모이는 거리였지요. 가만히 생각해보니 뉴헤이븐에서 뉴욕까지는 두 시간 남짓한 거리였으니 지금 출발한다 해도 자정 전까지는 타임 스퀘어에 가 닿을 수 있을 것 같았습니다. 그래, 괜히 청승 떨고 앉아있지 말자하고 나는 수위에게 굿 아이디어라고 한마디 하고는 곧바로 차를 몰고 뉴욕으로 향했습니다.

뉴이어의 밤이라 그랬는지 교통이 한산하더군요. 시내 길도 뻥뻥 뚫리고. 그러니 예상보다 무려 30분이나 일찍 뉴욕에 입성하게 된 것입니다. 하도 도로가 잘 나가니 그래, 한 번 갈 때까지 가볼까 하는 이상한 오기가 생깁디다. 그래서 뉴욕 맨 남쪽 스탠튼 아일랜드까지 차를 배에 싣고 페리를 타고 가 보았지요. 스탠튼 아일랜드라고 아십니까? 그 유명한 자유의 여신상이 있는 작은 섬 말입니다. 그곳에 도착해 주위를 둘러보니, 아무도 없이 한적한데 흰 눈만이 쌓여있었습니다. 저는 멀뚱히 고개를 쳐들고, 횃불을 쳐들고 있는 자유의 여신상을 바라보았습니다. 이 무슨 청승인가 하는 생각이 대학 기숙사의 모닥불 가에서 보다 더 강하게 들더군요."

박사장이 낄낄대며 웃었다.

"대게 추웠겠습니다."

"네, 참 추운 밤이었습니다. 희물뚱하게 맨하탄을 굽어보고 있는 여신상을 일별하고 다시 시내로 들어가 볼까 하고 차로 돌아오는 길이었지요. 그런데 맞은편에서 무언가 검은 것이 어른거리더군요. 자세히 보니 여자 같았습니다. 그것도 동양계 여자아이 같았지요. 갓 스물이나 되었을까, 참으로 앳되고 작아 보이는 아이였는데, 뭐가 그렇게 좋은지 자유의 여신상을 입을 하 벌리고 바라보고 있더군요. 청승떠는 정신 빠진 투어리스트가 여기 또 하나 있구나 하고 지나치려다 무언가 그 순간, 그 아이에게 말을 건네고 싶은 기분이 들었습니다. 그날 모닥불을 바라보고 있던 내게 그 수위가 말을 걸었을 때의 기분이 이해가 될 듯도 하더군요.

다가가서 물었더니 일본에서 온 센이라는 아이였습니다. 오늘 오후에 뉴욕에 도착했는데 숙소에 짐을 내려놓고 곧장 이곳으로 왔답니다. 자유의 여신상을 보는 것이 평생의 소원이었다고 하면서요. 꽤나 귀여운 소원이 아닙니까? 그런 소원에 걸맞게 아이의 눈도 반짝거리고 있더군요. 나는 날도 춥고 허기도 느껴져서 근처의 바에라도 들어가자고 제안했더니, 이 아이가 꼭 할일이 하나 있다고 하더군요. 그게 뭐냐고 했더니 눈사람을 만들고 싶다는 것이었어요. 그래서 자유의 여신상 근처의 공원에서 작은 눈사람을 하나 만들고, 그 아이는 추울지도 모른다고 자신이 두르고 있던 목도리까지 끌러내어 눈사람에게 씌워주었지요. 돌아오는 길에 나는 장난기가 발동해서 눈을 뭉쳐 던졌지요. 아이는 깔깔거리더니 저도 금세 눈을 뭉쳐 나를 향해 던졌습니다. 얼굴에 부서지는 얼얼한 눈의 감촉이, 지금도 잊혀지지가 않는군요.”

“그래서 연애를 거셨겠군요.”

“하하, 그게 말입니다.”

“뉴이어 전야의 로맨스라, 기대가 되는데요. 일본 여자들이 좀 야사시한 매력이 있지 않습니까?”

박사장이 마누라가 흘겨보는데도 농지거리를 걸어왔다.

"하하, 그게 말입니다."

"박사님, 괜찮습니다. 다 지난 일인데 푸십시오."

좌중은 모두 나를 쳐다보고 있었다.

"둘이 근처의 바로 들어갔지요. 그런데 이 여자애가 내게 어깨를 탁 기대어 와요."

"바로 넘어왔구나."

"그런데 그때 의사의 직감인지, 이 아이가 건강한 아이가 아니라는 생각이 들더군요. 술 한잔 하지 않았는데도 아이는 무척 피곤해보였습니다. 그래서 저도 간단히 요기를 하고, 이 여자애를 데려다 주기 위해 맨하탄으로 들어갔지요. 그 호텔 이름이 지금도 잊혀지지 않아요. 브로드웨이 근처에 있는 빅토리아 호텔이었는데 이 애가 묵었던 방이 그 호텔 제일 위층의 로얄 스위트룸이었습니다."

"갑부집 딸래미가 제대로 걸렸네."

"그 아이가 침대에 누워 자고 있는 얼굴을 자세히 바라보니, 백짓장처럼 파리하고 창백하더군요. 그 모습을 물끄러미 바라보고 있으려니 발걸음이 떨어지지가 않아요. 그래서 그날 밤, 무척 피곤하기도 해서 저는 그 옆방에서 잠을 잤습니다. 로얄 스위트룸이니 방이 많았지요."

"진짜 같이 안 잤습니까? 말씀하셔도 됩니다. 사모님도 여기 없는데."

나는 허탈하게 웃었다. 그날 밤 센의 얼굴을 바라보며 내가 느낀 감정은 병상위의 환자를 바라보았을 때의 그것과 같았다. 그래서 병명을 알아내고 필요한 조치를 취하기 전까지는 마음을 놓을 수가 없었다.

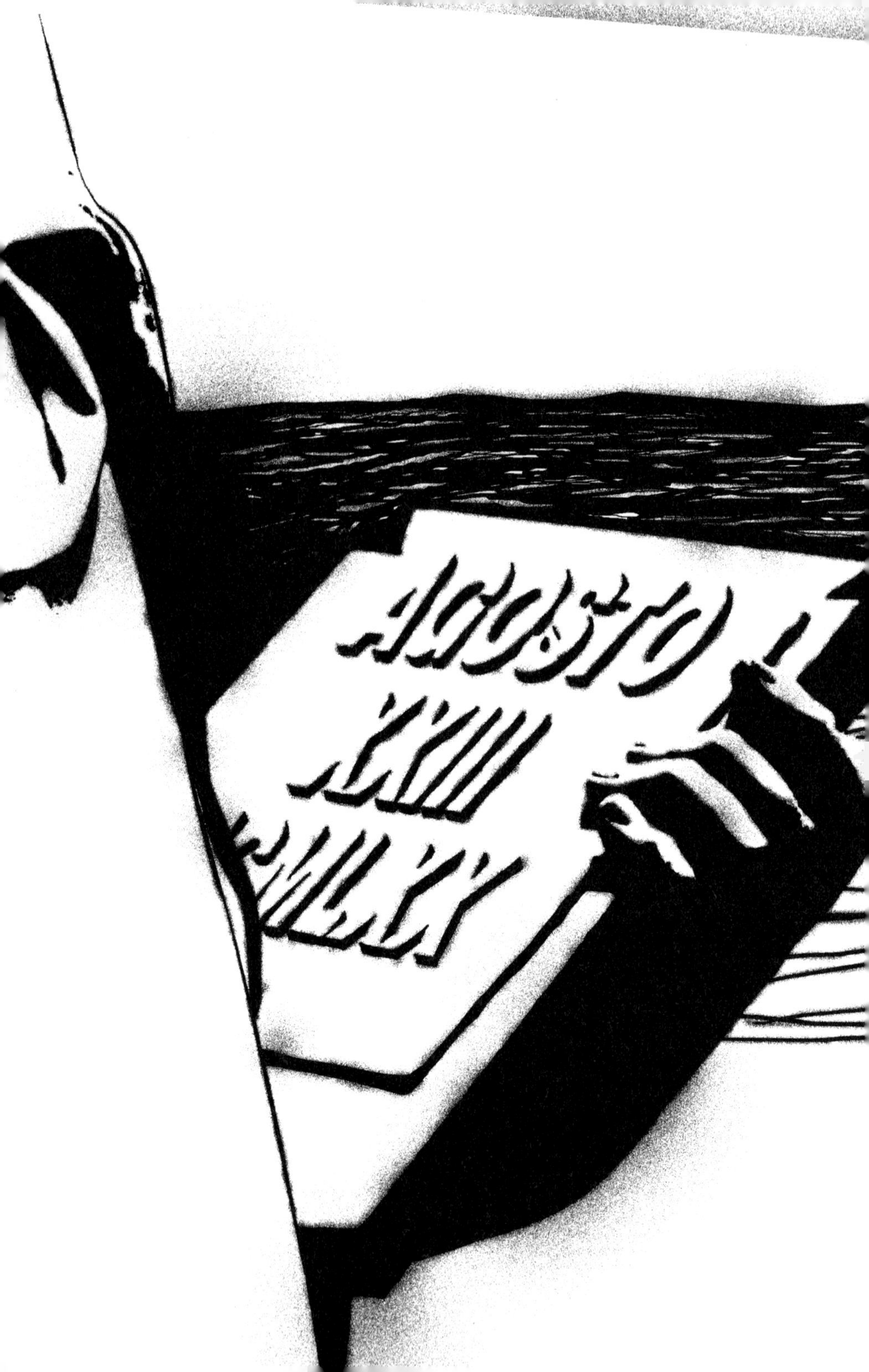
AGOSTO
XXVIII
MLXX

"다음날 아침, 침대에서 일어나보니 옆방에서 부스럭거리는 소리가 났습니다. 나가보니 센이 벌써 일어나서 아침을 준비하고 있더군요. 넓고 화려한 방안에 서 있는 그녀는 어제 밤보다 더 작고 여위어 보였습니다. 탁자위에는 잘 구운 토스트와 커피가 차려져있더군요. 내가 다가가자 센은 쑥스러운 듯이 환히 햇빛이 들어오는 창을 커튼으로 가렸습니다. 그러나 나는 햇살에 드러난 그녀의 얼굴을 바라보기 위해 커튼을 젖혔지요. 그러니까 그 아이가 손으로 제 눈을 가리는 거예요."

"괜찮아. 난 의사니까."

"그렇다면, 더더욱 나를 바라보지 마세요."

그녀의 손목에서 가녀린 맥이 느껴졌다. 나는 투명하리만큼 흰 그 손을 가만히 잡아 내렸다. 햇살에 거침없이 드러난 그녀의 맨 얼굴은 참혹할 정도로 창백하였고 핏기라고는 없었다. 어젯밤 풍성한 코트에 가리어졌던 몸 역시 부러질 듯 가늘고 위태로워 보였다. 그녀가 금방이라도 쓰러지지 않는 것이 이상할 정도였다.

"이제 되었죠? 커튼을 다시 쳐도 될까요?"

"나는 괜찮아. 당신은 햇살아래에서도 아름다워 보이니까."

물론 그것은 거짓말이었다. 솔직히 나는 그때, 시체를 보는듯한 섬뜩한 느낌이 들었다. 만약 보통 사내자식이었다면 그 방에서 아침이고 뭐고 할 것 없이 달아나버렸겠지만, 직업적 관심과 그녀에 대한 애틋한 감정이 뒤엉켜 나를 그 자리에 붙박인 듯 앉아있게 만들었다. 최대한 침착하고 아무렇지도 않게 그녀를 대하기로 나는 마음먹었다.

"말기 암이지? 그런데 어떤 종류의 암인지는 모르겠군."

"임파선 암이에요. 실은 뉴욕에는 마지막 수술을 받으러 왔어요. 뉴욕 병원에 그 계통으로 유명한 의사 선생님이 있다고 들어서요."

"가족은?"

"오늘 오후에 병원으로 아버지가 오실 거예요."

나는 고개를 끄덕였다.

그녀는 말없이 파리한 손으로 잼을 토스트에 발랐다.

"닥터 리는 어떤 잼을 좋아해요? 살구 잼과 딸기 잼이 있는데....."

"내 이름은 시형이야. 그리고 보니 우린 같은 S이니셜이 들어가는군."

그녀는 살구잼과 딸기잼을 둘 다 내게 내어놓았다.

"그날 밤, 그 곳에서 당신을 만난 것이 우연은 아닌 것 같아요."

센이 나를 바라보며 생긋 웃었다. 그러나 그 웃음까지도 20대 초반 여자아이의 생기발랄함보다는 왠지 애틋함이 느껴지는 잔잔한 미소였다.

"예쁩디까?"

박 사장이 물었다.

나는 그 얼굴이 기억나지 않았다.

"그냥 그런 일본 여자애였지요. 그날 오후 나는 센과 함께 빅토리아 호텔 근처에 있는 뉴욕병원으로 갔습니다. 그리고 거기서 센의 아버지인 오자와 씨와 닥터 발룩을 만났지요. 오자와 씨는 일본에서 무역회사를 하고 있는데 뉴욕에도 지사가 있는 듯 했습니다. 그는 아주 시적으로 이야기하는 사람이었습니다. 알고 보니 오자와 씨의 일가 쪽이 예술가들을 많이 배출한 유서 깊은 가문이라고 하더군요. 그가 나와 센의 이야기를 듣더니, '당신은 센의 21년 인생을 두 시간 동안 모두 살아주었습니다.' 라고 말했습니다.

　센은 일본에서 아주 유명한 감람 음악대학 1학년생이었습니다. 하지만 몸이 급속히 안 좋아져서 그 학교에 간 적은 한 번도 없었습니다. 어렸을 때부터 몸이 약했던 센은 밖에서 친구들과 놀아본 적도 없었지요. 그리고 물론 눈이 내리는 날에 눈사람을 만들어본 적도 없었고, 누군가와 눈싸움을 해본 적도 없었습니다. 그녀는 항상 사람들의 보호를 받아왔고, 유리 안의 공주처럼 자라왔습니다. 그런데 뉴욕으로 가는 여행이 확정되자, 처음으로 아버지에게 자기 혼자 가게 해달라고 부탁하더랍니다. 그 또래 여자애들이 누렸을 자유와 즐거움을 그러니까, 그녀는 처음으로 그 자유의 여신상 앞에서 맛보고 있었던 게지요."

　바에서 센은 내 어깨에 고개를 살포시 기대었다.

　"오늘은 뉴이어의 밤이야."

　"나도 알고 있어요. 내일은 1월 1일!"

　센이 활짝 웃었다.

　"이곳에서는 뉴이어의 밤에 옆에 앉은 사람에게 키스하지."

　센의 눈이 놀라움으로 휘둥그레졌다.

　"이제 10초 남았어. 이 시간을 놓치면 안 돼."

　그녀의 눈이 나를 빤히 쳐다보았다. 다소 겁먹었지만 어떤 기대감으로 설레고 있는 아름다운 눈이었다.

　"물론 여기는 자유국가니까, 싫으면 하지 않아도 돼."

　"난 하고 싶어요."

　그녀의 입술에 나의 입술을 대었을 때, 나는 그 입술이 차갑게 메말라 있는 것을 알고 놀랐다. 그러나 추위에 떨어 그랬으리라 생각하고 나는 그 입술을 내 입김으로 녹여주려 하였다. 뉴이어의 키스치고는 꽤나 길고도 진한 키스가 끝난 후, 센은 나를 바라보았다. 그녀는 작은 손으로 내 뺨을 어루만졌다.

"나는 당신 같은 남자를 이제껏 만난 적이 없어요."

"이제 센은 몇 살이지?"

"21살."

"앞으로 나 같은 남자들을 지겹도록 만나게 될 걸"

그녀가 희미하게 웃으며 고개를 저었다.

"센은 그 주에 수술이 예정되어 있었지요. 나는 돌아오는 일요일에 다시 병원을 찾아오겠다고 하고 센과 작별했습니다.

그 다음 주 일요일, 센과 닥터 발룩과 그녀의 아버지가 예일대의 내 기숙사에 놀러왔지요. 수술은 성공적으로 끝났고 우리는 조금 느긋해져 있었습니다. 센은 기숙사 로비의 벽난로 앞에서 불을 쬐었습니다. 불빛에 발그레하게 상기된 그 아이의 얼굴이 참으로 예뻐 보이더군요. 그 로비에는 아무도 연주하지 않던 피아노도 하나 먼지를 덮어쓴 채 서 있었습니다. 문득 센이 나를 위해 피아노를 연주해주고 싶다고 하면서 어떤 노래를 좋아하냐고 물었습니다. 그때, 일제시절에 홋카이도에서 온 소학교 여선생님이 불러주던 노래가 생각나더군요. 그 노래 제목이 바로 북쪽나라의 봄이었습니다. 센이 웃으며 그 노래는 자기도 좋아하는 노래라고 하더군요. 센은 피아노 앞에 앉아서 손을 건반 위에 올렸습니다. 그런데 힘이 들었는지 다시 팔을 축 늘어뜨리더군요. 그리고 보면 그 아이가 서정적으로 조용히 그 노래를 연주한 것은 실은 마지막 사력의 힘을 다해 생명을 불태웠던 것이었는지도 모르겠습니다. 그 아이는 그 노래를 내게 그렇게도 들려주고 싶어 했습니다. 그것이 센의 마지막 연주였습니다. 갑자기 경과가 좋아지지 않았던지, 아니면 원래 성공할 수 없었던 수술이었던지, 센은 삼일 뒤 세상을 떠났습니다.”

목요일 밤, 센의 아버지 오자와 씨에게서 전화가 왔다.

“닥터 리…… 센은 어젯밤…… 떠났소. 그 아이의 마지막 얼굴은 평화롭고 행복했소. 나는 닥터 리가 그 아이에게 생애 처음이자 마지막 행복을 선사한 것을 알고 있소. 고맙소.”

오자와 씨의 목소리는 가늘게 떨리고 있었다. 나는 뭐라 할 말이 없었다.

“혹시 도쿄로 올 일이 있으면 꼭 내게 연락주시오.”

나는 아마도 그날 밤, 처음으로 신을 찾으며 울어보았을 것이다. 그리고 타닥타닥 타들어가는 모닥불 앞에서 수위가 맥주를 건네며, 타임 스퀘어라도 가보지 그래? 하고 딱한 듯 쳐다보았던 얼굴이 떠올랐다. 그런데 왜 그때 나는 타임 스퀘어로 가지 않고, 미련하게 스탠튼 아일랜드의 페리를 탔을까? 그것은 설명할 수 없는 감정이었고, 충동이었다.

“그 후 한 달이 지났을까, 오자와 씨의 부인에게서 전화가 왔습니다. 센이 죽고 난 뒤 오자와 씨가 실성하여 센과 저의 이름만을 부른다는 것이었습니다. 그래서 대단히 미안하지만, 혹시 도쿄로 와줄 수 있겠냐고, 비행 편을 마련해주겠다고 하더군요. 그러나 저는 그 다음 주에 졸업 논문 심사를 앞두고 있었기에 일본에 갈 형편이 안 되었지요. 정중하게 사정을 설명하고 사과를 했는데, 그날 종일 기분이 좋지가 않은 거예요. 그래서 아무래도 안 가는 것은 사람의 도리가 아닌 것 같아 저녁에 도쿄로 가는 항공편을 예약했지요.”

“미야자키상, 닥터 리입니다. 내일 도쿄로 가는 비행기를 타겠습니다.”

“그러실 필요가 없으실 것 같습니다.”

전화기 저편의 목소리는 담담했다.

“오자와 씨는 괜찮아지셨습니까?”

“그러기를 바랍니다. 그이는…… 끝내 …….”

참담하게 수화기를 내려놓으며, 나는 내가 구했던 한 생명과 내가 구했을 수도 있었을 한 생명을 생각하고 있었다.

“이 모든 것이 운명인 것 같지 않아요?”

그날 밤, 내 품안에서 셴은 내게 속삭여 왔다. 나는 그녀 곁에 누워 조용히 그녀를 안고 새해의 첫 밤을 보내었다. 너무나 가녀리고 약해서 곧 부서질 듯, 사라질 듯 불안한 행복이었다.

“어떤 과거는 기억으로 남고, 어떤 것은 추억으로 남는데, 박사님의 것은 기억으로 남아야겠습니다.”

박 사장이 말했다.

“그래야겠지요.”

밤하늘의 별이 총총했다. 모닥불이 사그라졌다. 모두들 담요를 하나씩 덮고 숙소로 돌아가기 위해 몸을 일으켰다.

“이박사님은 말씀도 참 잘하셔. 그대로 옮겨 적으면 한 편의 소설이네, 소설이야”

김여사가 눈물을 훔치며, 뒤편에서 뭐라고 수다 떠는 것이 들려왔다.

나는 김여사를 돌아보며 허허로이 웃었다.

"괜찮은 밤이었습니까?"

그녀가 고개를 끄덕였다.

"저 밤하늘을 보십시오. 저 숲에서 속살거리는 나무들의 소리를 들어 보십시오. 이 모든 것이 하나의 우주입니다. 낙엽이 지면 썩어서 흙으로 돌아가는 것이지요. 하지만 저는 봄에 파릇파릇하게 올라오는 연한 초록색의 잎들이 그렇게 아름다워 보입니다. 이곳으로 오는 길에 단풍이 그렇게 좋다지요? 초봄에 와 보시면 그 잎들이 새파랗게 손을 흔들고 있는데, 저는 차마 그 길을 지나쳐갈 수가 없어서 망연히 서 있었습니다."

김여사가 조용히 미소 지었다.

"작은 아이가 작년에 사고를 당했어요. 어젯밤 꿈에서 그 아이를 보았지요. 전 그 아이를 본 것이 너무 기뻐서 좀 더 이야기를 나누고 싶었는데 갑자기 요기가 느껴지더군요. 엄마 화장실 갔다 와서 얘기 더 하자…… 그랬더니 애가 제 발목을 잡고 놓아주지를 않아요. 그런데도 제가 '괜찮아. 엄마 금방 다녀올게.' 하고 방문을 나섰는데…… 아, 그때 알았어요. 이것이 꿈이었다는 것을, 다시 잠들려 해도 그 꿈을 다시 꿀 수 없다는 것을. 그리고 눈을 떴지요."

"그것이 인생인가 봅니다."

"박사님, 저는 오자와 씨의 슬픔이 느껴집니다."

"만약 그때 어머니가 죽고 아이만 살아남았다면 어땠을까요?"

"저는 그랬어야 한다고 하루에도 열 번씩 생각하는 걸요."

"아이는 어머니를 그리워하며 평생 보호받지 못하고 컸을 겁니다. 저는 불교신자는 아니지만, 우리는 모두 선택해서 태어나고 선택해서 이곳을 떠난다고 생각해요. 그 아이는 짧은 생애임에도 불구하고 어머니 곁에 오기 위해 이곳에 태어났는지도 모르지 않습니까? 오지 않았을 수도 있었지만 행운으로 왔던 행복입니다. 그 행복을 오래도록 간직하십시오.”

별이 빛나고 있었다. 희미하게, 저 멀리서, 어렴풋하게, 그리고 그들은 밤길을 걸어갔다.

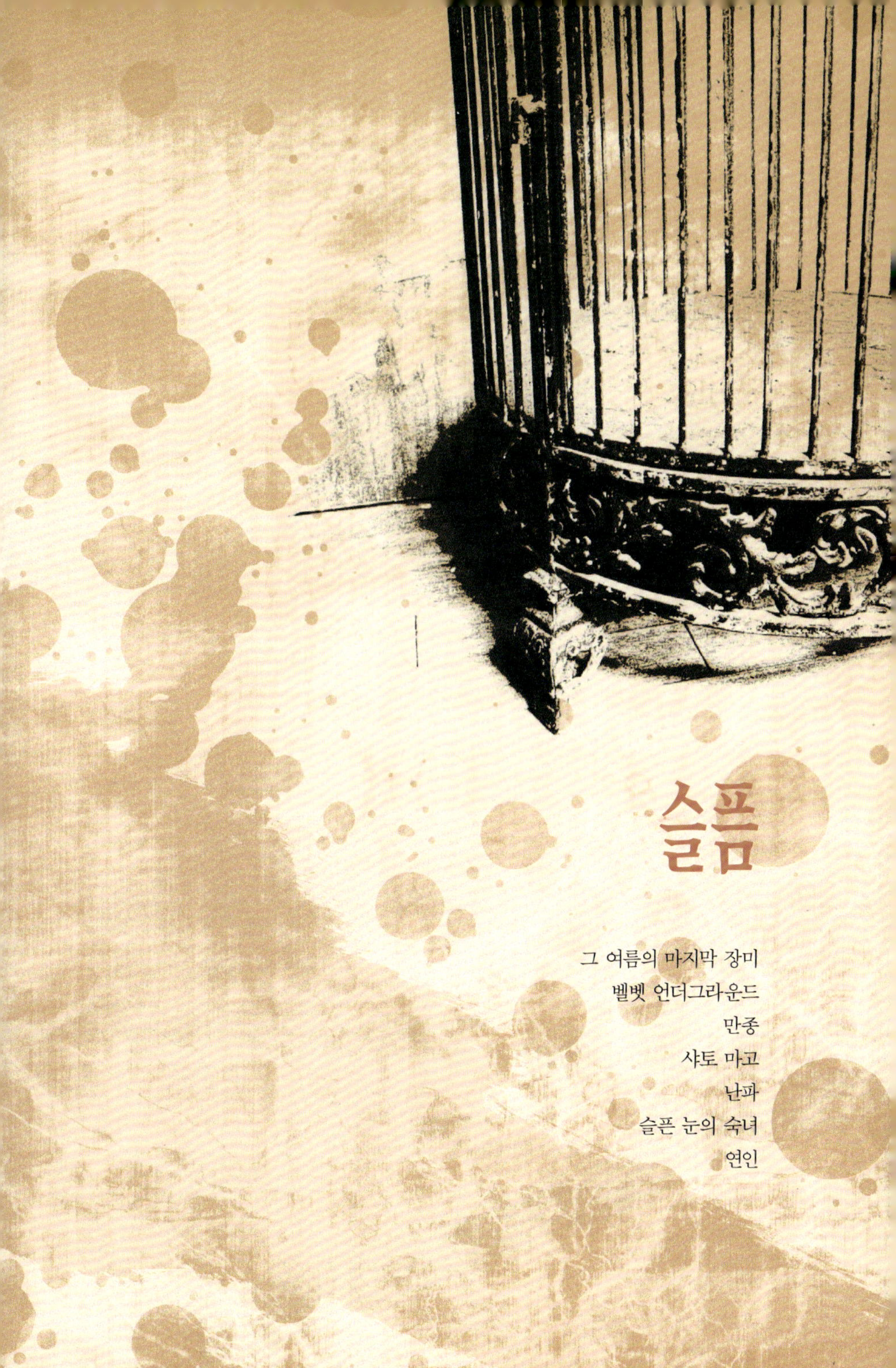

슬픔

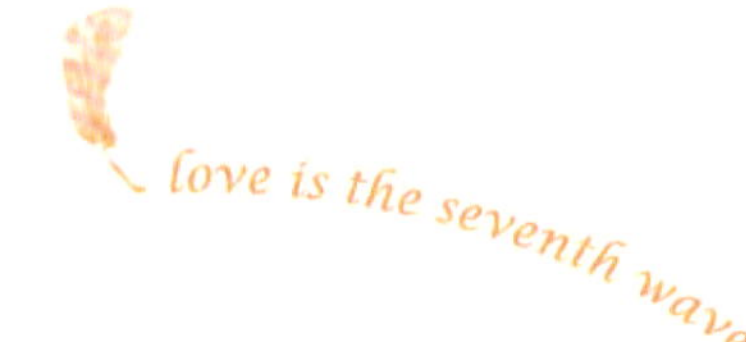

love is the seventh wave

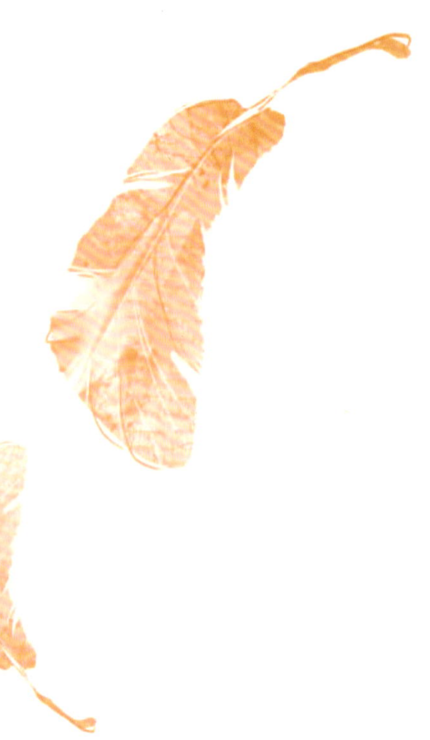

love is the seventh wave

그 여름의 마지막 장미

세트에 불이 켜졌다.

그는 죽은 몸을 서서히 일으키기 시작한다.

손목과 머리 부분에 엉겨 붙은 붉은 피를 분장사는 재빨리 닦아낸다. 그의 얼굴은 창백하다. 마치 야생동물이 겨울동안 자신을 보호하기 위해 덮어쓴 갑옷처럼.

"수고하셨습니다."

그는 피에 적셔진 손목으로 스텝들과 일일이 마지막 악수를 나눈다. 그리고 조명기가 하나 둘씩 꺼지기 시작하자 스튜디오의 긴 문을 통과해 주차장에 세워둔 자동차로 발길을 옮겼다.

촬영감독 : 눈이 인상적인데.

녹음기사 : 잔인해 보이는 눈이지? '욕망이라는 이름의 전차'의 스탠리 역할이 딱 어울리는 눈이야. 육식동물 같은 눈.

촬영감독 : 백그라운드가 어떻게 되지? 그가 '벚꽃나무 아래에서'에 출
　연하기 전에 말이야, 연극을 했었나, 아니면.......
녹음기사 : 성악 전공이야. 이 감독이 그를 뉴욕에서 만났다고 하더군.
　메트로폴리탄 극장엔 회원제가 있어. 그때 오페라 회원 이었대. 이
　감독이 또 생긴 것 같지 않게 클래식 광이잖아. 일주일에 한번 꼴
　로 메트에 갔는데 그때마다 휴식시간에 로비에 앉아있는 동양남자
　가 있더래. 보통은 친구나 애인이나 비즈니스 파트너를 동반해서 관
　람하곤 하는 무리 중에 홀로 떨어져 있는 그가 눈에 띄었지. 참 끈
　질길 정도로 그 남자는 완벽한 정장을 하고 혼자 와서 관람을 즐긴
　거야. 일 년이 다 가도록.

그는 키를 꽂고 자동차 기어를 당긴다. 차는 출발하기 시작한다.

연출부 : 음악을 틀까요?
감　독 : 아니, 괜찮아. 30분간 휴식하자구.

차창으로 흰 선들이 어둠속에 깔려있다. 그는 한 손으로 넥타이를 풀
고 와이셔츠의 옷깃을 젖힌다. 밤공기가 불순한 5월의 향기를 뿌려대고
있는 숲 속. 나무는 검은 잎들을 부산하게 흔들어댄다.
'음악을 틀까?'
그는 손을 시디플레이어에 가져갔다가 곧 거둔다.
"음악을 틀까? 바그너의 '크리스탄과 이졸데'는 어때?"

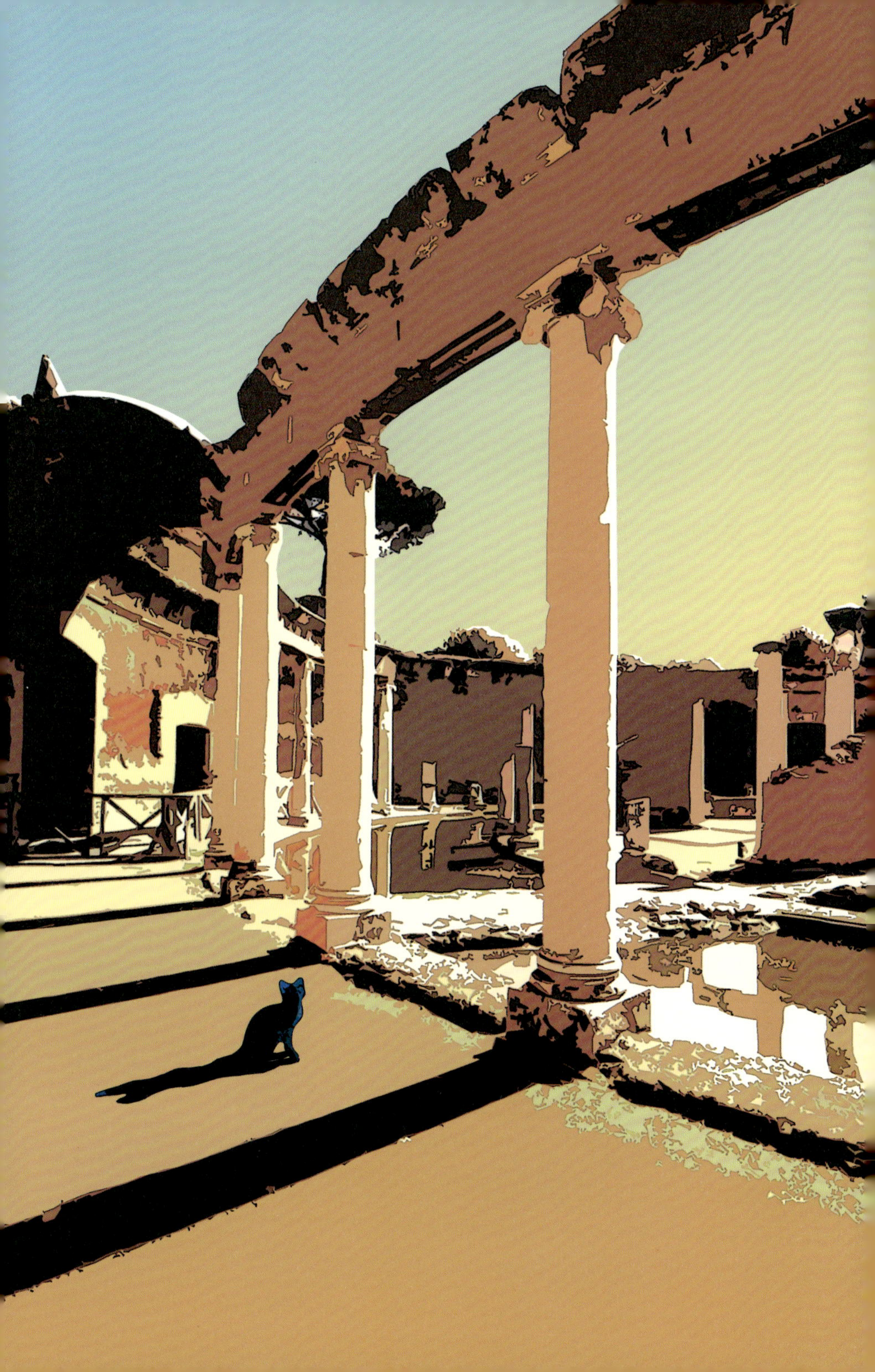

“그만둬.”

“왜? 꼭 우리들 이야기 같지 않아?”

그녀는 결혼반지가 끼워진 가는 손가락으로 시디플레이어의 버튼을 누른다.

그는 침대에서 몸을 일으키고 그녀의 뒷모습을 바라본다.

그녀는 이미 갈색 원피스를 입고 화장을 마친 후였다.

빌어먹을, 그러나 그 날은 일요일 아침 9시였다.

“아침식사나 같이 할까? 에스프레소 바에서. 베이글과 신선한 연어훈제, 그리고 커피를.”

“근사한 유혹인데. 하지만 오늘은 안 돼. 스탠리가 10시에 공항에 도착하거든. 그 전에 집에 가봐야 해.”

“왕이 행차하시는군.”

“제발, 그렇게 말하지 마.”

“언제나 훌륭한 오페라는 비극으로 끝나지. ‘이졸데의 사랑의 죽음.’ 너도 그런 걸 원해? 이 하찮은 불륜을 그런 걸로 만들고 싶어? 모든 감정의 게임들을 동원해서…….”

“제발, 그만해 둬.”

“스탠리를 만나기 전부터 넌, 나를 알고 있었어. 빌어먹을 줄리아드의 디바였던 너는……. 그리고 신분에 걸맞은 구두를 한 짝 찾아냈지. 젊은 날 방황은 부유한 가문의 딸이 누린 한낱 치기에 지나지 않았어. 그 낡은 운동화를 계속 신을 힘이 애초부터 없었던 거야. 그렇지? 그리고 지금은 뭐지? 경호원이 딸린 아파트로 가기 전 이 누추한 방에서의 쇼들은 다 뭐냐 말이야. 다시 찾아낸 운동화인가. 너의 남편에 대한……. 정말 쿨한 여왕이로군. 모던하고 캐주얼하고 적당히 반항적이야."

그녀는 아무 말 없이 갈색 펌프스를 신고 그의 아파트를 나갔다.

음악은 계속 플레이되어 2막의 트리스탄과 이졸데의 사랑의 이중창이 흘러나왔다. 이졸데가 마르케 왕의 왕비가 된 후에도 두 사람은 왕의 눈을 피해 만나고 있었다. 그리고 그들은 사랑의 이중창을 부르는 것을 주저하지 않았다. 아무리 브란게네가 왕의 신하가 두 사람의 밀회를 눈치 챈 듯 하다 이졸데에게 귀뜀했지만. 그리고 젊은 연인들은 곧 곤경에 처한다. 왕이 사냥 간다고 한 것은 두 사람의 밀회현장을 확인하려 했던 함정이었던 것이다. 왕은 칼을 뽑아 트리스탄을 겨눈다.

"제발, 그만해줘."

그는 방금 그녀가 했던 말들을 다시 되풀이해 본다. 그것은 어떤 악센트로 이루어진 신성한 단어들이었던가.

그는 침대를 빠져나와 창가에 선다.

갈색 원피스를 입은 이졸데는 검고 아름다운 마차에 올라 기어를 당긴다. 차는 출발하기 시작한다.

'다시는 당신을 보기위해 메트로폴리탄으로 가지 않겠어. 왜냐하면, 우리의 것들은 무대에 올리기에는 너무 희극적이니까. 제발……. 그만해두자구.'

긴 잠에서 깨어난 그의 눈앞에 서울 톨게이트의 불빛들이 나타났다.

새벽 4시.

낯선 도시로 들어서기엔 완벽한 시간이었다.

벨벳 언더그라운드

"시트가 바뀌었군요. 예전에 여기는 벨벳으로 덮여있었는데……."

"벨벳은 약하죠. 앉으면 흔적도 많이 남고……."

"하지만 벨벳처럼 은밀한 직물도 드물죠. 예전에 나는 벨벳 슈트를 한 벌 가지고 있었어요."

"무슨 색?"

"짙은 바이올렛, 그 안에는 흰 셔츠를 입었죠."

"아름다웠겠군요."

"병아리 색 슈트를 입은 적도 있어요. 그 안에는 청록색 셔츠를 입었죠."

"잘 어울렸겠군요."

"그녀는 검은 옷들만 입었어요. 그리고 그런 옷들은 이 집의 분위기에 잘 어울렸지요. 우리는 거의 매일 이 곳에 왔어요. 한번은 낮에 술을 마시고 나가다가 그녀가 계단에서 발을 삔 적도 있어요. 그녀는 블랙 러시안을 마셨죠. 당신은?"

"파라다이스."

"처음 보는 칵테일이군요."

"바텐더가 2주전에 발명했죠."

"파라다이스는 이 세상에 존재하지 않아요. 완벽한 사랑이 연인들 간의 환상인 것처럼."

"당신은 그녀와 함께 있었을 때 행복하다고 말했던 것 같은데요."

"그래요. 행복했죠. 하지만 그녀는 너무 술을 많이 마셨어요. 그리고 나는 너무 많은 시간을 낭비했죠."

"나는 당신에게 어떤 사람인가요?"

"당신은 지금 내 앞에 있어요. 그리고 우리는 함께 술을 마시고 있고, 그러한 당신의 마음을 얻는 것이 지금 내게는 너무 어려워 보이는 군요. 조금만 빈틈을 보여도 당신은 거리에서 차를 잡아타고 사라질 것만 같으니까요."

"사라질 것 같은 사람은 바로 당신이에요."

"나는 다시 차를 잡아타기에는 너무 지쳤어요."

"그래서 익숙한 곳으로 숨어들었군요."

"당신은 이곳이 마음에 들지 않으신가요?"

"아뇨. 마음에 들어요. 벨벳 언더그라운드처럼……."

"맙소사. 저기에서 그녀가 걸어오는군요."

"그녀는 저를 오해하겠군요."

"나가기를 원하나요?"

"그녀는 저를 바라보고 있나요?"

"아뇨. 그녀는 반대편에 앉았어요."

"다른 곳으로 가겠어요?"

"당신이 원하신다면……."

그리고 그들은 벨벳 언더그라운드를 빠져나왔다. 그는 바이올렛 빛 의자에 앉은 검은 슈트 차림의 그녀를 바라본다. 그녀는 웃고 있었다. 마치 샴페인의 기포가 잔 위로 번지듯이…….

"무엇을 보고 있지?"

"떠나가는 어떤 남자의 뒷모습."

"무엇을 마시겠어?"

"블랙 러시안. 당신은?"

"나도 같은 것으로 하지."

"아니야. 좀 더 상상력을 발휘해요. 메뉴에는 수많은 칵테일이 있으니까. 파라다이스는 어때요?"

"너무 달콤한 술일 것 같아."

"그럼 가미카제는?"

"전투적이군."

"당신에게 어울려요."

"그건 당신이야. 나는 전투를 하기에는 너무 노회했지."

"재미있군요. 이제 무언가를 정해야하지 않겠어요? 지금 우리의 관계처럼."

"결혼은 이번 겨울이 좋겠어."

ffee liqueur

KAHLUA, S.A. 161718 10

Subsequent Proprietor   _Sandwich West Ltd._

UBSEQUENT PROPRIETOR   _Hicks Walker_
(International) S.A.

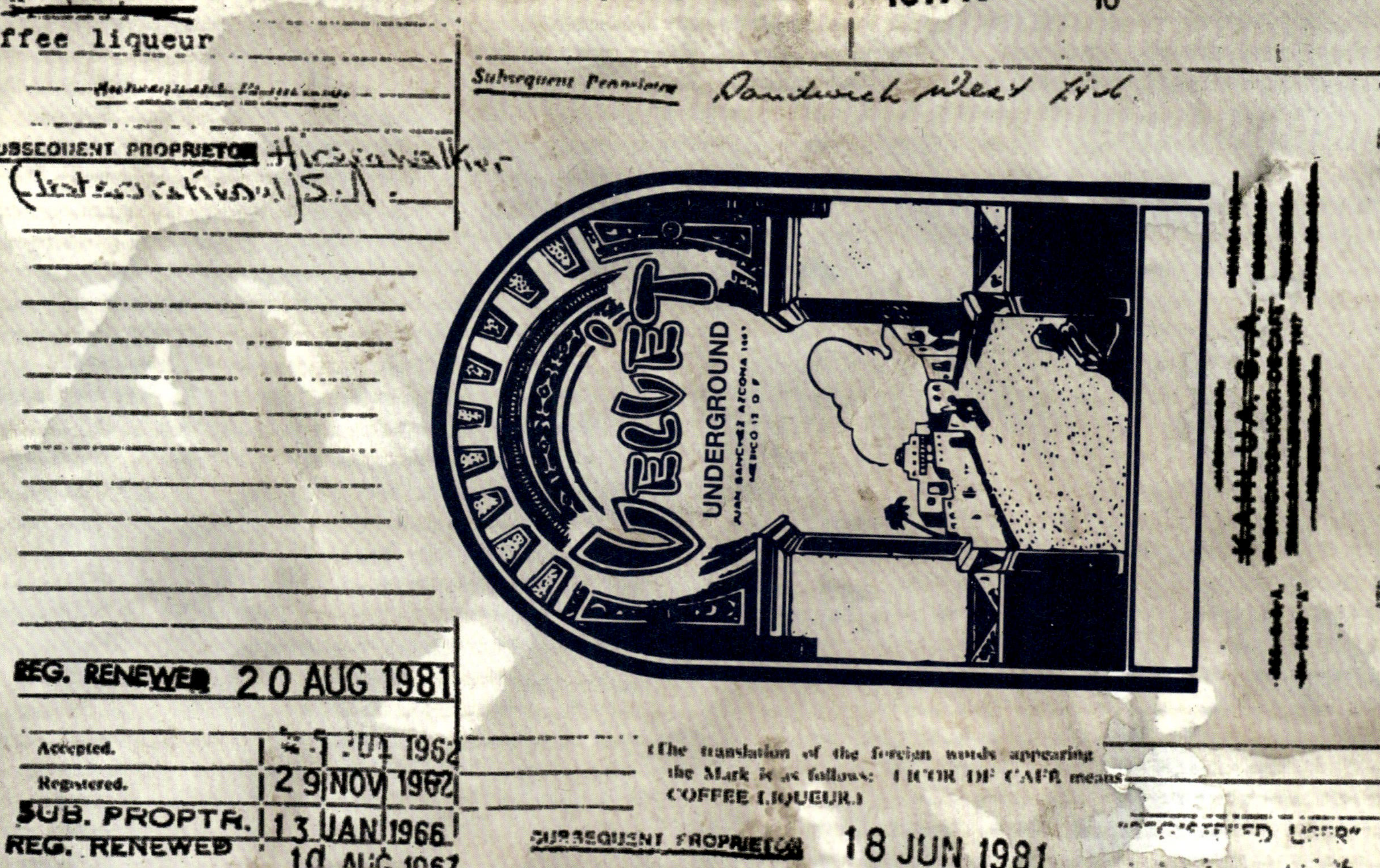

REG. RENEWED   20 AUG 1981

Accepted.   25 JUL 1962
Registered.   29 NOV 1962
SUB. PROPTR.   13 JAN 1966
REG. RENEWED   10 AUG 1967

(The translation of the foreign words appearing
the Mark is as follows: LICOR DE CAFE means
COFFEE LIQUEUR.)

SUBSEQUENT PROPRIETOR   18 JUN 1981   "REGISTERED USER"

“그리고 상대는 나인가요?”

“당신이 마음에 들어 하지 않는다는 것을 알아. 하지만 때로는 인생이 마음대로 되지 않는다는 것을 알아둬야 할 필요가 있지 않을까? 뭐든 좋을 대로 하라구. 단 몇 가지만 지켜줘. 어제 말한 것들……. 그 외에는 당신 뜻대로 하라구.”

“재미있군요. 누군가가 말하지 않았나요? 당신은 재미있는 사람이라고…….”

“취했군.”

“기억나요? 우린 그 날 너무 많이 마셨어요. 그래서 계단을 내려올 때, 나는 당신 쪽으로 넘어졌죠. 그러지 않았다면, 그 때 발을 삐었을 거에요. 밖에 나왔을 때는 너무나 화창한 봄이었죠. 취한 사람은 거리에 우리 둘 뿐이었어요. 모든 사람들이 우리를 쳐다봤지요. 그 때 우리는 서로의 얼굴을 바라보며 미친 듯이 웃고 있었으니까. 기억나요? 당신은 아무 것도 기억하지 못하는 군요.”

그녀는 바이올렛 벨벳 아래로 깊이 몸을 묻었다.

“당신을 보고 싶군요. 곧 겨울이 오면, 그 옷을 입고 나와요.”

“어떤 옷?”

“아까 말했던 벨벳 슈트.”

“이제는 입지 않아요. 더 이상 내겐 어울리지 않거든요.”

그는 거리를 걸었다. 그리고 밤이 붉게 취한 두 뺨에 내려왔다.

만종

무엇을 보고 있나?

밀레의 만종.

자네가 그런 평화로운 그림을 보고 있다는 것이 믿기지 않는군.

저건 평화로운 이야기가 아니야. 자네는 무덤이 보이지 않나보군.

들판에서 추수에 감사하며 기도를 올리고 있는 젊은 부부가 보이는군.

달리가 저 그림을 본 적이 있어. 그리고는 참을 수 없는 슬픔과 현기
증을 느껴 실신했지. 자네는 그런 사람들을 잘 알 수 없을 거야.
그는 최고의 예술가였지만 또한 최고의 광인이었지. 그는 저 그림에

무언가 비밀이 있다는 것을 본능적으로 감지했어. 그래서 저 그림에 대해 조사를 좀 해보았지. 그리고 비밀을 밝혀냈어.

그게 뭔데?

저건 추수를 감사하는 소박한 농군들의 그림이 아니야. 실은 저들은 죽은 아기의 무덤 앞에서 애도하려고 손을 모으고 기도하고 있는 것이었어. 실제로 밀레는 그렇게 그렸다가, 그림의 주제가 너무 암울한 것 같아서 덧칠해 버린 거였지. 달리만이 그것을 느낄 수 있었네. 놀랍지 않은가?

별난 일이군. 난 그런 이야기를 처음 듣네. 그러고 보니 그렇게도 보이는군.

그는 고개를 갸웃거렸다.

달리는 자의식이 너무 강해. 그게 그에게 왕관을 씌워주긴 했지만……. 난 메소니에 같은 화가들이 좋아. 그들은 자신이 그리는 것 앞에서 자기 자신을 완전히 소멸시키지. 그려지는 대상에 만족하고, 붓을 놀리는 손에 만족해. 완전한 중재자 역할에 충실하지. 하지만 나는 그 그림보다 더 신비로운 그림을 본 적이 없어. 그 그림을 보다가 달리를 보면 어린 아이의 꿈을 보는 것 같아.

한번 봐야겠군. 난 전에 그런 생각을 해본 적이 없어.

나는 검은 모자를 집어 든다.

이것 봐. 난 이제 여기를 떠나야겠어.

언제?

오늘 밤. 이곳을 떠나야겠어.

서운하군.

난 여기 너무 오래 있었어.

다른 곳에는 무언가가 있나?

아니, 모르겠어. 다른 곳에 무엇이 있는지 난 모르겠어. 하지만 난 여기에서 내 친척들을 만날 수가 없었어.

편하게 생각해. 나도 내 여동생도 자네를 좋아하고 있다네.

그녀에게 안부를 전해주게. 하지만 우리는 함께 할 수 없다고 말해줘.

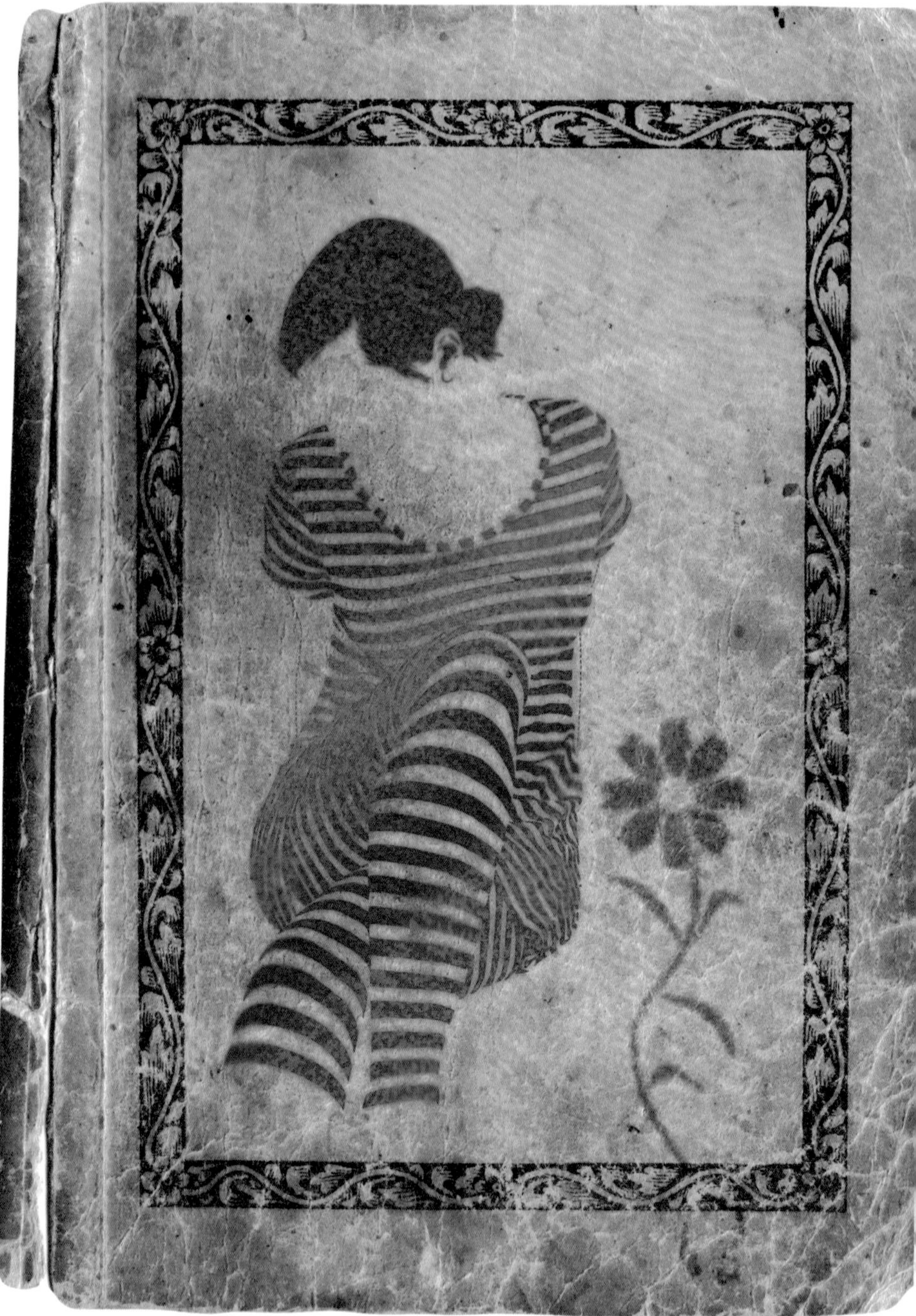

그녀가 다른 구혼자를 찾기를 바라네.

그 애는 마음이 아플 거야.

모든 고통에는 쾌락이 있다고 전해주게. 모든 슬픔이 아찔한 현기증을 동반하듯이. 하지만 난 그녀가 그것을 느낄 수 있는 사람인지는 모르겠어. 미인이긴 하지만. 그녀는 나의 아내가 될 수는 없어. 물론 그녀도 그것을 원하지는 않겠지만 말이야.

좋은 여행이 되길 비네.

안녕, 친구. 그동안 신세 많이 졌네. 자네가 본 것이 나였다네.

알고 있어. 난 처음부터 자네의 얼굴을 알고 있었어.

나는 그에게 작별을 고하고 배를 타기 위해 항구로 나아갔다. 해안에 부딪히는 파도와 하늘과 맞닿은 수평선을 바라본다.

나의 얼굴은 점점 굳어져간다. 그것은 저 바다 밑에 굳게 뿌리박은 암벽처럼 더욱 더 단단해져 가리라.

나의 영혼은 더욱 굳건해져서 해안에 부딪히는 파도 따위에는 흔들리지 않으리라.

나는 다시 저 대양의 괴물들을 만나러 가리라.

　중세의 천사들이 옷을 갈아입고 쓸모없고 더러운 존재로 전락해 있는 거리를 찾아가리라.

　나는 그들의 모습을 그리리라.

　저 별까지 헤엄치리라.

　육체가 대양의 한 점으로 사라질 때까지.

샤토 마고

복잡 미묘한 향속에 숨어있는 최고의 부드러움.

누군가가 샤토 마고를 마시고 쓴 감상중의 한 구절. 이 한 구절이 계속 마음을 사로잡는다. 복잡 미묘한 향속에 숨어있는 최고의 부드러움. 어떤 여자를 연상시키는 찬사 같기도 하고, 어떤 남자를 연상시키는 수식어 같기도 하다. 어떤 소설을 읽은 감상 같기도 하고, 어떤 음악이 흘러간 뒤 남기는 여운 같기도 하다. 다시 와인에 대한 수식어를 읽어본다.

파워풀하고 깊이 있는 맛과 향. 쉼 없이 바글거리는 거품. 강렬하면서도 발랄한. 탄닌과 바디가 아주 탄탄한. 한 번도 실패한 적이 없는 와인. 콤콤한 향과 부드러운 나무향이 인상적인. 그래도 저 말처럼 인상적이지는 않다.

복잡 미묘한 향속에 숨어있는 최고의 부드러움.

그냥 부드러운 것이 아닌 최고의 부드러움이다. 그리고 그 향기는 워낙 여러 향기와 뒤섞여 있고 워낙 많은 뉘앙스를 풍기고 있어서 한마디

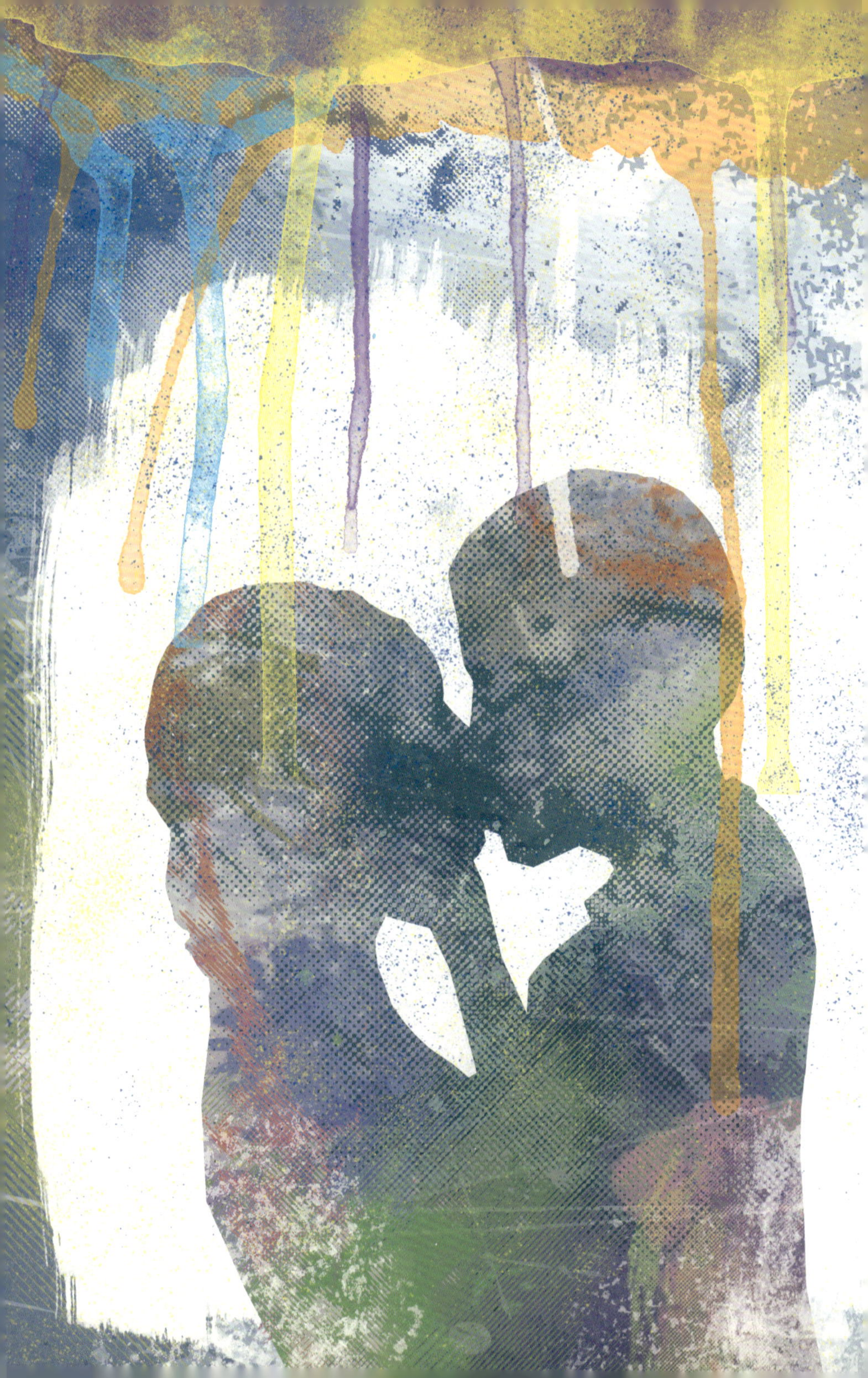

로 정의할 수 없다. 그러나 그 향은 불쾌한 모호함은 아니다. 은밀하면서도 고급스럽다. 이런 저런 의미로 유추될 수 있는 말, 그런 비겁한 우유부단함이 아니다. 그렇다고 자신의 감정을 확실히 알지 못하는 순진함도 아니다. 먼 길을 돌아오고, 여러 가지를 보고 세상풍파를 겪은 다음, 풍부한 지식과 감상으로 그것을 재단할 수 있게 된 다음, 그럼에도 불구하고 그것을 표현하기가 모호할 만큼 복잡한 혼돈과 열정의 감정으로 몰아가는 어떤 실체를 만나게 된 다음, 그 앞에서 다시금 그 모든 경험과 지식이 쓸모없어졌음을 겸허하게 깨달은 다음 느끼는 미묘함, 느끼는 복잡한 심정.

아무리 유추하려고 해도 해석되지 않는 아름다움. 잡으려해도 절대로 가질 수 없을 것 같은 아름다움. 그러나 끊임없이 감탄을 자아내며 마음을 걷잡을 수 없는 슬픔에 잠기게 하는 그러한 아름다움. 그러나 그 아름다움은 도발적이거나, 한눈에 알아볼 정도로 인상적이거나, 곧 꺼질 것처럼 경박하게 부글대지도 않는다. 그 아름다움은 상냥하나 견고하고, 영원할 것 같으나 곧 떠나버릴 연인과 같다. 그는 혹은 그녀는 어둠 속에서 당신의 눈을 바라본다. 그 눈길은 영원히 잊히지 않는다. 뒤섞이는 두 강물의 지류처럼 부드럽게 그 향기는 당신의 향기와 결합된다. 당신은 바로 그 순간을 살기위해 이곳에 태어났다고 느끼게 된다. 그리고 당신은 바로 그 시간을 잊지 않기 위해 계속 살아갈 것임을 감지한다.

복잡 미묘한 향속에 숨어있는 최고의 부드러움.

그 문장을 말할 때는 와인은 이미 혀끝을 지나, 식도를 지나, 당신의 위장속으로 사라진 뒤였을 것이다. 그런 와인을 마신 다음에는 더 이상

다른 와인을 마시고 싶어지지 않는다. 식사를 하며 웃고 떠들고 있는 유쾌한 테이블의 사람들을 뒤로하고 당신은 그냥 걸어서 저 밤거리로 나아가고 싶어진다. 카페의 음악소리는 점점 멀어지고 거리의 소음이 귀를 공격해온다. 혼란하고 흔들리는 불빛 속에서 사람들은 여전히 취기를 감추지 않으며 함부로 부딪혀온다. 그럼에도 불구하고 당신은 멈추지 않고 그 거리를 모두 걸어가게 된다. 그때 당신이 생각하는 것은, 그리워하는 것은 오직 하나뿐이다. 그리고 밤바다에 섰을 때, 그것이 다시 돌아오지 않을 것을 확신하기에 울게 된다. 격렬한 울음. 폐부의 통증을 일으키는 울음. 상처받은 짐승 같은 울음. 그러나 그 울음 속에서 당신은 비로소 자신이 아름답다는 것을 알게 될 것이다. 그 어느 때보다 슬픔 속에서 당신은 부드러운 위안을 발견한다. 복잡 미묘한 향속에 숨어있는 최고의 부드러움이란 수식어는 나에게 그런 슬픈 감상을 불러일으킨다.

난파

나는 피곤한 몸을 그녀의 침대에 뉘었다.

죽음 같은 피로가 몰려와 바다 속으로 서서히 가라앉는 것 같았다.

그녀는 내게 따뜻한 스프를 가져왔다.

"비속에 쓰러져있는 당신을 보고 난 당신이 죽은 사람이라고 생각했어요."

"난 죽어있었어요."

나는 마음속으로 이야기했다.

"당신이 눈을 뜨리라고는 생각도 못했어요. 당신 눈은 내가 기대했던 것보다도 훨씬 근사하군요."

그녀가 내 얼굴 앞에서 미소를 지었다. 나 또한 그런 근사한 미소를 다시 볼 수 있으리라고는 생각하지 못했다.

나는 비속에서 손목을 그었고, 피가 사방으로 번져나갔다. 약을 너무 많이 먹었다.

제길, 그날 밤. 나는 레인보우 알약을 위스키로 삼켰다.

손목에는 단단한 붕대가 감겨져 있었다.

"바보 같은 짓이에요. 그런 건."

그녀가 근엄하게 타이른다.

"난 당신이 누구인지도 모르고, 무엇 때문에 그런 짓을 했는지도 몰라요. 하지만 그건 바보 같은 짓이라는 것은 알죠."

"이봐요. 나도 당신이 누구인지 모르고, 당신이 왜 나를 이 방으로 데려왔는지도 모르겠소. 하지만 그건 바보 같은 짓은 아니었어."

누가 내 혀를 잘라버렸을까.

나는 아무런 말도 내뱉을 수 없었다.

"당신, 누군가에게 쫓기고 있죠? 항구의 어느 매춘부에게 아이를 임신하게 했나요? 아니면, 파산해버렸나요? 사랑하는 여자가 떠나버렸나요? 아니...... 당신은, 바보 같은 작자들의 꼬임에 빠져 도박판을 들락거렸을 거야. 그렇죠?"

나는 고개를 끄덕였다.

"우리 오빠도 그랬다구요. 하지만 그는 지금 잘 살고 있어요. 차라리 먼 곳으로 도망을 가버려요. 그 누구도 당신을 모르는 곳으로. 그래서 시골처녀를 만나 아이를 낳고, 무슨 일이든 해요. 여기에서의 진실은 거기에서는 얼마든지 바뀔 수 있어요. 당신도 선원이죠?"

나는 고개를 끄덕였다.

"우리 집도 뱃사람 집이죠. 아버지의 얼굴을 본 적은 없지만. 그는 건장한 뱃사람이었어요. 난 조가비 모으는 것을 좋아해요. 아침에 해변으

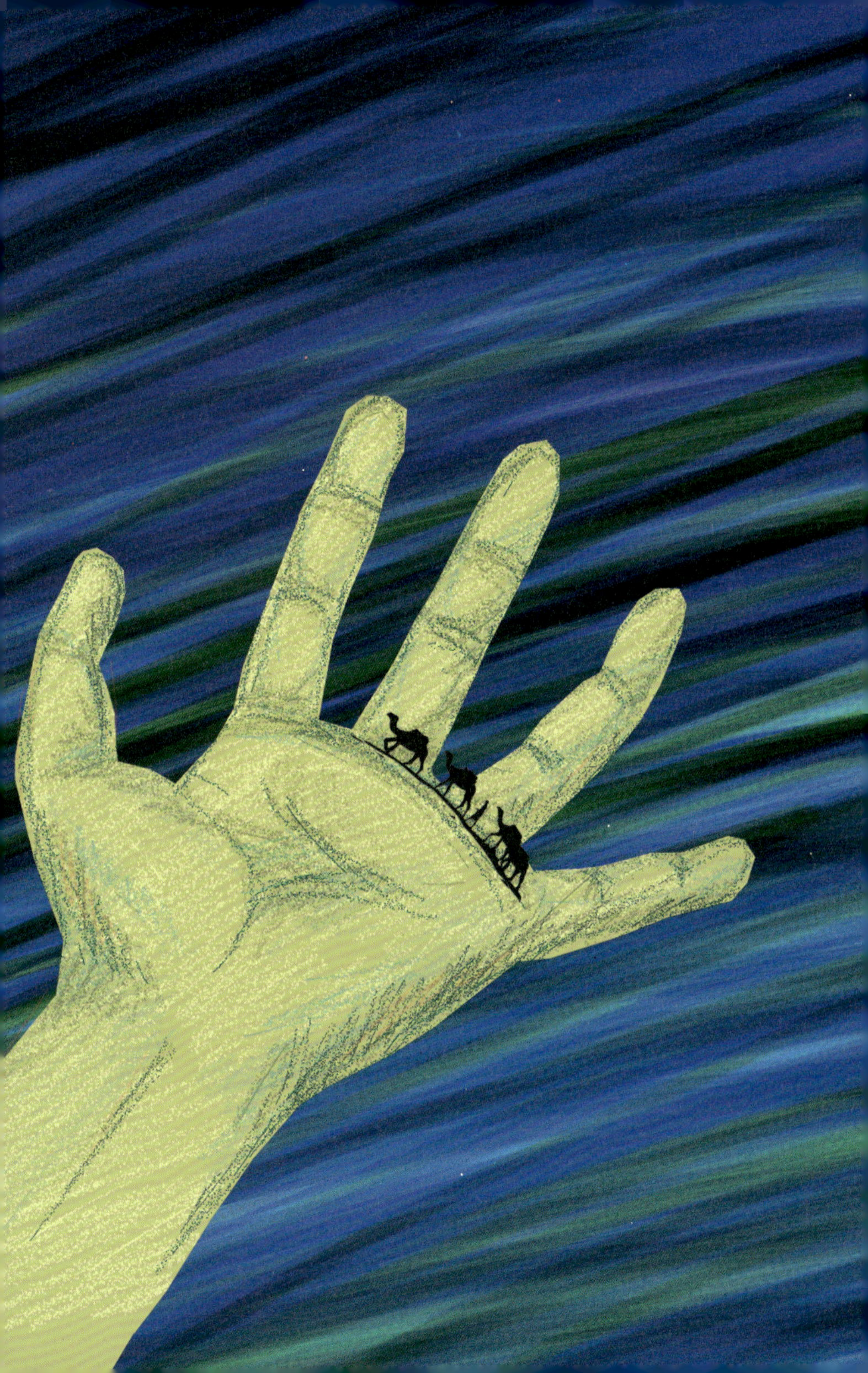

로 나가면 예쁜 조가비를 발견하곤 해요. 난 그것들을 하나 둘씩 모아 두었다가......이거 봐요. 이 액자도 그것으로 장식한 걸요.”

그녀의 얼굴에 자랑스러운 미소가 번졌다. 흰 조가비로 장식한 액자에는 돛단배 그림이 끼워져 있었다.

“좀 있으면, 일을 가봐야 해요. 난 이 근처의 식당에서 일해요. 올 때 남은 스프를 더 가져올게요. 그 스프 맛있죠?”

나는 고개를 끄덕인다.

“이곳에 좀 더 머물러요. 내가 돌봐 줄게요.”

그녀는 내 이마에 키스한다. 마치 오래된 연인처럼. 나는 갑자기 기억을 상실해서 그녀가 내 아내였음을 잊고 있는 것이 아닌가 하고 그녀의 얼굴을 빤히 쳐다본다. 어디선가 우리의 아이가 숨이 넘어갈듯이 웃으며 방으로 들어올 것만 같다.

“이상한 생각 하지 말아요. 난 아무에게나 이러는 여자는 아니니까.”

접시를 치운 다음, 그녀는 옆방에서 옷을 갈아입고 길 건너 식당으로 가버렸다. 나는 몸을 움직여보려고 했지만 꼼짝도 할 수가 없었다. 그래서 하염없이 창밖만 바라보았다.

창밖에는 어제만 해도 거칠었던 바다가 잠잠해져 있었다. 항구에는 어선들이 출항을 준비하고 있었다.

나는 팔뚝에 새겨진 문신을 바라본다. 장미꽃, 그리고 하트. 다른 쪽 팔에는 독수리, 그리고 별.

나는 그 날 왜 그 거리에 쓰러져 있었을까?

누가 내게 레인보우 알약과 위스키를 주었을까?

내 바다의 깊은 곳에 무엇이 손상되어 있었을까?

나는 난파하고 있었던 것일까?

그래서 이 해안에 흘러들어온 것이었을까?

나는 고개를 흔든다. 아무리 무언가를 떠올려 보려 해도 아무 것도 떠오르지 않았다.

"이 곳에 좀 더 머물러요."

그녀가 말했다.

저 식당에서 그녀는 무슨 스프를 만들고 있을까?

나는 다시 잠에 빠져든다. 죽음과도 같은 깊은 잠. 거리의 소음이 점점 멀어지고 나는 형체모를 꿈을 꾼다.

좀 더 여기에 머물러요.

꿈속의 누군가도 내게 그렇게 속삭이고 있는 것 같았다.

슬픈 눈의 숙녀

자네는 이런 노래를 잘 부른다고 하더군. 제목을 주면, 바로 노래를 부를 수 있다지. 이건 어떤가? 슬픈 눈의 숙녀.

그는 그녀를 바라보고 있었다. 슬픈 눈의 한 여인을. 그녀는 파티 구석자리에 앉아 있었다. 어떤 존재감도 없었지만, 그녀의 눈만은 매우 아름다웠는데, 한참을 들여다보기엔 너무나 슬픈 눈이었다.

좋아요. 한번 해보죠.

나는 그 신사의 요청을 받아들였다.

그녀는 전갈자리에요.

이유는?

전갈자리는 비밀이 많죠. 그들은 또한 냉정해서, 자신을 잘 드러내지 않아요. 사랑 역시 마찬가지랍니다. 그들은 뛰어난 전술가이지만 에로스의 화살에 공격을 당하면, 열정적으로 불타오르죠. 그때 그들을 제어할 수 있는 것은 아무것도 없답니다. 애인이 떠날 때, 권총으로 그들을 쏘는 살인자들. 그들이 바로 전갈이죠.

안 되었지만, 저 여자는 쌍둥이자리야.

쌍둥이자리의 여자는 믿을 게 못되죠. 그들은 두 개의 영혼을 가지고 있거든요. 두 개의 영혼은 두 개의 삶을 요구한답니다. 두 개의 삶은 두 개의 사랑을 선택하지요. 그들은 다정하고, 쾌활하고, 사교적이다가 갑자기 단호하게 자신의 방문을 닫아건답니다. 그들은 모험가이고, 외교관이고, 예술가이지만, 또 한편으로는 책략가이고, 정치가이고, 무사이죠. 그들은 여행자이지만, 방랑자가 될 수는 없답니다.
그들은 방랑하기에는 너무 많은 얼굴을 가지고 있거든요.
그들은 수완가랍니다. 도시마다 연인들이 있지요. 그들의 책장의 책들은 아무런 관련이 없는 주제들로 가득 차 있답니다. 그들의 삶은 일관성이 없고, 유희적이랍니다. 한 새는 불멸을 노래하고, 한 새는 지상의 기쁨을 노래하지요. 그들은 종달새처럼 지저귀다가, 날아가 버린답니다.

안 되었지만, 저 여자는 물고기자리야.

안 되었지만, 저는 물고기자리의 여자를 좋아하지 않아요. 그들은 노래하지 않거든요. 노래하더라도 너무 슬픈 노래들이라, 바다를 항해하는 선원들을 홀려서 난파하게 만든답니다.

염소자리는?

그들은 좋은 아내가 되지요. 좋은 어머니가 되고, 하지만 매력적인 애인이 되기에는 부족해요.

사자자리는?

아, 그들은 아폴론의 여동생들이에요. 그들은 태양을 똑바로 바라보다가 눈이 멀어버린답니다. 그들의 정열은 태양처럼 상쾌해서 당신을 건강하게 만들어 줄 거예요. 당신은 무슨 자리죠?

게자리.

게자리는 다정한 친구들이죠. 그들은 쉽게 낙담하거나 쉽게 흥분하지 않아요. 그들은 모범적인 시민이 되지요.

난 쉽게 낙담하고 쉽게 흥분한다네. 나는 오늘도 그랬어.

그건 당신이 저 슬픈 눈의 여자를 보았기 때문이에요. 그녀의 별이 무엇이었든 간에, 그녀는 당신을 홀리고 있군요.

행복에 끌리는 무리들이야말로 교양이 없는 자들이지요. 세련된 사람들은 모두 쾌락과 고통을 혼합한 미약을 마신답니다.

그들은 자신의 영혼이 무한히 슬픈 노래를 듣기를 기도하지요. 그것이 가장 아름다우니까요. 귀여운 여자애들은 오후의 거리에서 선원들과 춤을 춘답니다.

괜찮은 노래군. 기대했던 만큼은 아니지만, 자네는 노래를 부를 줄 아는군. 여기 사례네.

부탁하신 노래는 끝났지만, 숨겨진 노래를 하나 더 불러드리죠.

그게 뭔가?

저 슬픈 눈의 여자는 나의 여동생이랍니다. 그녀는 언제나 저기에 앉아서 나를 바라보고 있답니다. 우리는 이룰 수 없는 갈망에 찬 연인들처럼 서로를 바라본답니다.

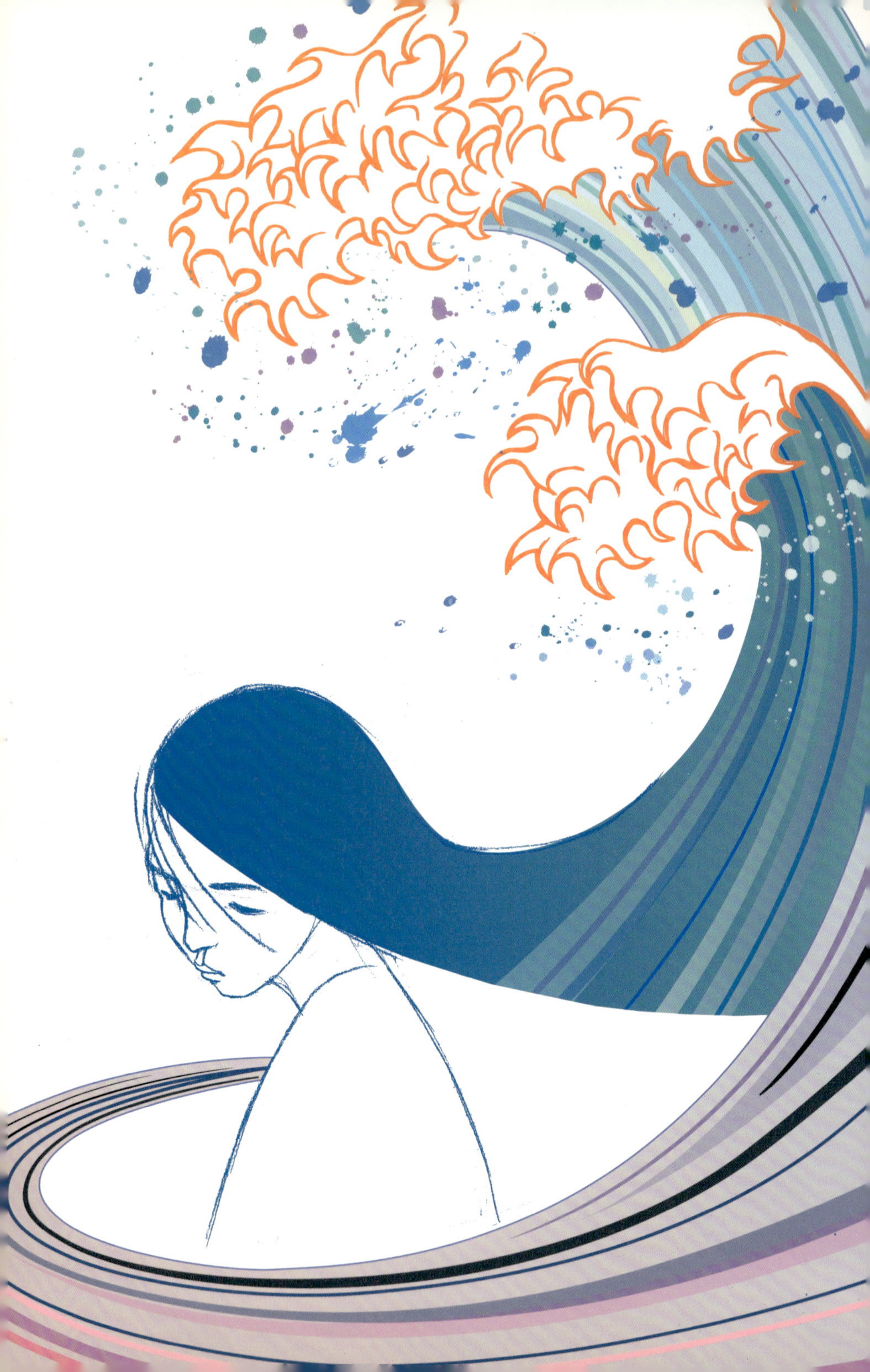

그는 나를 바라보았다. 경이에 찬 눈으로. 그제야 그는 나의 눈이 그녀의 눈과 닮았고, 나의 코가 그녀의 코를 조금 비틀어놓은 것에 불과하다는 것을 알아챘다.

우리는 잘못 태어났답니다. 서로를 잃어버리지 않기 위해 가장 가까운 곳에서 함께 태어나기로 했었는데 그녀는 너무나 불안했던 나머지 나의 여동생으로 태어났지요. 우리는 예전에도 서로를 잃어버린 적이 있었답니다.

하하하하하하.

그가 참을 수 없다는 듯이 거친 웃음을 터트렸다.

멋지군. 멋진 엔딩이야. 자네는 노래를 부를 줄 알 뿐더러, 놀라게도 하는군. 하지만 그 모든 것이 노래일 뿐이겠지?

그럼요. 저는 날품팔이 악사에 지나지 않습니다. 저 슬픈 눈의 숙녀를 당신의 눈에서 오늘 처음 보았답니다.

그는 나의 모자에 동전을 던지고, 홀 안으로 사라졌다.
그는 슬픈 눈의 여인에게 다가가고 있었다.

안녕, 숙녀들.

나는 다시 나의 거리로 돌아가 낡은 담요를 펴고는 잠이 든다.

당신이 원하는 대로 노래하는 나는, 내일도 파티장 주변을 서성대며 거친 음식을 기대하는 강아지처럼 꼬리를 흔들어대겠지.

나의 노래는, 나의 운명.

그러나 그 운명은 나를 한 번도 저 슬픈 여자의 눈 속으로 데려다주지 못했다.

연인

너는 하루 종일 낡은 방안에서 울고 있었다.

나는 너의 울음소리를 들었지만, 너의 손을 잡지는 않았다.

울음은 심장의 썩은 피가 흘러나오는 가장 좋은 수술방법 이었기 때문에 나는 안타까운 마음으로 그런 너를 바라만 보고 있었다.

울다 지친 너는 고개를 베게에 누이고 잠이 들었다.

그리고 나는 너의 꿈속으로 흘러들어갔다.

꿈에서 만난 너는 말간 얼굴이었다.

나는 너에게 잠이라는 어둠을 준 것을 얼마나 감사했는지 모른다.

너는 침묵과 어둠속에서 진정이 되었다.

나는 너의 등을 내 손길로 쓸어내렸다.

너의 머리를 감싸 안았고,

너의 발자국이 걷는 길마다 비단을 깔아놓았다.

너는 오즈의 마법사의 도로시 처럼 내 비단의 흔적을 발견하고, 그 길로만 걸어갔다.

하지만, 가끔 너는 아름다운 사과나무에 홀려서 내 비단을 짓밟고, 어두운 길로 접어들었다.

그럴 때마다 나는 너의 뒤에서 울었다.

나는 너를 그렇게 사랑하는데, 너는 한 번도 나를 바라본 적이 없었다.

나는 하루 종일 울다가 잠이 없는 나라에서 계속 깨어있었다.

그리고는 너를 잊어버렸다.

너는 내가 깔아놓은 비단길에서 너무 멀리 갔기에.

네가 다시 나를 찾아오는 길을 찾기는 힘들 거라고 생각했다.

행복해라. 소녀여

이것이 너와 나의 마지막.

너는 사과나무가 아름다운 나의 뜰을 거닐어라.

그리고 나는 깊은 잠에 빠져들었다.

나는 꿈을 꾸었다.

그 꿈들은 즉시 이루어지는 마야의 세계였다.

나는 생각했다.

이것은 처음이자, 마지막.

마지막이자, 처음.

끝없는 순환의 꿈.

소녀도 꿈을 찾았다.

그러나 그 꿈은 나의 꿈은 아니었다.

소녀는 뛸 수 있는 한 가장 멀리 뛰었다.

소녀는 웃을 수 있는 한 가장 크게 웃었다.

소녀는 울 수 있는 한 가장 크게 울었다.

그러나 소녀는 기다리지 않았다.

소녀는 모든 것을 바로 낚아채버렸다.

나는 그 소녀를 기다렸다. 내 꿈속에서 진짜 꿈이 되는 순간까지

그러던 어느 날, 나는 꿈을 꾸었다.

나의 소녀가 낡은 방안에 앉아있었다.

그녀가 너무 큰 소리로 울었기 때문에 나의 가슴은 깜짝 놀랐다.

소녀는 죽으려고 하고 있었다.

나의 심장은 그 순간 멎어버릴 것 같았다.

나는 즉시 나의 꿈에서 깨어났다.

그리고 소녀의 방안으로 찾아들어갔다.

눈물로 얼룩진 소녀의 얼굴을 바라보며 나는 울었다.

소녀는 말했다.

아무도 나를 사랑하지 않아요. 나의 꿈은 깨어졌어요. 나의 길은 끝나
버렸어요.

나도 똑같이 말했다.

오래전에 나는 너를 보며 말한 적이 있었다.

너는 나를 사랑하지 않았어. 나의 꿈은 깨어졌지. 그러나 나의 길은
다시 시작 되었어.

다음날, 꿈에서 깨어난 소녀는 창을 열고 웃어보였다.

소녀는 나를 찾았다.

그러나 나는 소녀 앞에 서 있을 수 없었다.

나는 오래전에 소녀를 떠난 그녀의 마음이었으니까

소녀는 다시 울었다.

당신을 만나고 싶었는데, 당신은 어디에도 없군요.

당신은 또 나를 속였고, 나를 다시 눈물의 바다로 데려가는 군요.

나는 조용히 소녀에게 손을 심장에 얹으라고 말했다.

거기에 내가 있다고

소녀는 두 손으로 새 모양을 만들어 나의 얼굴을 감싸 안았다.

나는 당신과 저 하늘을 날아가고 싶어요.

내가 원하는 건 아주 작은 불빛

내가 원하는 건 당신과 나의 사랑

그것뿐.

소녀는 손을 팔랑팔랑 거리며 내 얼굴을 바라보았다.

나는 편안하게 그녀 내부에 머물렀다.

나는 다시는 그녀를 떠나지 않는다.

그녀도 다시는 나를 떠나지 않는다.

우리는 연인이기에

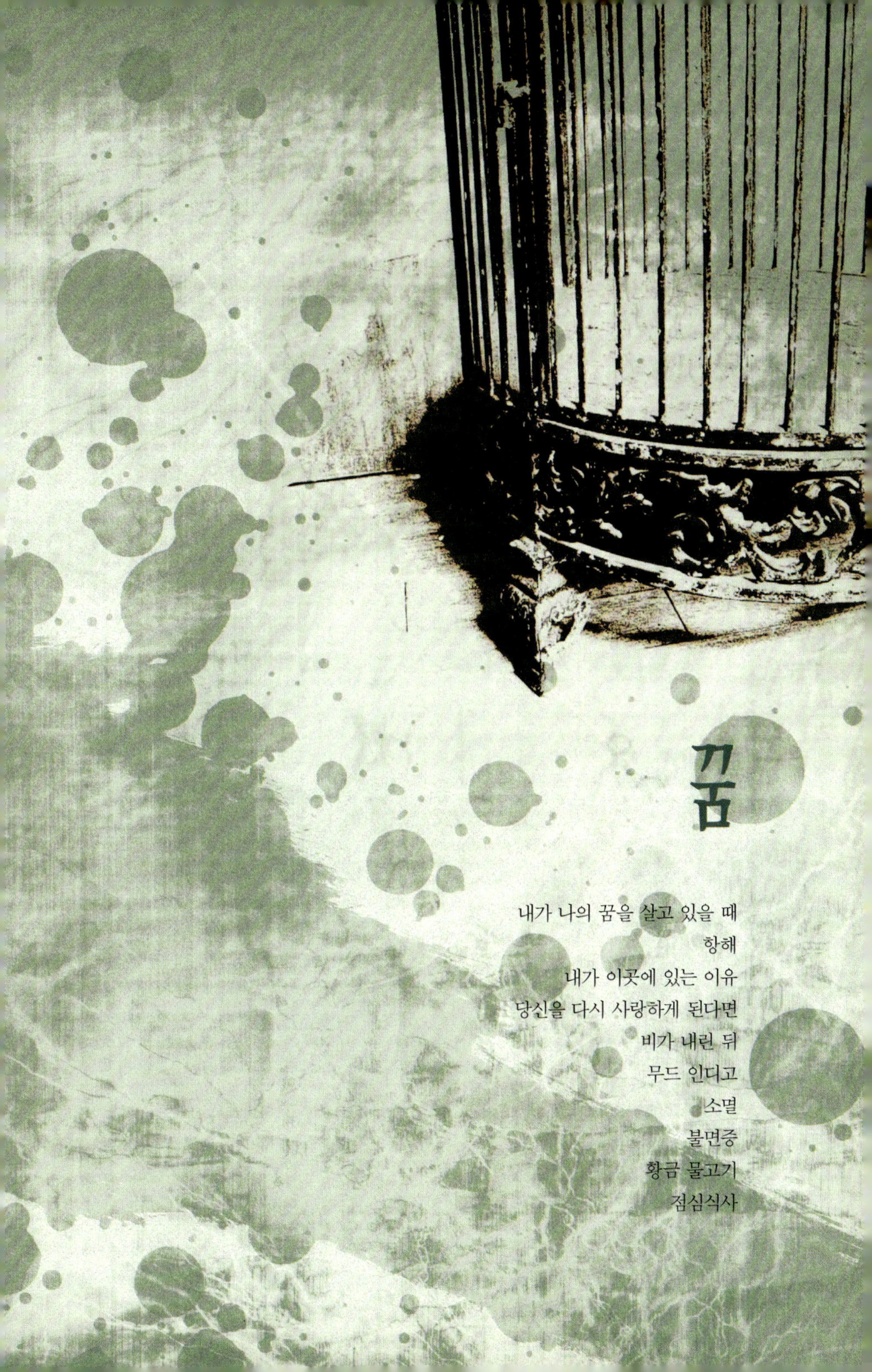

꿈

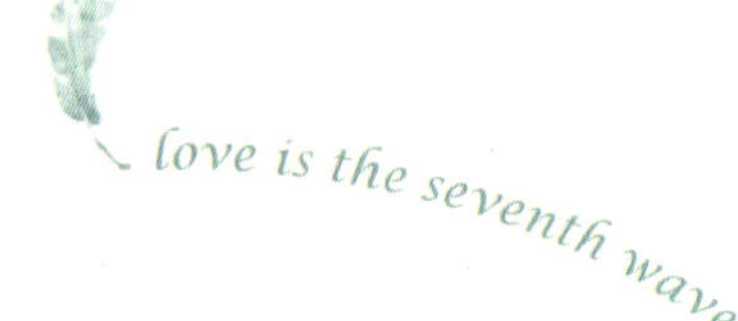
love is the seventh wave

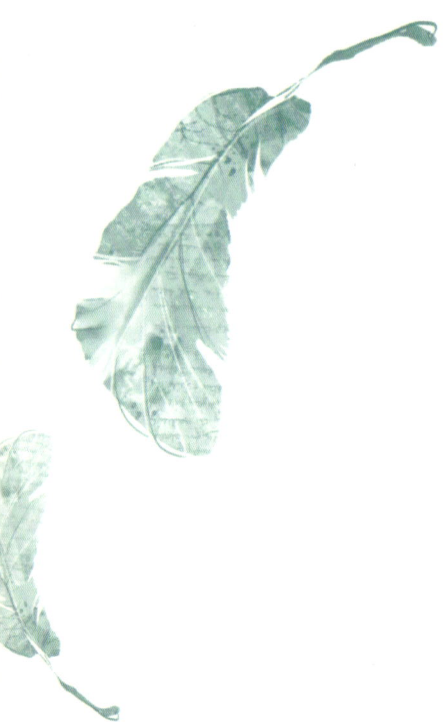

내가 나의 꿈을 살고 있을 때

"소품 다 챙겼어?"

조감독이 내게 물었다.

"네."

"다시 한 번 체크해봐. 저번에도 병 하나가 없어서 쩔쩔 매었잖아."

그건 조그마한 유리병이었다. 여자주인공이 남자주인공과 데이트 할 때마다 학을 접어 담아놓는 유리병이었다. 그런데 이 여자주인공은 그 남자주인공과 단 2주만 데이트하기 때문에 병은 그리 클 필요가 없었다. 2주 동안 매일 매일도 아니고 한 5일 정도니까, 학 5마리. 그 넘들만 들어가면 되는 거다.

그런데 이 병이 현장에서 퇴짜를 맞았다.

"더 큰 거 없어?"

감독이 다리를 꼬고 나를 꼬나보았다.

"없는데요."

"내가 항상 소품은 2배수 이상으로 준비하라 그랬잖아. 원, 선택의 여지를 안주네. 선택의 여지를."

조감독이 바짝 얼었다.

"다시 준비하겠습니다."

조감독이 빨리 제작부에게 돈을 타서 근처 선물의 집에서 하트모양의 엄청 큰 병을 사오란다.

"웃긴단 말이에요. 그 큰 병에 달랑 학 5마리면."

"웃기는 건 감독이 결정해. 넌 빨리 갔다 와. 조명 바꿀 동안 빨리!"

그래서 난 고등학교 체력장 하던 기억을 더듬어 100미터를 15초에 주파했다. 4500원짜리 그 유리병은 엄청 컸다. 학을 천 마리 접어도 다 들어갈 것 같았다.

"끝나고 우리 집에 가져가면 안 돼요?"

여배우가 소박한 바람을 내비친다.

"자고로 소품에 욕심내면 영화 안 된다던데."

촬영감독이 농을 친다.

"설마."

그녀가 배시시 웃는다.

나이는 24세. 한창 피어오르는 꽃처럼 아름답다.

청바지에 후줄근한 티셔츠를 입은 나도 24세. 하지만 꽃처럼 아름답기는커녕 이래저래 치이는 잡초 신세다. 난 걸레를 들고 조명감독 차인 아반떼를 닦았다.

이게 또 이번 씬 배경에 걸린단다.

젠장, 흙탕물 튀어서 지저분한 게 리얼리티가 있지 않나.

조명감독이 좀 더 깨끗하게 닦아보라며 면박을 준다.

"해가 기우네. 기다렸다 찍을까?"

구름이 해를 점차 가렸다.

"언제 다시 나올 것 같아?"

"글쎄, 한 20분?"

조명감독이 구름이 흘러가는 방향을 바라본다.

"야외촬영이 이래서 지랄이야. 할리우드에서는 이럴 때 장막 치고 완전히 컨트롤해서 간다는데. 그렇게 찍은 게 바로 스트리트 오브 파이어야."

감독이 또 아는 척을 한다.

"그렇게 돈이나 줘 봐봐. 우리도 장막 쳐 줄 테니까."

조명감독이 농을 친다.

"그걸 왜 나한테 그래? 제작자한테 그러지. 나도 일당 받고 일하는 신세야. 이거 왜 이래?"

그러는 와중에 성격 좋은 남자배우는 스텝들과 담배를 노나 피고 있다.

"싸인 한 장만 해줘요. 조카가 받아오래요."

분장팀 어시스턴트 여자애가 말한다.

"쪽팔리게 싸인은 무슨."

연기를 내뿜으며 남자배우는 실실 웃는데 그 모습이 꼭 브레드 피트를 닮았다. 그가 햇살 아래 서 있으면 완벽한 아름다움이 어떤 것인지를 알게 된다.

"어제 텔레비전에서 '청춘극장' 하데. 그때 몸 좋았는데……. 요즘은 많이 망가졌지."

"아니에요, 지금도 좋아요. 그때보다 더 좋아요."

"그래, 그래. 내 한 장 때릴게."

"제가 청춘극장 보고 팬 되었는데요. 그런데 그때 여배우랑 열애설 정말이었어요?"

"노코멘트."

"에이, 얘기해줘 봐요."

"됐어. 아픈 마음 건드리지 마."

"별로 안 아팠다고 그러던데……."

촬영부 퍼스트는 세컨드를 족치고 있다.

"야, 어제 포커스 나간 거 알고 있었냐?"

"예. 그때……. 제가 잘못해서."

"야, 잘못했으면 다시 가자고 말을 했어야지. 네가 그거 다 책임 질 거야? 어? 책임 질 거냐구?"

"다시는 안 그러겠……."

"됐어. 오늘은 상권이가 해. 넌 쉬고."

"형. 저……."

"됐다니까. 너 이틀 동안 밤샜잖아. 그 정신에 뭘 한다고 그래?"

"그건 형도 마찬가지잖아요."

"난 정신없으면 촬영 안 한다. 그게 너랑 다른 점이야. 잔말 말고 여관 들어가서 자다와. 밤 촬영 때는 다시 네가 잡고."

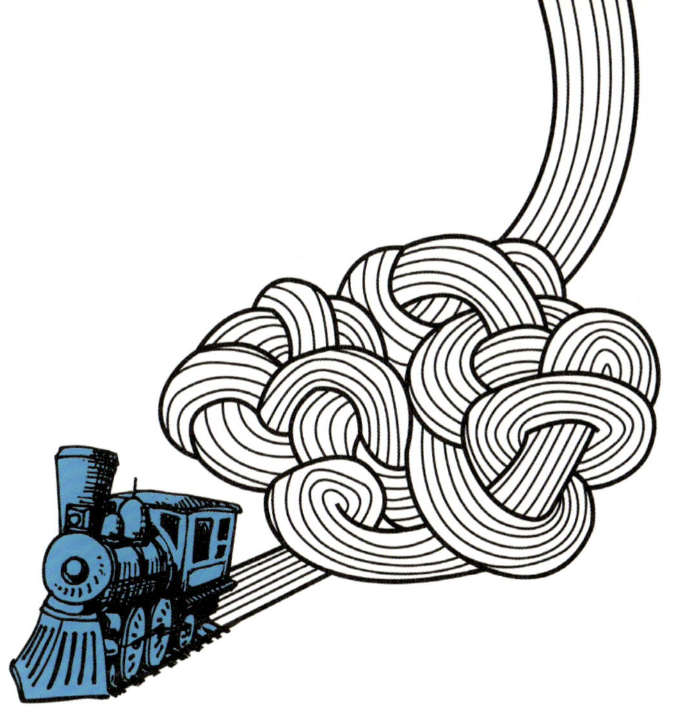

“예.”

“상권아!”

상권이는 조명부 세컨드와 이야기 중이었다.

“방송하다가 여기 왔어요. 그런데 저는 앞으로 할리우드 갈 거예요.”

“앞으로 할리우드는 지겹도록 가게 될 거다.”

“정말요?”

“그럼. 영화계에 있다 보면 금방 할리우드 간다. 특히 촬영부는 필름
현상하러 할리우드 많이 가지.”

“현상은 할리우드에서 하나요?”

“꼭 그럴 필요는 없지만 할리우드가 괜찮거든. 물론 세방도 있고, 영화
진흥위원회도 있지만, 현상은 할리우드 현상소가 잘 한다. 남산에 있지

아마."

상권이는 조크 먹었다.

걸레질을 다하고, 구석에서 소품 체크하고 있을 무렵. 해가 다시 나왔다.

"자, 갑시다."

그리고 사람들이 일사불란하게 로케이션 앞으로 모여들었다.

여배우가 차에서 내린다.

남자배우는 그녀를 마중 나왔다.

"많이 기다렸어."

남자배우가 말한다.

"기다리지 말라고 했잖아."

여배우가 말한다.

감독이 그들을 바라보고 있다.

여배우는 입술을 적시더니 또 말한다.

"기다리지 않아도 난 다시 올 거라고 했잖아. 기억 안 나?"

"컷."

"자, 다시 갑시다. 이번에는 좀 더 풀어지게 할 수 없어? 좀 더 애교스럽게. 예쁘게. 아무렇지도 않게. 너무 심각해."

나는 심각하게 그 광경을 바라보고 있었다.

항해

소년과 소녀는 둑 위에 앉아 있었다.

　그 도시의 작은 항구는 수많은 선박들이 오고갔다. 선원들은 선착장에 마중 나온 아름다운 여자들을 찾고 있었고, 그런 여자를 찾으면 함께 밤을 보냈다. 그들은 술집에서 항구의 소음만큼이나 큰 소리로 떠들었다. 그들이 항해했던 미지의 대륙과 이 도시의 사람들이 상상할 수 없는 진귀한 보물에 관해서도. 그러나 보물을 발견하여 가져오는 사람들은 드물었다. 항해를 끝내고 귀항할 때마다 그들은 다시 결심했다.

　"이번에는 다른 대륙, 다른 섬으로 가겠어. 그곳엔 황금의 나라가 있대. 그 왕을 잡으면 그는 황금을 숨긴 산에 관해 가르쳐 줄 거야."

　"아, 스페인에는 놀랍게도 약탈에 성공한 작자가 있다고 하더군. 그는 신기한 식물들과 많은 황금을 고국에 가져왔지. 그 도시는 오랫동안 전설 속에 숨겨진 곳이었고, 그 곳의 사람들은 별의 건축물을 짓고 있었대. 그러나 그들은 순진하고 어리석었지. 그들의 종족을 살해하고 재물을 약탈한 자들을 하늘에서 내려온 천사라고 바보처럼 믿었거든."

소년과 소녀는 이 거리의 모든 무용담을 들었다. 시간이 흐름에 따라 소년의 마음에도 점차 희망이 자라났다.

"나도 황금을 찾아가겠어."

소녀는 걱정스런 눈빛으로 가만히 소년을 응시하였다.

"바다는 폭풍우를 숨기고 있어. 항해에서 돌아오는 사람들은 실종되는 사람들보다 적어."

"상관없어."

소년은 결의에 찬 빛나는 눈으로 소녀를 바라보았다.

"난 반드시 황금을 찾아오겠어."

"난 무슨 일이 있어도, 반드시 너를 기다리겠어."

소녀는 소년의 손을 꼭 잡았다

배가 출항하는 날, 바다는 마치 항해의 첫날을 축복하듯이 잔잔했다. 그러나 소년은 알고 있었다. 저 푸르른 바다가 끊임없이 고난과 시련을 안겨 줄 것이라는 것을. 소년은 아버지를 바다에 묻은 적이 있었기 때문이었다. 그리고 평생을 눈물짓던 어머니를 보아왔다.

그 날 소년은 난생 처음으로 울었다. 항해는 그의 꿈이었기에.

그 날 소녀는 다섯 번째로 울었다. 소녀는 소년을 사랑하였기에

"안녕"

"안녕"

그렇게 그들은 항구에서 작별을 고했다.

오랜 세월이 흐른후, 소녀는 항구의 아름다운 여인이 되었다. 그녀는 많은 선원들을 만나면서 그들의 모험담에 웃었다. 왈츠 곡에 맞추어서 춤을 추며, 한여름의 밤들을 보내었다. 그러나 그녀는 다시 울지 않았다. 어느 누구도 그녀에게 눈물을 돌려줄 수 없었기 때문이었다. 그러던 어느 날, 항구에 커다란 선박이 도착했다. 예외 없이 선원들이 배에서 일제히 쏟아져 나왔다. 여인이 된 소녀는 그 선원들 중에서 놀랍게도 낯익은 얼굴을 발견했다. 구릿빛에 그을리고 수염이 나 있었지만 그 얼굴은 바로 그 소년이었다. 그들은 오랫동안 그랬던 것처럼 서로의 얼굴을 바라보며 걸음을 멈추었다.

청년은 미소지었다. 그리고 한 여인도 미소지었다.

그는 자신이 겪은 모험담을 그녀에게 말하지 않았다. 그녀도 그에게 황금을 찾았느냐고 묻지 않았다. 그는 빈손이었다. 그녀의 마음도 텅 비어 있었다. 그들은 바다의 거대함과 어딘가에 묻혀져 있던 희망에 관해서도 말하지 않았다.

"결혼해 주겠어?"

그가 물었다

"음."

그녀가 대답했다.

그들은 바닷가에 작은 집을 짓기로 했다

황금을 찾은 선원들이 떠들썩하게 웃으면서 항구를 지나갔다.

항구는 축제의 팡파르로 북적거렸다. 그들은 이제 이 나라에서 가장 부유한 사람들이 되었다. 그리고 그들은 항구의 가장 아름다운 아가씨

들을 데리고 더 큰 곳으로 갈 것이라고 했다. 그 곳은 이 작은 항구와는 비교할 수 없이 세련되고 아름답고 부유하다고 했다. 항구의 어린 소년들은 새로운 모험담에 부풀었고, 어린 소녀들도 꿈으로 가슴이 벅차올랐다.

파도가 치고 있었다.
어린아이가 접은 조그마한 종이배가 그 파도를 헤치고 나아가고 있었다.
"멋진 항해였어."
 소년은 말했다.
"멋진 기다림이었어."
소녀도 말했다.

그들은 다시 둑 위에 앉아 있었다.

내가 이곳에 있는 이유

비가 내리는 밤이었다.

회식이 끝나고 비틀거리는 발걸음으로 거리에 섰다.

자정이 지난 도로에는 술에 취한 샐러리맨들과 밤에 취한 연인들과 아직 어디로 갈지 결정하지 못한 사람들이 지친 손을 지나가는 불빛에 대고 흔들고 있었다.

"신림!"

택시 기사는 흘끗 나를 보더니 휑하고 지나친다.

"분당!"

이 대리가 외쳤다.

장거리를 바라던 운전사는 군말 없이 문을 열었다.

"내일 보자구!"

"잘 들어가."

그는 피곤한 몸을 의자 깊숙이 기대며 어어 하고 손을 들었다가 놓았다. 나같은 단거리 주자로서는 이 피크 타임에 차를 잡기란 불가능할 것 같았다. 10여 분간을 그렇게 서 있다가 나는 그저 발길 닿는 대로 거리를 걷기로 했다.

비오는 금요일, 강남의 밤거리는 그리 로맨틱하지는 않았지만, 그날 밤은 간만에 마신 뜨거운 정종 탓인지 이런 저런 감상이 목끝까지 차오르는 것이었다. 밤새 길을 헤매다가 어딘가로 사라져도 좋을 것 같았다. 그런데 그런 기분을 가진 사람이 나 혼자만은 아니었나 보다. 어떤 남자가 빈 택시 앞에서 그냥 비를 맞고 있었으니까. 가냘프게 내리는 비이긴 했지만, 도시에서 일부러 비를 맞는 사람이란 드문 법이다.게다가 한창 영업시간인 이때에. 그는 나와 눈이 마주치자 씩 웃어보였다.

"신림동 가요?"

그때 튀어나온 내 말이라는 게 이런 거였다.

"네, 갑니다."

그는 흔쾌하게 잠시의 휴식을 접고, 세워둔 택시 안으로 들어갔다.

"차 잡기 힘드셨죠?"

"네, 주말 밤이라."

"저 안 만났으면 이 시간대에 거기 가는 택시 만나기 힘들었을 겁니다."

나 또한 뜻하지 않은 행운을 다행으로 여기며 졸린 눈을 비볐다.

기사는 꽤나 활달한 편으로 이것저것 대화의 물꼬를 트려고 했다. 불황인 경제 사정에서부터 대통령과 그의 측근들에 관한 비리, 어제 이긴 스포츠 게임, 안타깝게 빗나가버린 로또 숫자에 이르기까지 이런 저런 저간의 화제를 이야기하다가 그는 문득 내게 물었다.

"비지스 아세요?"

"비지니스요?"

"아니요. 손님 나이 대는 모르나? 나 젊었을 때는 많이 들었는데, 비지스라는 밴드가 있죠."

"글쎄, 음악을 가려 듣는 편이 아니라서요. 저는 구루마 유행가 밖에 몰라요."

"하하, 하긴 좀 구닥다리가 되었죠."

"그런데, 왜요?"

"그 밴드가 부른 노래 중에 'Why am I here 나는 왜 여기에 있는가 ' 라는 게 있어요."

"아...... 네."

"케플러라는 천문학자를 아세요?"

"케플러요? 들어는 본 것 같은데."

"행성의 타원형 궤도를 밝혀낸 사람이죠. 그 당시에 행성의 위치를 관측하고 있었던 덴마크의 부자가 있었어요. 이 케플러라는 사람이 가난하지만 뛰어난 수학자였기 때문에 그 덴마크 부자가 이 사람을 끌어들여서 자기 연구에 성과를 좀 내 보려고 했답니다. 그 부자 이름이 티코래요, 티코."

"아......네."

"그런데 이 부자가 행성의 관측 결과를 가난뱅이 과학자에게 내 주려고 하지 않았죠. 그 놈이 언젠가 자신의 경쟁상대가 될 지도 모른다고 생각했거든요. 그런데 죽음 앞에 장사 없다고 하지 않습니까. 그래서 죽기 바로 직전에야 자기 자료를 케플러에게 양도한다고 유언했지요. 그리고는 몇 번이고 이런 말을 했답디다. 나의 생애가 쓸모없이 끝났다고 생각되지 않도록 해 다오. 내 생애가 쓸모없이 끝났다고 생각되지 않게."

"많이 아시네요."

"젊었을 때 밴드를 했거든요. 그때 별에 관한 노래를 많이 불렀지요."

"별의 별 노래를 다하셨네요."

"하하. 그러게요."

"지금도 노래하시겠네요?"

"그게, 안됩디다. 그 시절이 생각나서 안 돼요. 그때 불렀던 노래는 일부러 안 부르지요."

나는 케플러는 모르겠지만, 대학 다닐 때 보았던 최양일의 '달은 어디에 떠 있는가'라는 영화가 생각났다. 영화 동아리에서 돌려보았던 화면이 지지직거리는 일본 영화였는데, 거기에도 자기가 어디에 있는지 모르는 택시기사가 나온다.

자위대 출신이었던 안보는 왜 운전사로 전직했는지는 모르지만 택시를 몰고 나가면 도무지 방향을 가리지 못하는 인물이었다. 그럴 때마다 그는 회사에 전화를 해서는 '저는 지금 어디에 있는 건가요?'하고 묻는다. 그러면 전화를 받은 회사 사람은 '달은 어디에 떠 있나요? 달을 향해 곧장 가세요.'라고 적당히 대답해준다. 달을 따라 가라니.... 허허……. 그 복잡한 동경 시에서 달을 따라 어디로 가라는 말인지, 나는 그 대사를 들을 때마다 헛웃음을 참을 수가 없었다.

그 의미를 파악하게 된 것은 몇 번의 지루한 계절과 바람이 불어간 뒤었다.

"달을 따라 가세요."

운전사는 나를 돌아보았다.

"네?"

"아, 여기 코너에서 우회전입니다."

"아, 예."

택시기사는 의아한 표정을 지우고, 다시 밤의 도로를 유영했다.

오랫동안 케플러는 우주는 플라톤의 입방체이며, 행성은 원형의 완벽한 궤도로 태양을 돌고 있다고 생각해왔다. 그런데 티코의 관측 결과를 연구해본 결과 그가 평생 지니고 있었던 그 가설은 폐기처분될 수밖에 없었다. 그는 완벽한 기하학자일 것 같았던 창조주에 대해 의문 심을 갖고 자신의 천문학을 포기해버렸다. 그리고 원에 대해 품고 있었던 동경은 결국 환상에 지나지 않았다고 치부했다.

그는 행성이 짐차 한 대분의 말똥이라고 생각했다.

지구처럼 전쟁과 전염병과 굶주림, 불행에 시달리는 그것은 도저히 완벽할 수 없는 별의 모습.

신이 존재하지 않는 불완전한 우주.

그때 평생 그를 잡고 놓지 않았던 완전한 원이 일그러졌다.

그것은 바로 타원. 그제야 그는 타원의 공식을 실험해보았다. 몇 번의 계산착오가 있었지만 일그러진 타원의 공식이야말로 티코가 평생을 걸고 관측했던 자료들과 바로 맞아떨어졌다.

"그런데 달이 어디에 떠 있습디까?"

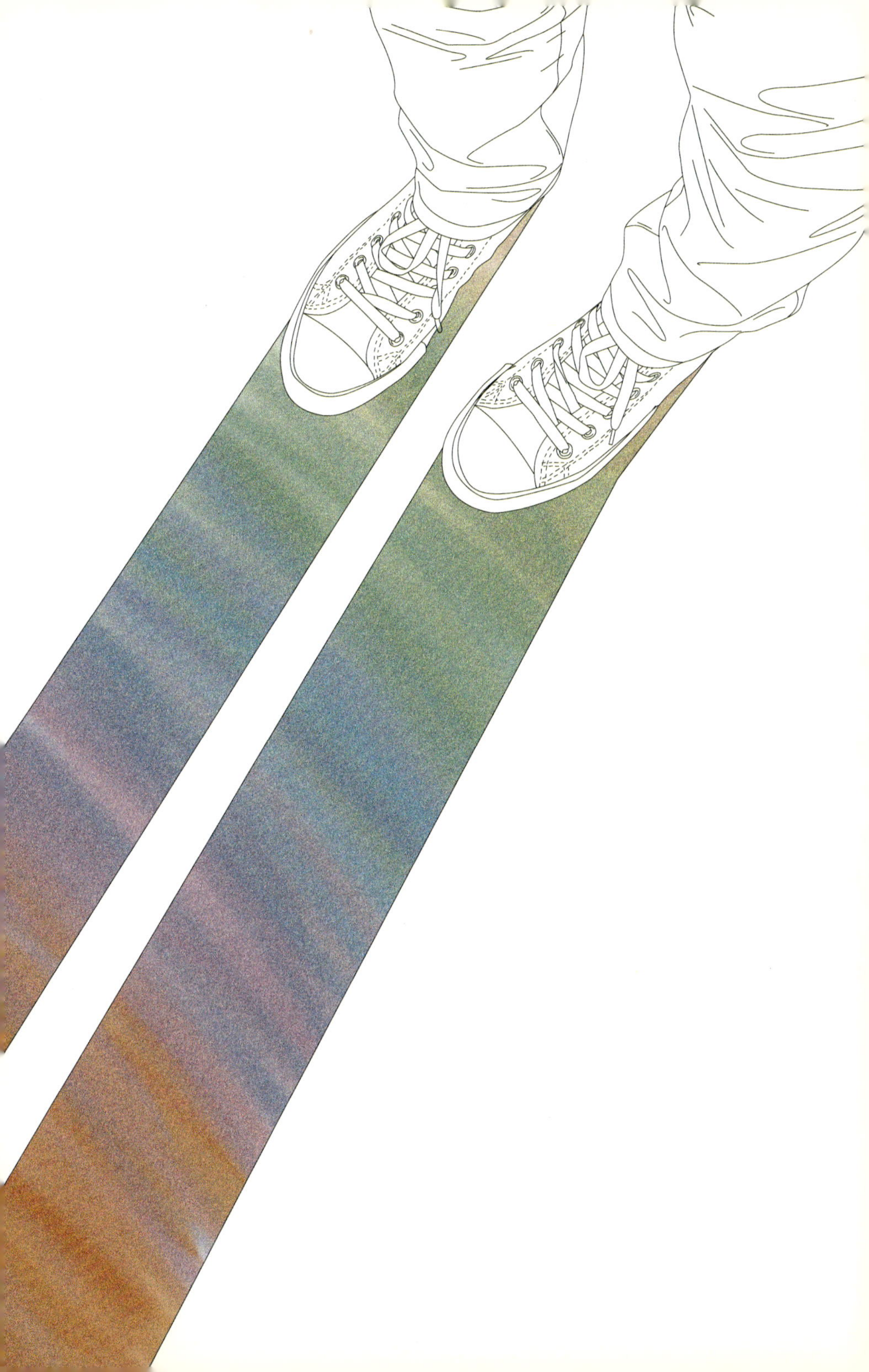

택시에서 내릴 때 잔돈을 거슬러주며 기사가 물었다.

나는 오늘은 비가 내리고 있어서 달이 보이지 않을 뿐이라고 말했다.

도시의 밤에는 별도 뜨지 않는 법이니까.

그러나 진지하게 생각할 때는 보이지 않는 행성과 함께 생각하라.

원래 영어의 consider란 말은 행성과 함께 라는 뜻이라니까.

별을 따라가라.

달을 따라가라.

하늘의 바람을 받는 돛을 달고, 광대함을 두려워하지 않는 항해자들처럼.

나를 태워주었던 행운의 차는 그 달을 따라 떠났다.

당신을 다시 사랑하게 된다면

그를 만난 건 5년 전 어느 갤러리에서였다.

그 무렵 나는 미술 전시회에 관한 기사를 작성하고 있었다.

학창시절에 교양으로 배운 미술사와 팸플릿의 선전 문구를 짬뽕하여 쓰면 프론트에서는 작가의 경중을 따져 실을 것은 싣고, 뺄 것은 뺐다. 정치부나 사회부나 경제부 같은 비중 있는 부서는 아니었지만 이런 한가한 치열함이 맘에 들었다.

그러니까 그들이 국정원이나 경찰서를 들락날락거리며 험한 꼴들을 몸소 체험하고 있을 때, 나는 이 미술관 저 미술관을 다니면서 눈을 혹사시키고 있었던 것이다. 하지만 대부분의 그림은 나를 감동시키기에는 너무 개념적이었다. 하긴 나는 뒤샹의 변기를 보며 눈물을 흘리기에는 너무 개념이 없었지.

그런데 그의 그림은 무언가 달랐다.

그는 다짜고짜 내게 물었다.

Did you miss me?
당신은 나를 그리워했나요?

그리고 벽을 지나가자, 다시 말을 걸어왔다.

If I Love YOU again.
만약 내가 당신을 다시 사랑하게 된다면……

그 다음에는 눈이 시릴 정도로 파란색이 펼쳐졌다.

그 뿐이었다.

그의 캔버스는 온통 몸이 젖어버릴 것 같은 파란색만이 존재했다. 그런데 그 색은 미묘하게 조금씩 변화해 나갔다.

어떤 파란색은 새벽이었고, 어떤 파란색은 정오의 태양을 담고 있었으며, 어떤 파란색은 밤의 적막한 어둠이었다. 끝이 없는 심연도 파란색이었고, 눈부신 하늘도 파란색이었다. 그녀의 티셔츠도 파란색이었고, 그녀의 창백한 엉덩이도 파란색이었다.

그의 죽어가는 안색도 파르스름했고, 달빛도 애처로울 정도로 가는 파랑이었다. 그리고 나는 소파에 앉아 있는 노신사인 그를 만났다.

그는 짙푸른 선글라스를 쓰고 있었는데, 그건 그가 더 이상 색을 감지하지 못하는 상태에 이르렀다는 것을 알려주고 있었다.

그의 시력은 3년 전부터 조금씩 쇠퇴해서 완전히 사라졌다.

그의 스폰서가 안과 수술을 하자고 했으나 그는 거부했다.

자기는 충분히 늙었고, 충분히 많은 것을 보았으니, 이제는 어둠에 익숙해질 때라고 했다. 그는 그런 죽음을 차분하게 환영하고 있는 듯했다.

Did you miss me?
If I Love YOU again.
당신은 아직도 나를 그리워하나요?
만약 내가 다시 사랑한다면.........

이 지독하게 감상적인 타이틀은 그러니까 그의 회고전의 표제였던 것이다. 그는 미술계의 거물이었기 때문에 나는 당연히 그와 인터뷰를 했다.

"시력을 잃는다는 것은 화가로서는 치명적일 텐데, 어떻게 대처하고 계시나요?"

"그 질문은 너무 많이 들어서 식상하군요. 통과. 동양일보의 이진섭 기자에게 물어보시오."

"그럼, 이렇게 파란색만 탐구하시는 이유는 뭔가요?"

"그 질문은 나의 전성기였던 20년 전부터 들어왔던 것이지요. 현대미술 도록의 박주연 평론가의 글을 참조하시오, 통과."

"그럼...... 그럼......."

스핑크스의 수수께끼 내기처럼 세 번째도 통과면 나는 월간미술의 장 기자에게 자리를 내 줄 판이었다. 마지막으로, 그래 아무도 안한 질문이나 하자.

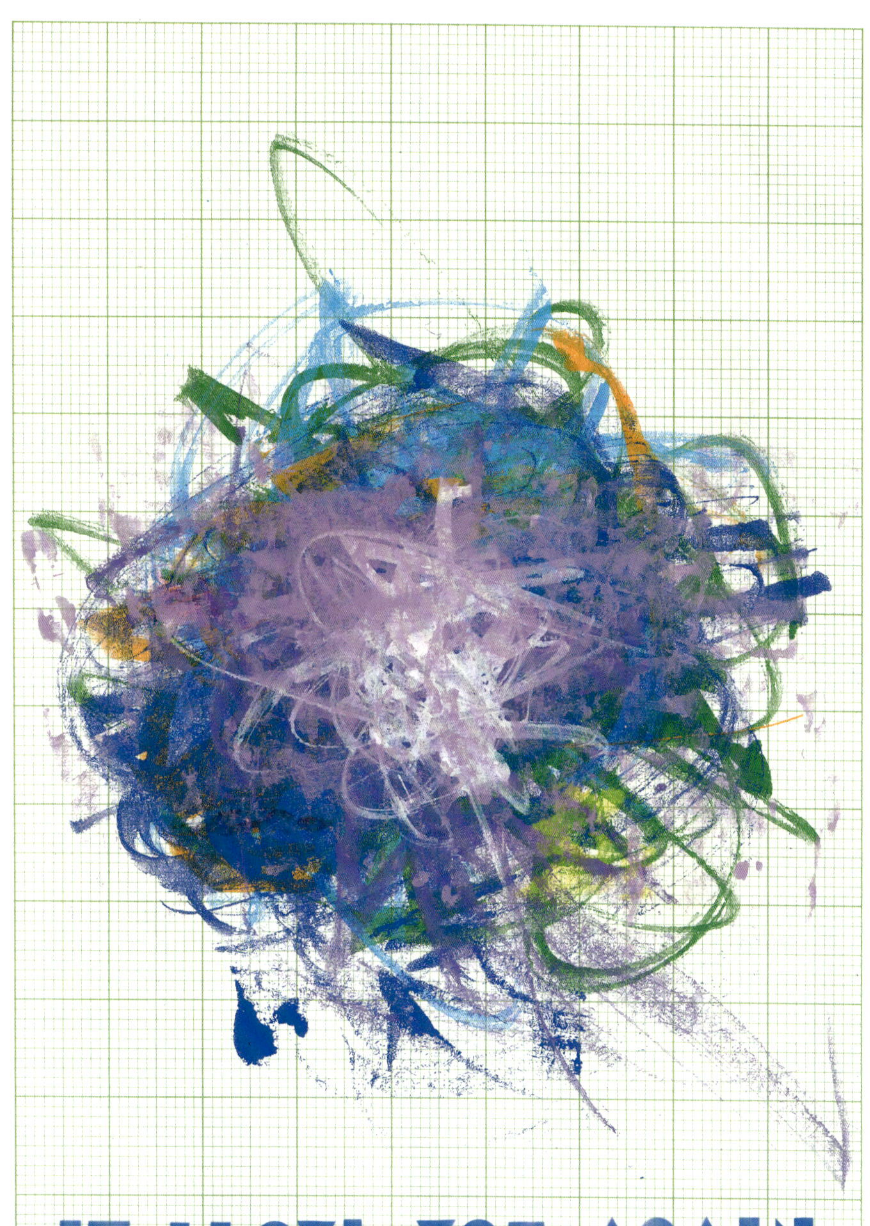
IF I LOVE YOU AGAIN

"당신은 아직도 저를 그리워하나요? 만약 당신이 나를 다시 사랑하게 된다면, 어떻게 될까요?"

그는 미친 듯 웃었다. 전시장의 모든 사람이 나와 그를 쳐다보았고, 카메라맨은 카메라를 껐다.

그래, 난 여기서 죽자. 에라이.

그런데 뜻밖에도 그는 나를 죽이지 않았다.

"유일하게 대답할 가치가 있는 질문을 하는군, 아가씨. 물론 나는 당신을 그리워하고 있소. 만약 내가 다시 사랑한다면, 나는 절대 이런 식으로는 그림을 그리지 않을 것이오. 그러니까 나는 침묵 속에서 반성하고 있는 것이오. 나의 모든 생과 그림을 다시 구상 중이오. 새로운 미술. 보이지 않는 것을 보는 미술을 말이오. 눈이 필요 없는 미술. 장님이 느끼고 감탄할 수 있는 미술. 그것이 가능한 지를 탐색 중이오. 이제까지 우리 화가들은 그것을 거의 해내지 못했소. 보는 것을 우리의 본능으로 창조하기는 했지만, 시각이라는 지각이 사라졌을 때도 이미지를 느낄 수 있는가에 대해서는 아무도 물어보지 않았고, 그래서 답도 없소."

"그건 원래 답이 없는 질문이니까 아무도 안 해봤겠죠."

그는 다시 껄껄껄 웃었다.

"물론 그렇지. 하지만 난 이제 시간이 다 되었으니 쓸데없는 질문에 대답이나 준비하며 시간을 보낼 자유가 있지 않겠소. 남들이 묻지 않으면 대답하지 않겠지만 말이오. 나는 이 암흑 속에서 치열하게 작업을 하고 있소. 슬프거나 좌절할 시간이 없단 말이오. 나는 이 어둠의 색깔에 매료되어 있소.

검은 색은 절대 색이오. 밤도 검고, 그대의 머리도 검고, 침묵도 검소. 그것은 가장 광활하며 포용력이 있는 색이오. 우리는 어둠속에서 천개의 눈을 볼 수 있소. 그러나 낮은 단 하나뿐이지

난 요즘 바그너를 더 잘 들을 수 있고, 세상의 소음과 음악이 이런 의미가 있다는 것을 처음 알게 되었소. 그리고 나의 촉각은 더 예민해져 있소. 난 당신의 재스민 향기를 아까전부터 느끼고 있었소. 당신이 내게 바보 같은 질문을 하기 전부터 난 재스민 향수를 쓰는 아가씨가 치마를 입고 사각사각 내게 다가오고 있구나 하는 것을 알아채고 있었단 말이오. 이것은 내게는 신세계요. 나는 5년후 다시 전시회를 할 거요. 그때 내 작품세계는 대단한 변혁의 시기를 맞을 것이오. 하릴없는 평론가들이 바빠질 거란 말이오. 나도 그때 무슨 그림을 그릴수 있을지 모르겠소. 그래서 내게는 암흑속의 5년이 필요하오.

지금부터, 발견까지의 시간."

그리고 나는 그를 잊을 수가 없었다.

나는 그 인터뷰를 끝으로 신문사 한직을 떠났고, 다른 회사에서 다른 일을 하게 되었다.

그 일은 내게도 5년의 시간을 요구했다.

작년 크리스마스 이브에 나는 그의 부고를 신문의 한 귀퉁이에서 발견했다. 그것은 크리스마스에 어울리는 안부 인사는 아니었다. 그리고 어제 광화문을 지나다가 그의 전시회 현수막이 걸려 있는 것을 우연히 보았다

그는 새로운 작품을 남겼다.

만약 내가 다시 사랑하게 된다면
그것은 나의 모든 내일.

그것이 표제였다.
나는 내일 그것을 보러 갈 것이다.

비가 내린 뒤

1 : 만약 미켈란젤로가 현대에 태어난다면 이 매체를 선택했으리라고 생
　　각했지.

2 : 그게 네가 이것을 선택한 이유란 말이니?

1 : 글쎄, 난 미켈란젤로는 아니니까. 가망성 없는 성도착자에 불과하지.

2 : 많은 모험을 했었지. 그리고 마치 18세기의 여행가처럼 식탁 앞에 모
　　인 귀부인들에게 너의 여정을 떠벌렸고 말이야.

1 : 모두 지난 일이라고 말하고 싶군. 난 이제 더 이상 기력이 없어. 예전
　　에 나를 지켜주었던 견고한 정신들은 그 귀부인들의 발밑에서 잘 빛
　　나는 다이아몬드가 되어갔지. 언제 시간나면 레스토랑으로 놀러와.

2 : 멋진 건물이더군.

1 : 예전에 친분이 있던 일본 건축가가 설계했어.

2 : 멋진 아가씨들이 앉아있더군.

1 : 그렇지, 멋진 아가씨들이지. 오후의 대부분을 청담동에 널려있는 고급

의상실에서 쇼핑을 하거나 헤어살롱에서 머리를 매만지고 피부손질을 받지. 웬만큼 교양도 있어. 그들에게 부족한 건 진취성뿐이야. 그러나 고통 없이 잘 닦여진 길을 걸어가게 되겠지. 물론 권태로울 때도 있겠지만 모든 것이 다 좋을 수만은 없잖아. 안 그래?

2:나에겐 너 또한 그렇게 보이는데. 권태롭지만 만족해 보이는 걸.

1:요즘은 오후의 대부분을 사무실에 앉아서 책을 읽고 있어. 최근에 읽은 책 중에서 가장 흥미로운 것은 '걸리버 여행기'야. 하하하…….

2:흥미롭군.

1:내 서재는 흥미롭고 희귀한 책으로 가득 차 있지. 일정한 수준이 되지 않으면 선반에 오를 수 없는 책들뿐이야. 난 그런 책들을 수집하기 위해 파리와 런던의 뒷골목들을 뒤지지. 최근엔 파리의 고서적상에서 17세기 연극 무대에 관한 도면들을 모은 책을 한 권 구입했는데 꽤 볼만하더군. 너한테 줄만한 책도 한 권 가지고 있어. 소장가치가 있는 건 아니지만 충분히 흥미롭더군. 바로 프랜시스 베이컨의 일기야. 런던에서 이 책을 발견하고 생각했지. 이건 너를 위한 선물이라고. 넌 그의 그림들을 좋아했었지? 대학시절엔 작업실 전체를 붉게 칠하고 정육점에서 가져온 고깃덩어리들을 그려대곤 했으니까.

2:난 그림을 그리지 않은지 오래됐어. 네가 더 이상 영화를 만들지 않는 것처럼.

1:영화는 정말 멋진 매체지. 정말 그렇게 생각해. 미켈란젤로가 살아있었다면 그는 화가가 아닌 영화감독이 되었을 거라고. 그러나 위대한 예술가들에게 결여된 점이 무엇인지 알아? 그건 댄디함이야. 그들은

대신 창작의 고통에 빠져 허우적대지. 위대한 작품에는 그만큼의 대가가 따르는 법이니까. 그래서 대부분의 사람들은 멘델스존의 아름다운 바이올린 곡보다는 베토벤의 교향곡에 감동을 받지. 나 또한 그렇게 되고 싶었어.

2:나는 네가 그렇게 되리라고 생각했어. 넌 정말 재능이 있었으니까.

1:재능은 아무 것도 아니야. 그것은 길에서 구걸하는 거지나 오토바이를 몰고 가는 심야의 폭주족도 가질 수 있는 것이지. 문제는 창작의 고통을 이겨내는 것인데, 난 그것을 견뎌낼 수 없었어.

2:첫 영화는 성공적이었잖아. 평단의 지지도 받았고.

1:하지만 모든 것이 잘못되었다는 것을 알게 되었어. 전부 거짓말 투성이였으니까. 그 영화를 볼 때마다 폐부를 찌르는 통증과 더불어 불쾌감이 들어. 끈적끈적하게 눌러 붙어 입안을 떠나지 않는 싸구려 사탕의 맛, 달콤하지만 곧 속이 메슥거리지.

2:그래서 모든 것으로부터 멀어졌군.

1:모든 것은 아니야. 내게 고통을 주는 것으로부터 멀어졌지. 그리고 진공의 성안에 갇혔어. 앞으로의 인생은 댄디하게 살고 싶었지. 난 아버지로부터 물려받은 유산이 좀 있었거든. 그걸로 레스토랑을 하나 차렸지. 그리고 한강이 내려다보는 빌딩의 15층에 사무실 겸 자택도 마련했지. 거실에는 흑단으로 책장을 만들어 진귀하고 아름다운 책으로 가득 채웠지. 난 인생이 제공하는 모든 세련됨과 아름다움을 맛보고 싶었어. 쾌락이 최대한 형식을 갖추며 유혹하는……. 고급 창녀처럼 일종의 긍지를 지닌 매춘부들을 선호했지.

2 : 행복했어?

1 : 진부한 질문이군. 행복했냐구? 한 3년 정도는 어떤 공허함도 느끼지 않았어. 마치 축복받은 꿀벌 같았지. 그러나 언젠가부터 시간의 공백 사이에 균열이 일어났는데 그건 너무나 미세하여 어디에서 연유했는지 알 수가 없었어. 그 무렵 난 한 여자를 사귀고 있었지. 그녀는 뉴욕에서 무대디자인을 공부하고 있었는데, 난 그녀를 만나기 위해 시즌마다 그곳을 방문했어. 그렇게 한 1년을 사귄 것 같아. 그러다 가을이 되었는데, 그녀에게서 오프 브로드웨이의 연극무대를 디자인할 기회를 잡았다는 연락이 왔어. 오프 브로드웨이지만 출연진들은 상당히 명망이 있는 사람들이었어. 난 그녀의 재능을 일찍부터 인정했지만 학교를 졸업하자마자 그런 기회를 잡았다고 하니 존경스런 마음까지 들었지. 그로부터 일주일 후 나는 뉴욕으로 가는 비행기를 탔어. 그러나 이번에는 그녀가 케네디 공항에 마중 나오지 않았지. 난 공항에서 1시간 가량을 기다리다가 택시를 잡아타고 맨하탄으로 들어갔어. 그때가 오후 5시쯤 되었을 거야. 원래 계획은 도착한 당일 날 쉬고 그다음날 공연을 보러갈 생각이었는데 왠지 참을 수가 없더군. 사랑하는 여인과의 데이트에 가슴을 졸이듯 난 두근거리는 마음으로 오프 브로드웨이의 그 극장을 찾아갔어. 이윽고 검은 커튼이 올라가고 무대가 드러났지. 그때 난 숨을 쉴 수가 없었어. 마치 다른 남자와 함께 잠자리에 든 부정한 연인의 알몸을 들여다보는 것처럼 명치끝이 아파졌어. 그리고 강렬한 질투와 함께 참을 수 없는 사랑의 감정을 느꼈지.난 조용히 공연 도중에 자리를 떴어.그리고 그 다음 날 뉴욕을 떠

났지. 그 후에도 난 그녀에게 연락하지 않았어. 난 그녀에게서 증발된 것처럼 사라졌지.

2 : 그것은 어떤 무대였지?

1 : 정육점이었어. 거대하고 육중한 정육점이었지.

그는 다 피운 시가를 은빛 재떨이에 비벼 껐다. 카페 안에는 30년대의 재즈 음악이 흘러나왔다. 푸른 연기 속에서 그의 얼굴은 껍질을 벗긴 연어의 살갗처럼 서서히 상기되어가고 있었다.

무드 인디고

비가 내리는 저녁, 한 여인이 우산도 없이 나의 가게로 들어섰다.

그녀는 머리에 흘러내린 빗물을 탁탁 털더니, 아무 일도 없다는 듯이 카페 한 곁에 자리를 잡았다.

"주인이 바뀌었나보죠?"

그녀가 물었다.

"주인은 바뀌지 않았어요. 제가 주인인데요."

"아, 그러세요?"

나는 그녀 앞에 메뉴판을 내 놓았다.

연노랑의 블라우스에 회색빛 스카프를 맨 그녀를 나는 한 번도 본적이 없었다. 적어도 내가 운영하고 있는 이 재즈 카페에서는

"포도주, 그거하고 치즈 하나 주세요."

그녀는 메뉴도 보지 않고 말했다.

"어떤 것을?"

나는 포도주의 긴 명단에도 모두 사연과 맛이 다르다는 것을 가르쳐 주고 싶었다. 그러나 그녀는 경쾌하게 거절했다.

"제일 싼 걸로 주세요."

나는 턴테이블에 '*sophisticated lady* 세련된 숙녀' 를 걸려다가 말았다. 난 그냥, 그것을 걸었다.

'*Do nothing till you hear from me* 내가 말하기 전에는 아무것도 하지마'

난 그 판을 듣고 싶었다. 듀크 엘링턴이었다.

그리고 그녀가 이 비오는 저녁, 가장 싼 와인을 마시며 누구를 기다리는 지를 알아보고 싶었다.

"여기 음악이 좋네요."

그녀는 '가격이 싸서 마음에 들어요.'라는 식으로 활짝 웃어보였다.

아..... 네……. 감사합니다.

음악이 좋다니, 당연한 거 아냐? 그걸로 먹고 사는 재즈카페에 들어와서 음악이 좋다니……

이 음악은 어얼리 듀크 엘링턴이군요. 이런 이야기가 아니면, 음색이 어떻다는 식의 언급도 없이 무작정 음악이 좋단다.

탱큐, 벗 노 탱스.

"누군가를 기다리나 보죠?"

난 치즈를 서비스 하며 슬쩍 물어보았다.

이 여자에겐 침묵은 필요 없을 것 같았다.

그녀의 입술은 언제나 언어를 위해 활짝 열려 있는 그런 입술이었기 때문이었다.

"아뇨, 아무도 안 기다려요."

"약속 때문에 오신 게 아니구요?"

"아무 약속도 없어요. 비가 오길래 그냥 뛰어 들어왔어요. 가장 가까운 가게였거든요. 그런데 와인도 있고, 음악도 좋고, 근사하네요."

그녀의 모든 근육이 다시 한 번 활짝 웃었다.

아무런 저항감도 없고, 계산도 없다.

그러나 그것은 정확하게 계산되고, 요구되었던 미소를 뛰어넘는 무언가가 있었다.

서투른 박자였고, 서투른 음정이었다.

그러나 그녀는 노래하고픈 디바였다.

난 아무도 오지 않는 썰렁한 시간을 틈타 그녀의 노래를 들어보기로 한 음반사 사장이 되고 싶었다.

나는 그녀 맞은편에 앉았다.

"재즈 잘 들으세요?"

"아뇨, 전 음악을 잘 몰라요. 그냥 유행가 듣구……. 최근에 실연당했거든요. 그래서 계속 원더풀 버드의 러브 퍼레이드를 듣고 있어요. 그 곡만요. 계속 그 곡만……. 그러니까 기분이 좀 풀리는 것 같아서요."

나도 그 노래를 익히 알고 있다.

요즘 거리에 나갔다하면 그 노래만 흘러나오니까.

나로서는 듣기 괴로운 싸구려 감상주의 발라드였다.

그녀의 취향은 그러니까, 이런 말은 미안하지만, 형편없었다.

음악에 대한 취향을 빼고 옷에 관해 말하자면, 좀 할 말이 있다.

그녀는 연노랑색의 블라우스에 연둣빛 바지, 그리고 회색 스카프에 흰색 하이힐을 신었다.

그것도 뭐 그리 세련된 취향이라고는 할 수 없었다.

난 이 서툰 여자가 무슨 말을 할런지 내 생애 처음으로 궁금해졌다.

그녀는 무드 인디고를 이해할 수 있을까?

내가 사랑하는 투명에 가까운 완벽한 무드 인디고를 느낄 수 있을까?

나는 그것이 궁금했다.

실은 나는 생계를 위해 재즈 카페를 하고 있긴 하지만, 화가였다.

아직 아무도 모르는 화가, 아무도 인정하지 않는 화가.

나는 이 재즈 카페를 하면서 나만의 색, 블루를 개발 중이었다.

베이컨이 주황색과 녹색을, 샤갈이 따뜻한 얼음의 블루를, 클림트가 황금빛을 재창조했듯이 나는 무드 인디고의 한없이 투명에 가까운 블루를 개발 중이었다.

어린애가 박수치는 연극이라면, 그것은 성인도 박수칠 준비가 되어 있을 것이다. 결국 예술은 모든 기교를 마스터한 후에는 그것을 뛰어넘어야 정점에 도달하는데, 그 마지막 마차는 바로 마음, 마인드의 재창조에 있기 때문이었다.

나는 신촌 한 곁에 섬이라는 재즈 카페를 열어두고 그들을 하나하나 관찰하고 있었다. 음악을 틀고, 초기작으로 카페를 도배하면서 누군가를 기다리고 있었다.

음악이 좋네요, 저 그림이 좋아요, 와인은 아무거나 주세요.

라고 말해 줄 사람을

오늘 드디어 그 사람을 만났다.

그녀는 소피스케이티드 레이디, 세련된 숙녀였다.

나는 무드 인디고를 틀었다. 그리고 가장 비싼 와인 한 잔을 써빙했다. 물론 가장 비싼 와인이라고는 말하지 않았다. 그냥 혼자 있는 것이 딱해보여서 한 잔 더 주는 거라고 말했다.

"어머, 인심도 좋으시네요. 그런데 어쩌죠? 전 잘 취해요. 한 잔만 먹어도 얼굴이 빨개지죠. 그런데 취해서 그런가, 두 번째 잔이 더 맛이 있네요."

성공이다.

그녀의 혀는 그녀의 입술만큼이나 정직했다.

이제는 그녀의 눈이다.

나는 그녀의 눈이 깨어있는지 알아보기 위해 무드 인디고를 가져 왔다.

그녀는 울었다.

"당신은 장님이군요."

그렇다. 나는 장님이었다.

3년 전 불의의 사고로 시력을 잃은 뒤, 나는 망막의 오른쪽에 있는 환각에 기초한 작품을 그려왔다.

이런 효과는 메스칼린 같은 환각제와 비교할 만하다.

그녀는 내 전체적 감각의 인식을 알아차렸는가?

나는 발견했다.

단 한 사람의 관객을 통해

나의 비전이 드디어 캔버스 표면으로부터 솟아나는 이미지와 그 깊은 곳으로 한없이 침잠해 들어갈 수 있다는 것을.

그 때 나와 함께 가게를 열었던 친구가 들어왔다.

그 또한 프로페셔널 화가였고, 나와는 달리 견고한 시력을 가지고 있었다.

나는 그에게 말했다.

그녀는 회색빛 스카프를 두르고 있는 세련된 아가씨라고

그가 말했다.

그녀는 분홍빛 스카프야.

그러면 그녀의 블라우스는 노란색.

그녀는 회색빛 블라우스야.

그러면 나의 인디고 블루는 무슨 색이지, 친구?

너의 인디고 블루는 없어. 그것은 존재하지 않아.

너는 결국 그것을 찾아내지 못했지.

하지만 걱정 하지 마.

이제 더 이상 아무 것도 만들 필요가 없으니까.

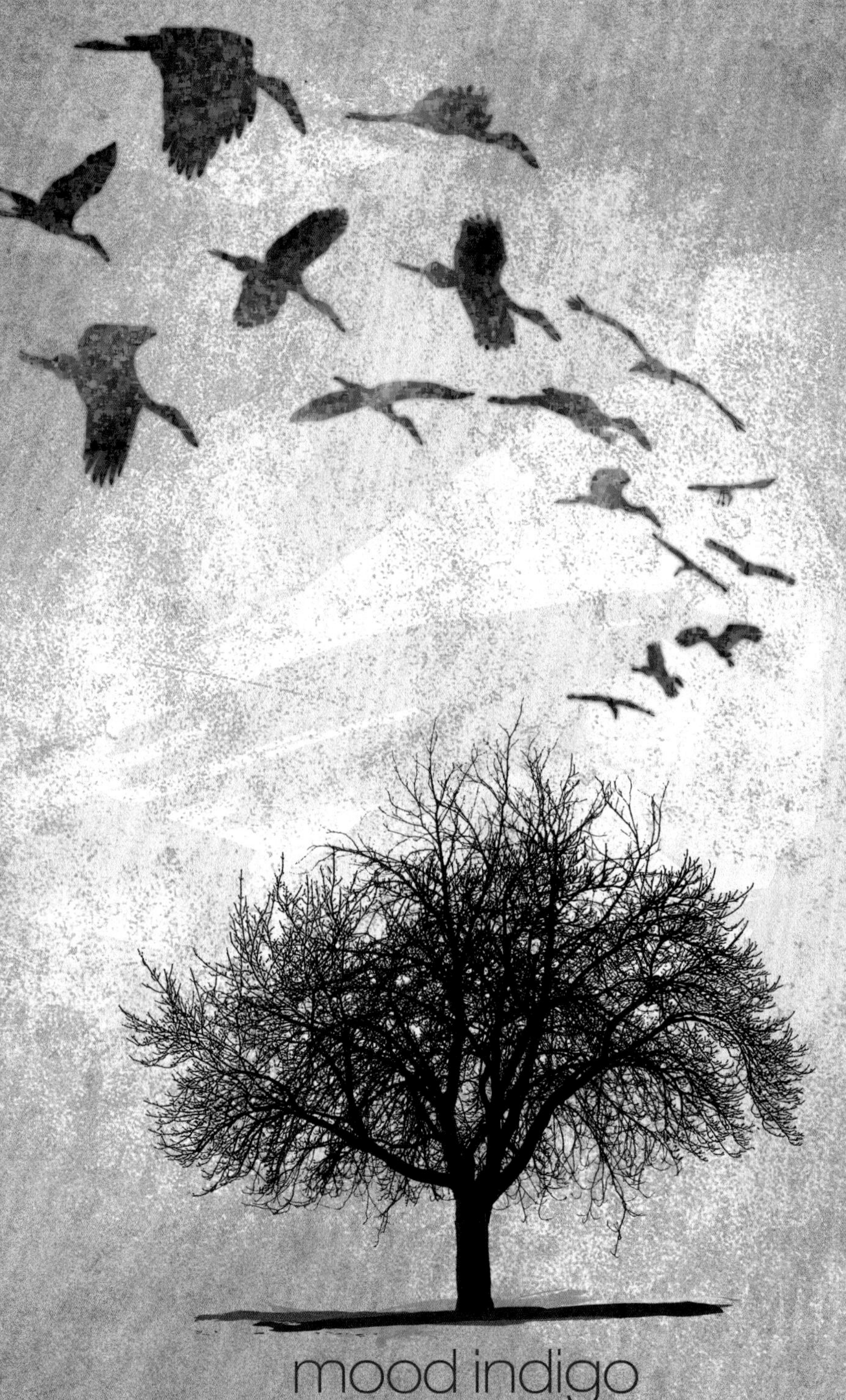
mood indigo

우린 모든 것을 보았으니, 이젠 쉬면 돼.

음악을 듣자구.

the blues I like to hear, 우리가 듣고 싶은 블루스를

그러면 하나만 더 물어보지.

그녀는 여기 왔었나?

아니, 오지 않았어.

친구, 그녀는 여기 오지 않았어.

당신의 세련된 레이디는 당신이 사고가 난 후, 어딘가로 떠나버렸지.

저녁이 되면, 당신은 이곳에서 그녀를 기다렸어.

하지만 이제 거리에는 아무도 없어.

나는 다시 나의 무드 인디고로 들어갔다.

그리고 나의 저녁을 위해 노래한다.

모든 것은 어떤 것이 끝난 곳에서 시작한다.

어떤 것은 무언가가 시작하려는 지점에서 끝이 난다.

나는 그것이 끝난 데에서 시작했다.

당신이 듣고 있는 지금 이 무드 인디고를……

한없이 투명에 가까웠던 그 블루는 결국 내가 보지 못하는 색.

그러나 꿈속에서 나는 눈을 뜨고 어둠에서 깨어난다.

그 때 하늘은 온통 무드 인디고였다.

소멸

나는 내 안에서 무언가가 소멸되었음을 느끼고 있소. 서서히 불꽃이 꺼졌고, 따뜻한 잔상만이 남아버렸지요. 그런데 더 지독한 것은, 나는 그 불을 지필 필요가 없었는데, 불을 지피었고, 그 온기를 취할 필요가 없었는데, 온기를 취했으며, 그 모든 길을 걸어올 필요가 없었는데, 그 모든 길을 걸어왔다는 것이오. 실은 이 모든 책들을 쓸 필요가 없었는데, 나는 이 책들을 써왔으며, 이 모든 노래는 불리워지지도 않을터인데, 밤마다 나는 그 노래들이 내 영혼을 취하도록 허용했소.

하지만 당신은 아까 소파에 앉아있을때보다 훨씬 활기에 차 있군요. 실은 이런 슬픈 노래만이 당신을 그 의자에서 일어나도록 만들지 않나요? 당신은 사물의 어느 하나, 감정의 어느 한부분에도 다가가지 못하고 마비되어있었지요. 나는 당신에게 말했어요. 텔레비전을 꺼요. 그리고 나와 함께 이야기해요. 내가 모든 것을 설명해줄께요. 음악을 줄여요.

그 노래보다 더 절실한 노래를 불러줄께요. 아무 곳에도 가지 말아요. 우리가 함께 가야할 곳이 있어요. 그 곳은 여기에서 멀지 않아요.

나는 이 모든 것이 어떤 소용에 닿는지 모르겠소. 밤마다 당신과 저 깊은 우물 안을 들여다보는 것 말이오. 난 나 자신을 설명하는 데에 지쳤고, 어색한 노래를 부르는 데에도 지쳤고, 세상을 들여다보고, 누군가를 만나는 일에도 지쳤소. 나는 땅속에 묻히고 싶소. 긴 잠을 자고 싶소. 그렇지 않다면, 내게 어떤 열망도 불러일으키지 않는 희미한 일상을 이어나가고 싶소. 다시는 내게 어떤 꿈도, 어떤 정열도, 어떤 사명감도, 어떤 아름다움도 불러일으키지 말아주시오. 그것이 의미 없이 소멸될 때의 고통을 나는 다시는 느끼고 싶지 않소. 나에게 뮤즈들을 보내지 말아주시오. 그들의 노래는 아름답지만, 그 노래를 밤새 듣고 음표로 옮기는 작업이 무슨 유익이 있겠소? 그들의 노래가 내게 단 한번의 행복이라도 약속한 적이 있소? 그들의 노래가 나를 더 나은 곳으로 데려간 적이 있었소? 나는 아마 당신들의 속기사가 되기에는 너무나 나약한가보오. 그러니 다시는 나를 찾아오지 마시오.

그녀는 침묵했다. 얼마동안 창문가에 서 있다가 나는 모든 것이 끝난 것을 알았다. 이제 남은 것은 아무것도 없다. 내가 할 일 또한 아무것도 없다. 내일이라는 것은 의미 없는 이름이다. 이제 하루하루가 고통 없이 창밖으로 떨어지리라. 나는 거기에 어떤 색채도, 어떤 의미도 부여하지 않으려한다. 오직 상쾌한 일상만이 견고한 시침을 움직이게 허용하자. 낡은 잠옷을 덮으면, 나는 이 모든 성장과 청춘이 사용해왔던 감정의 낭비를 잊을 수 있으리라. 문을 닫으면, 하릴없이 나를 끌어당기며 매혹해 왔던 거친 길들을 더 이상 보지 않을 수 있으리라. 커튼을 치면, 노랫소리는 그저 창밖의 나뭇잎에만 부딪혔다가 사라지리라. 얌전히 꺾인 꽃은 화병에 꽂히었고, 그 꽃이 시들면 다시 싱싱한 꽃이 또 다른 계절이 왔음을 알리며 문 앞에 배달되어오리라. 장밋빛 하늘이 펼쳐지면, 나는 어둠이 다가옴을 알게 되겠지. 새들이 지저귀면, 나는 새로운 아침이 시작됨을 알고 일어나겠지. 그러나 그것은 지나친 장식이 없는 삶. 나는 이제 더 이상 미지의 보물들을 꿈꾸지 않을 것이고, 끝없는 대양으로의 항해를 떠나지도 않을 것이다. 그것이 도대체 무슨 소용이 있었단 말인가.

당신은 사라지는군요. 익명의 삶속으로……

난 원래 익명의 존재였소. 당신을 만나기 전까지 나는 거리에서 뜀박질하던 소년이었소. 내가 웃던 모든 사진들을 보시오. 난 더 건강하게 살았어야 했소. 당신의 목소리를 듣고, 당신의 존재를 복원하기위해 내 시간과 정력을 책들의 시체속에서 보내는 것이 아니었소. 내 영혼을 쓸모없는 문자로 환원시키기 위해 내게 다가왔던 사랑과 기회들을 잃어버리는 것이 아니었소. 나는 삶을 살았어야 했소. 그러나 나는 박제된 시간들을 기우면서 삶을 흘려보냈소.

당신은 이제 어떻게 할건가요?
일단 커피를 한잔 마셔야겠소. 담배를 한대 피고, 아침이 밝아오기전

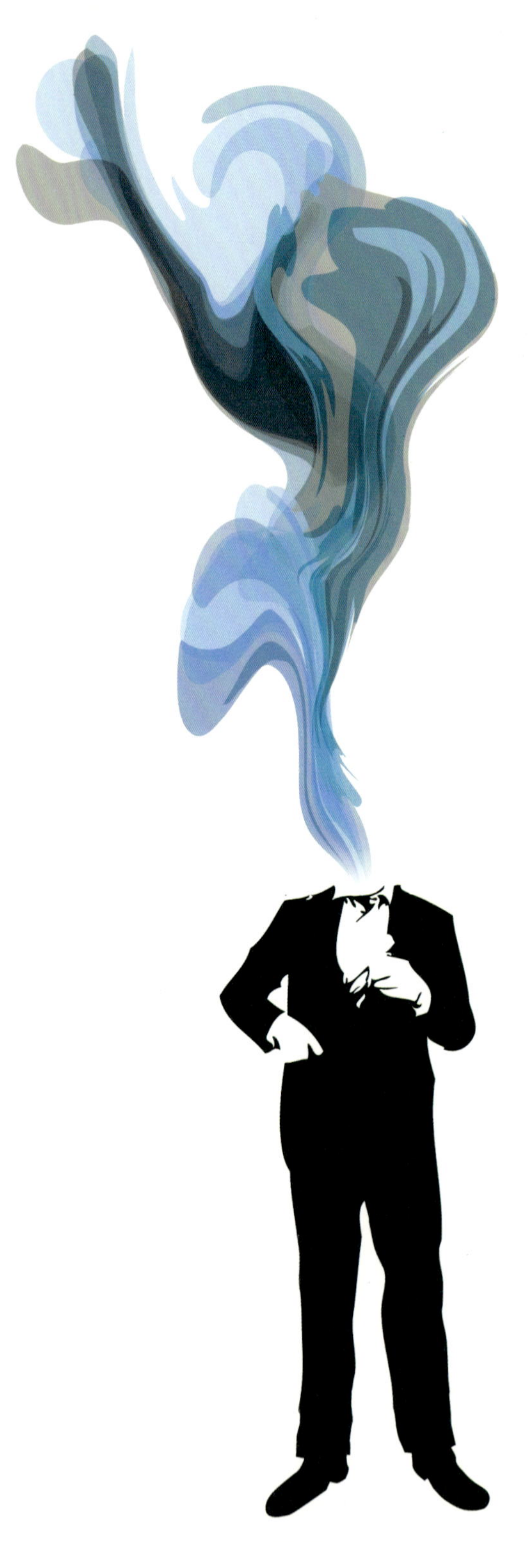

새벽길을 나서겠소. 나는 태양이 저편으로 서서히 떠오르는 것을 보아야겠소. 나는 내 두 다리가 피곤에 지칠 때까지 걷고 또 걸어야겠소. 그래서 이 낡은 집을 떠나야겠소.

그녀가 웃었다

당신은 또 떠나는 것을 생각하는군요. 당신은 이 집을 떠나서는 안돼요. 커피를 한잔 마시고, 담배를 한대 피고, 새벽에 동네를 산책하다가 다시 집으로 들어오세요. 부엌에는 잘 차린 아침식사가 준비되어있을거에요. 그것을 먹으면서 신문을 뒤적이다가 마음에 드는 기사가 있으면 제가 볼 수 있게 접어놓아요. 하지만 신문에는 그다지 마음에 드는 일들이 없을거에요. 우편배달부가 오면 편지를 받아놓으세요. 하지만 당신이 아는 사람들은 이제 더이상 당신에게 편지하지 않아요. 당신은 언제나 떠나고 잠적하고 사라졌다가 다시 나타났으니까요.

노래하고 글을 쓰는 일이 신물이 난다면, 식당에서 요리하는 것은 어때요? 서류를 작성하거나, 고장 난 기계를 고치거나, 가구를 만들 수도 있을거에요. 하지만 당신은 나를 잊으세요. 내 노랫소리가 들려도 들은 척 하지 말고, 나에게 말을 걸지도 말고, 나의 말을 듣지도 말아요. 그러면 서서히 우리사이에는 침묵이 자리하게 될 거에요. 당신은 내가 당신의 보이지 않는 친구였다는 것도 잊어버리겠죠. 당신이 선반위에 놓인 낡은 상자를 꺼내기 전까지는 이국에서 보냈던 당신 삶의 파편 또한 남아있지 않을거에요. 당신은 이제 더 이상 항해를 떠나지 않을 테니 배도 필요 없을 것이고, 당신은 이제 이 거리를 이해하기위해 책을 읽지도 않을거에요. 당신은 피신처를 만들지 마세요. 피신처에서는 꿈밖에 꿀 것이 없으니까요. 당신은 성소를 참배하지 마세요. 그곳은 모든 영원을 향해 열려져 있으니, 피곤할 뿐이에요.

그럼, 나는 무엇을 할 수 있소?

선반에는 빵과 계란과 우유가 있어요. 물건을 팔고, 물건을 사들이고, 근처에 좋은 직매장이 있는 것을 체크하게 되겠죠.

잘됐군. 난 그것을 좋아할 수 있소. 진심이오, 진작 그렇게 살았어야 했소.

언젠가 당신은 나를 다시 찾을 날이 있을거에요.

그녀는 미소를 짓고 사라졌다. 나는 소파에 앉아 텔레비전을 바라보고 낄낄거리다가 불을 껐다. 낡은 담요를 덮고 잠이 들었다. 꿈이 없는 칠흑같이 검은 밤과 적막사이에서 나는 소멸된다.

불면증

천정너머에서 흘러나오는 푸르른 피가 창백한 얼굴에 떨어졌다. 그는 간신히 고개를 돌려 창밖의 세상을 바라보았다. 근심 없는 일요일의 오후처럼 거리는 한산했고 그 거리를 왕래하는 사람들의 면면은 그가 오랫동안 스쳐지나가던 사람들과 별다를 바가 없었다. 달라진 점이 있다면 그는 젊음을 잃었고, 노년의 잠속으로 미끌어져들어가고 있었다는 것이었다.이제 현재는 아무런 사건도 허락하지 않고 조용히 펼쳐졌다가 닫혔다. 젊은 시절의 모험과 배신과 사랑과 꿈은 추억 속에만 흔적을 남긴 채 형체를 찾아보기 힘들게 되었다. 그럼에도 불구하고 그는 하릴없이 오가는 시간 속에서 과거의 시간들이 폭발했다가 사라져가는 광경을 무력하게 지켜보고 있었다. 똑똑……누군가가 문을 두드렸고 그에게 스프를 가져왔다.

볼만한 책이 있으면 한권 가져다주게.

당신이 쓴 책을 가져다드릴까요? 당신은 30권의 책을 썼잖아요. 그리고 100편의 노래를 작곡했죠. 7편의 영화에는 배우로 출연했고, 그중에 두 편은 정말 걸작이었죠. 당신은 세계의 모든 대륙을 여행했어요. 3명의 부인이 있었고, 수많은 정부를 두었죠. 아직도 어딘가 에서는 당신의 아이가 자라나고 있을거에요. 회사를 세웠고, 번창했다가, 위기를 겪기도 했지만 그전에 당신은 좋은 가격으로 그것을 팔아치웠죠. 당신은 모든 쾌락을 맛보았고, 모든 성취를 이루어냈어요. 가장 아름다운 여인들을 안았고, 가장 흥미로운 사람들과 친교를 맺었죠. 당신은 예술가들을 후원했고, 불운한 이들에게 도움을 아끼지 않았어요. 비록 좋은 남편과 아버지는 아니었지만, 당신과 헤어진 여인들에게 불행을 선사하지는 않았죠. 자녀들은 당신을 사랑하지는 않겠지만, 존경하긴 할 거에요. 모든 사람들이 한번 즈음 꿈꾸어보던 거대한 삶, 당신은 그것을 이루어냈어요.

넌 도대체 누구지? 간호사치고는 영리하군.

사마르칸트에서 저를 만났잖아요.

사마르칸트....... 거기가 어디였지?

풍요롭고 달콤한 고장이죠. 당신은 거기에 머물었다가 시암으로 떠났어요. 그리고 그 여행길에 나는 당신과 함께 동행했죠.

마지막에 남은 건 당신뿐이로군

그녀는 미소 지었다. 부드럽지만 단호하고, 달콤하지만 왠지 마음을 놓을 수 없는 그런 미소였다. 그는 그런 그녀를 바라보며 불편한 증오의 감정을 느꼈다. 그녀는 햇살이 쏟아지는 창앞에서 지저귀는 참새처럼 노래하다가 문을 닫고 사라져버렸다.

카라반의 일행들이 먼저 출발했다. 그리고 그는 조금 더 늦게 그들을 뒤좇아 갔다.

당신은 어디에서 왔소? 러시아, 터키, 아니면 아르메니아?

아이조르(시리아)........그렇다. 나는 아이조르인이었다. 그러나 스무살의 나는 그리스인 상인으로 가장했다. 아버지는 승원에 소속되어 지식을 관리하는 사제였다. 그는 창조의 역사와 신과 인간의 비밀이 전승되어 내려오는 이야기를 알고 있었다. 그는 나를 데리고 다니면서 그 모든 노래를 불러주었다. 그러나 나는 아버지와 같이 사제가 되어 내 종족의 역사를 보존하였다가 내 아들에게 일러주고 사라지는 삶을 원치 않았다. 나는 무언가 영광의 광휘로 가득 찬 인생을 원했고, 더 큰 하늘로 날아가기를 갈망했다. 그러면서도 유혹이나 환상에 빠지지 않고 진리를 추구할 수 있으리라는 믿음을 지니고 있었다. 나는 그 길을 학문에서 발견했고, 맹렬하게 정신의 훈련에 몰두했다. 나는 수많은 이국의 언어들을 쓰고 말할 수 있게 되었고, 고대의 문헌을 비롯하여 최신의 기술까지 그 모든 정보와 지식을 습득할 수 있게 되었다. 그러한 능력은 실용적인 외투와 같이 나의 정체성과 모습을 변용시켰고 투명인간처럼 모든 곳에 존재하는 이로 만들어주었다. 카라반의 일행들과 함께 사막을 건너기 위해 나는 그들에게 재미있는 농담과 책에서 읽은 모험담을 들려주어 환심을 살 수 있었다. 그러나 한편으로는 다소 얼빠지게 행동함으로서 나를 경계하지 않도록 만들었다. 사막을 건너가면 나는 유태인으로 가장할 생각이었다. 그 사막에서 공작을 만났다.

무슨 생각을 하세요?

사마르칸트의 여인이 내게 다시 다가왔다

나는 눈을 감았다. 모든 것이 아득히 멀어졌다가 다시 다가왔다. 공작과 옷을 바꿔 입은 것은 그 사막에서의 일이었다. 그는 자신의 옷으로 무엇을 할 수 있는지 모르는 멍청이에 불과했다. 재능과 헌신밖에 가진 것이 없었던 가난한 청년은 공작의 옷이 그에게 모든 문을 열어주어 그가 감히 꿈꾸지 못했던 세계로 나아가게 해줄 것을 예감했다. 그의 죽음은 안된 일이었다. 그러나 때로는 비범함을 감당하지 못하는 사람들에게 행운이 떨어질 때가 있다. 그들의 제한된 상상력은 그러한 행운을 종종 쾌락이나 진귀한 취미생활에 낭비해버리곤 한다. 날개를 달고도 지상의 미천한 땅을 기웃거리는 새들처럼 공작은 날아오르지 못했다. 나는 그 옷을 훔쳤고, 그의 날개로 태양의 저편까지 날아올랐다.

방금 당신의 책을 읽었어요. 그건 대단한 모험이었어요. 그렇죠?

이 소녀를 사마르칸트의 거리에서 만났다. 겁에 질린 소녀는 나를 유곽으로 안내했는데, 그녀는 내 곁에서 잠들지 못하고 밤새 고열에 시달렸다. 죽음직전의 그 뜨거움이 몇 십 년 동안, 아니 평생 동안 나에게 주어졌던 가능성을 무익하게 낭비했다는 무력함에서 깨어나게 하였다.

나는 결국 아버지와 같았다. 세속의 모든 성공들 사이에서도 미치광이처럼 진리를 찾아 헤매다니고 있었다. 그러나 어디에서도 진정한 마음의 위안을 얻지 못했다. 나는 변용된 정체성속에서 길을 잃었고 내가 누구인지에 관해 망각하게 되었다. 그런데 겁에 질린 소녀의 연약한 육체는 내게 다시 한 번 망상의 길들을 벗어나 일체의 것들과 결별하는 것이 가능하리라는 생각을 불러일으켰다. 스무살의 청년이 사막에서 러시아 공작의 옷을 훔쳤다면, 60이 된 노인은 사마르칸트의 유곽에서 18살의 소녀의 육체를 훔쳤다. 나는 신열로 들뜬 소녀의 이마에 키스했다. 너는 세상에서 가장 아름답다. 그러나 너는 세상에서 가장 불행하겠지. 내가 너의 옷을 입는다면, 나는 이 비참한 거리에서 나에게 주어진 인생이 시들어가는 것을 허락하지 않을 것이다. 그러나 이번에는 그녀의 옷을 훔치는 대신, 그녀를 나의 양녀로 삼아 시암으로 가는 여행길에 대동했다.

의외로 소녀는 영민하고 재기가 넘쳤으며 용감했다 .그녀는 세련된 취

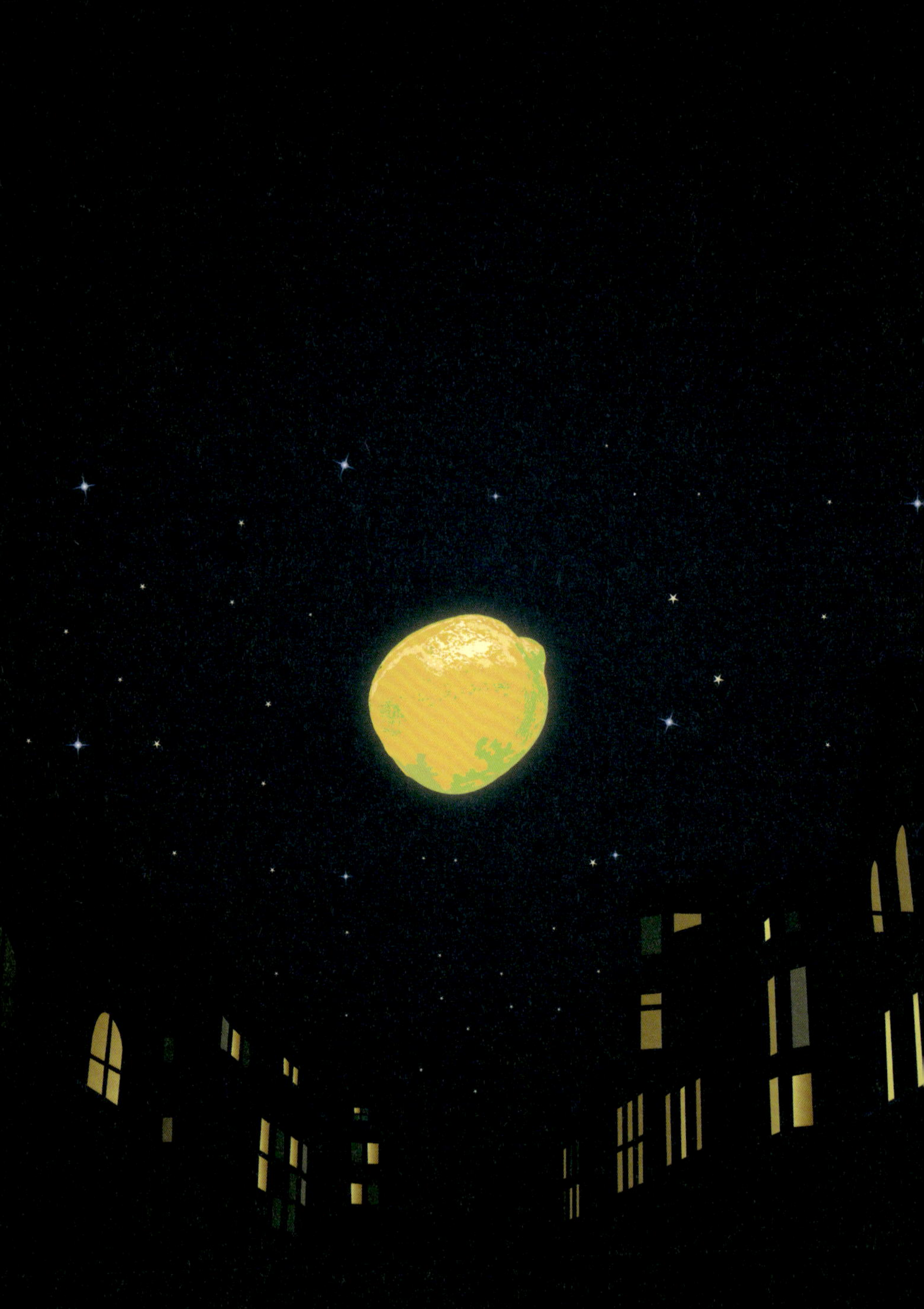

향은 없었지만, 그녀가 표현하는 것들은 진실로 핵심을 간파하고 있는 것들이었다. 나는 그러한 그녀에게 음악을, 문학을, 역사를, 지리를, 수학과 천문학을 가르쳤다. 카나리아 같은 그녀가 침상에 누운 나의 얼굴을 굽어보았다.

자, 이번에는 네가 이곳에 온 사람들에게 너의 이야기를 들려줄 차례이군.

그녀는 나의 얼굴을 바라보며 웃었다. 나는 그 미소가 나의 미소와 닮은 것이기를 바랐다. 그래서 오랫동안 입어 낡은 나의 옷을 그녀에게 물려주었다. 그녀가 별의 의미를 이해하고 사막을 건너 항해를 계속해나갈 수 있도록.

잠이 들 시간이에요.

나의 딸이 다정하게 속삭였다.

황금 물고기

다리가 끊어졌을 때, 그녀와 나의 인연 또한 끊어졌다.

그 사라진 다리를 바라보며 수없이 그녀를 데려간 죽음을 생각했다. 나는 어두운 밤의 강변에 섰다. 몸을 던지려는 찰나, 어딘가에서 다급하게 무언가를 외치는 목소리가 들려왔다.

"오른손을 들어봐. 그리고 바람을 느껴줘. 삶은 항상 잘 풀리게 되어있어. 결국은 잘 된다구. 잘못돼도 죽는 게 전부겠지. 하지만 그전에 생각해봐. 최고의 것이 너에게 생길지도 모르잖아. 그게 무엇인지 궁금하지 않니? 조금만 더 기다려줘."

나는 사방을 둘러보았다. 그러나 아무도 없었다.

◆ ◇ ◆

뜬금없이 친구의 전화를 받고 후배의 장례식장으로 향했다.

후배라고는 하지만, 나와 동갑인 그는 참 여리고 섬세한 사람이었다.

가끔 술자리에서나 학교에서 부딪힐 때 그의 눈은 어딘가 먼 곳을 향해 있는 것 같은, 그러니까 우리 모두가 그렇지만, 몽상가적인 미소가 있었다. 일종의 예술을 한다는 그 무리 중에서도 그의 감수성은 탁월한 데가 있어서 종종 놀림감이 될 정도였다. 그런 그가 사고로 죽었단다. 영안실에는 오랜만에 보는 동기들과 후배들이 모여 있었다. 그의 영정사진은 더할 나위 없이 환하게 웃고 있어서 그 앞에 두 번 절을 하면서도 이거 뭐야, 이게 무슨 장난이야, 빨리 안 나와? 하는 말이 나올 뻔 했다. 침통한 죽음 앞에서도 사람들은 한 자리씩을 차지하고 앉아서 그간의 안부를 묻거나, 이런저런 작품 이야기를 하거나, 농담을 주고받았다. 마음 한구석이 아려왔지만 아무래도 실감이 나지 않았다.

"비겁한 죽음 아니냐?"

동기 한 명이 그렇게 말했다.

"글쎄, 사정을 잘 모르니까. 그 동안 어떻게 지냈대?"

그 때 마침, 그의 작품을 프로듀싱 하던 후배 한 명이 내 앞에 앉았다.

"저랑 옴니버스 영화 하나 준비하고 있었어요. 이제 그것도 다 날아갔네. 그 친구 작품이 거의 메인이었는데."

"작품 제목이 뭐였는데?"

"황금 물고기요."

"황금 물고기? 내용이 어떤 거야?"

"시나리오도 있어요. 영정 앞에 두었는데."

그 때 맞은 편 테이블을 보니 그의 동기들이 그가 쓴 시나리오를 하나씩 돌려가며 읽고 있었다.

"지금 생각해보니 그 시나리오의 내레이션이나 내용이 그 녀석 자신의 삶이었던 것 같아요."

황금 물고기는 행운의 물고기였다.

누구든 그 황금 물고기를 가지면 원하는 일이 이루어졌다.

주인공은 불운한 사내였다.

주식으로 가진 돈을 잃고, 여자 친구도 떠나가고, 꿈도 희망도 공허한 소리가 되어 자취없이 사라졌다.

그러다가 그는 우연히 황금 물고기를 손에 넣게 된다.

그 후 주인공의 삶은 일사천리로 풀려간다. 행운의 여신이 그에게 윙크를 보내기 시작한 것이다.

그런데 그 황금 물고기를 탐내던 주인공의 친구가 있었다. 이 친구는 주인공이 방심한 틈을 타서 황금 물고기를 훔치고 보통의 잉어를 주인공의 어항에 집어넣는다.

또다시 주인공의 삶에 실패와 불운이 닥쳐온다.

그는 영영 행운의 물고기를 잃어버렸음을 깨닫는다.

그런데 옆구리가 슬슬 가렵기 시작한다. 긁어보니 이상하게도 황금 비늘이 떨어진다.

그는 자신이 물고기가 되어버린 것이다.

사내는 아파트 베란다에서 뛰어내린다.

바깥은 물 한 점 없는 메마른 거리이다.

커다란 황금 물고기는 그 거리에서 퍼덕거린다.

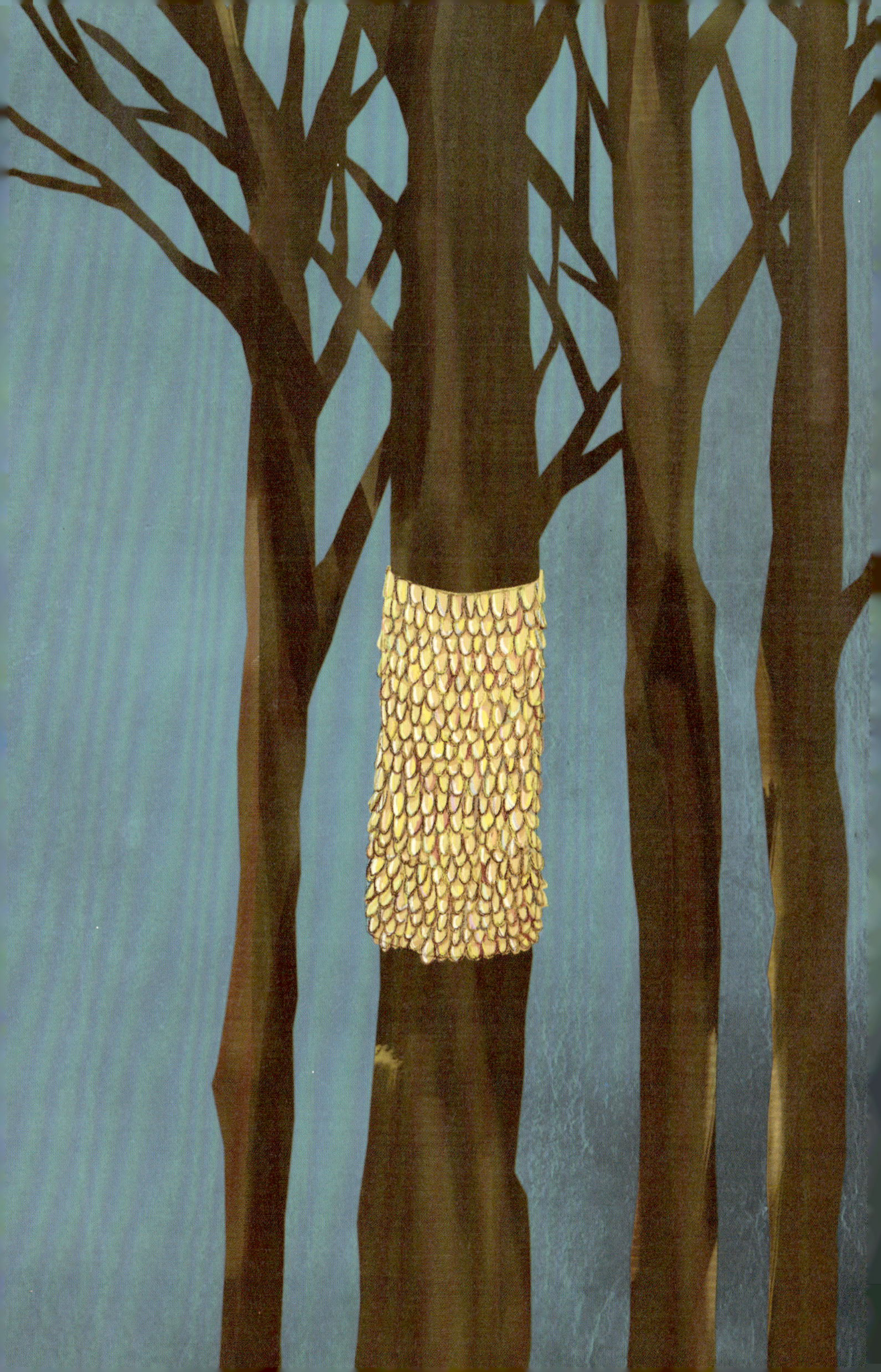

그의 내레이션 중에 꿈이 물처럼 바깥으로 쏟아졌다는 문장이 있었다.

오래전에 나는 이런 스토리를 생각해 본 적이 있었다.

주인공은 커다란 공장이 있는 동네에서 태어났다. 주인공의 아버지는 그 공장에 다니고 있었고, 그의 친구나 그도 골목에서 유년기를 보내다가 그곳에 취직하게 될 것이다. 그리고 동네의 대부분의 사람들처럼 결혼을 하고, 자식을 낳고, 평생 직분에 충실하며 일상의 행복을 누리는 것이 평탄한 삶이라 불릴 것이다. 그런데 주인공은 그런 삶을 원하지 않았다. 그는 고향인 소도시를 떠나 세계를 여행하고 싶었다. 그런데 그때 공교롭게도 주인공의 아버지가 병으로 세상을 떠난다. 아버지의

단하나의 혈육이었던 그는 아버지의 집과 재산을 처분하여 여행을 떠난다. 그리고 수많은 도시에서 수많은 사람들을 만난다. 그렇게 몇 년 동안 여행을 하다가 그는 어느 조그마한 바닷가 마을에 이르게 된다. 그런데 특별히 아름답지도 않은 그 마을의 해안가가 이상하게 그의 마음을 끌었다. 그래서 그는 무거운 배낭을 백사장에 내려놓고, 하루 종일 멍하게 그 해안가에 앉아있었다. 그는 그곳에서 태양이 떠오르는 아침과 그늘로 숨어들 수밖에 없는 날카로운 정오, 그리고 붉게 눈물짓는 것 같은 노을이 하늘을 물들이는 것을 보았다.

그리고 불현듯 일어나 해변을 가로질러 걸어가더니 옷을 벗고 바다로 뛰어든다. 그는 끊임없이 헤엄친다. 어둠이 저 붉은 노을과 섞여서 밤이 올 때까지, 그리고 그 밤의 한가운데에서 보름달이 떠오를 때까지, 별이 우주의 언어로 하늘에 새겨질 때까지…… 그는 헤엄친다.

그 후 아무도 그가 돌아온 것을 본 사람은 없었다.

사람들은 그가 죽은 것이라고 생각했지만, 그는 한 번도 가보지 못한 여행지로 가 버린 것이다. 그가 소도시를 벗어났듯이. 그는 용기를 가지고 해안가를 떠나버렸다. 우리는 아무도 이 해안가를 떠날 수가 없었다. 우리는 그가 웃고 있는 사진을 바라보며, 그가 쓴 황금 물고기라는 시나리오를 읽으며, 배신감을 느낄 뿐이다. 아무런 기별 없이 먼 여행을 떠나버린 그에게. 돌아오지 않겠다고 무언의 편지를 보내버린 그에게.

그러고 보니, 나 또한 그에 관련된 특별한 기억이 있었다.

몇 년 전 송년회였다. 나는 그날 늦게까지 술자리에 남아있었는데, 정신을 차려보니 동기들은 모두 술자리를 빠져나간 후였다. 그래서 한 기수 밑인 후배들과 어울리고 있었다. 이런 저런 기억할 수 없는 이야기 끝에 최후의 밤의 승자들도 자리를 정리하고, 우리는 모두 택시를 잡기위해 길 위에 서 있었다. 그제야 누가 어디에 사니, 어쩌니 하는 신상명세가 오갔고, 나와 같은 방향은 그 무리 중에서는 그밖에 없었다. 그래서 우리는 같이 택시를 탔다. 눈이 쌓여있던 새벽이었다. 차가 집 근처에 서자, 나는 그에게 잘 들어가라고 인사를 했는데, 그가 택시에서 내리는 것이 아닌가. 집 앞까지 바래다주겠다는 것이었다. 그래서 집 앞에서 마지막 인사를 나누고, 잘 들어가라고 하고는 대문을 닫고 계단을 올라가 들어와 침대에 누웠는데, 갑자기 가슴이 털썩 내려앉았다. 그가 택시비가 있을까? 그런 생각이 들었기 때문이었다. 내가 돈을 줬어야 했지 않았나? 집 앞까지 바래다주었는데...... 그가 충분한 돈을 가지고 다음 택시를 탈 수 있었을까? 창밖으로는 아직도 눈발이 흩날리고 있었다.

그 후에도 가끔 영화관 앞에서나 동문들 술자리에서 그를 볼 기회가 있었지만, 그 밤의 일에 관해서는 물어보지 않았다.

그때 다시 택시 타고 갔어요? 하는 질문을.

그의 죽음에 관한 소식을 듣고, 가장 먼저 떠올린 것은 몇 년 전 겨울밤에 관한 것이었다. 나는 왠지 그가 택시비가 없어서 눈이 내렸던 그 거리를 혼자 걸어갔을 것 같은 생각이 들었기 때문이었다.

잔을 비우고, 눈을 바라보며, 우리는 이 진부한 잔칫상에 앉아 있었지요. 연기와 거울, 특수효과, 약간의 공포와 사랑과 함께.

불운이 그대를 휩쓸고 있던 그때도 그대는 한 마리 빛을 발하는 황금 물고기였던 것을......

◆ ◇ ◆

나는 그녀의 죽음 이후에도 살아남았다. 가슴속에서는 참을 수 없는 울음처럼 시가 흘러나왔다. 나는 언제나 그녀에게 닿기 위해 글을 쓰고 있었다. 때때로 나는 황금빛 날개를 가진 새 한 마리가, 이 지상이 아닌 어딘가 우리가 더 이상 만날 수 없는 어떤 곳에서 나를 향해 날갯짓을 하고 있는 꿈을 꾸곤 한다.

나는 천천히 해안가를 거닐었다.

다시 또 무언가를 시작할 수 있을까?

그것에 대한 믿음을 잃지 않고 붙잡을 수 있을까?

그 일은 일어날 수 있을까?

그때 또다시 어떤 목소리가 바람을 타고 들려왔다.

"그물을 잡아당기라구. 황금 물고기를 상상하면서. 그러면 모든 것이 끌려올 거야. 이봐, 그 생각을 멈추지 마. 너는 이미 그곳에 있어."

나는 사방을 둘러보았다.

밤의 침묵을 깨고, 파도의 흰 포말이 부서졌다.

나는 해안가에서 다시 그물을 짰고, 그것을 바다에 던졌다.

그래서 이제 이 바다는, 사랑하는 그대의 것이다.

점심식사

1 : 단어들의 힘을 믿으십니까?

그가 물었다

2 : 어떤 단어들 말입니까?

1 : 신성한 단어들이 있지요. 이를테면 열정, 희망, 평화, 사랑과 같은 단
어들.

2 : 그런 것들을 읽을 줄 알지요. 가끔 편지 문구에 칸이 남으면 쓰기도
하구요

1 : 그 단어들을 믿기 위해 나는 이제까지 글을 써왔습니다.

2 : 당신의 삶에 그것들이 써졌다면 기쁜 일이겠습니다만, 제가 알기로는
작가보다는 보통 사람들의 인생이 그 단어들과 훨씬 더 가깝지요. 글
을 쓰면 쓸수록 실제로 그것을 손에 만지고 체득하기는 힘들어집니

다. 당신은 결혼한 적도 없고, 아이도 없고, 지난 몇 년간은 별다른 애인도 없었지요. 게다가 가족들과는 멀리 떨어져 지냈다지요. 당신 여동생이 말하기를, 오빠를 못 본지가 3년이 넘었다고 하더군요. 이웃들도 당신을 알지 못했어요. 교우관계도 한정적이었죠. 당신은 문단에 기웃거리는 문인들을 속물이라고 생각하니까요. 당신은 그동안 도대체 어디에 가 있었습니까?

그는 새로 출간된 다섯 번째 소설책에 두 손을 모으고 있었다. 우주여행에 관한 책이었는데, 내용은 가벼운 모험담처럼 읽혔으나 그 근저에는 천문학, 철학, 항공학, 정치학, 생명공학, 사회학이 집대성되어 있었고 문체는 그 누구도 흉내 낼 수 없을 만큼 아름답고 유려하면서도 기이한 유머가 있었다. 그의 첫 번째 소설의 배경은 인도였고, 두 번째는 티베트이었으며, 세 번째는 남아메리카, 네 번째는 아프리카였으며, 다섯번째는 지구를 벗어난 우주였는데, 매작품마다 그는 새로운 주제를 가지고 이국의 풍광과 문화를 적극적으로 변주해나갔다. 그는 평단의 지지를 업고도 최고의 베스트셀러를 쓰는 작가였다. 그의 성공은 유례가 없었으며, 부끄러워할 필요가 없는 예술적 성취였다. 그러나 나는 언제나 그에 대해 의구심을 품고 있었다. 나 자신이 실패한 소설가, 그러니까 성공한 평론가였기 때문인지도 모르겠지만 나는 나의 이상을 완벽하게 실현해나가고 있는 그가 실생활에서도 행복한 사내라는 것을 인정하기가 힘들었다. 그의 책은 책과 책 사이의 책이었다. 물론 독자들은 그러한 책을 읽으면 일정한 교양과 함께 재미를 느낄 수 있기 때문에 그런대로 효용가

치를 인정받곤 했지만 나는 그가 진정한 삶의 책을 쓸 수 있으리라고는
생각하지 않았다.

1 : 당신이 무슨 생각을 하고 있는지 알고 있습니다. 당신은 나를 경멸하
   고 있지요.
2 : 천만에요, 당신은 내가 경멸할만한 일을 한 적이 없습니다. 다만, 나는
   다른 종류의 작가가 취향에 맞을 뿐이지요.
1 : 어떤?
2 : 헨리 밀러, 쟝 주네, 허먼 멜빌, 윌리엄 포크너, 그리고 물론 도스토옙
   스키.
1 : 맨스필드는 어떻습니까?
2 : 소품에 불과하지요.
1 : 체홉을 소품이라고 부를 수 있을까요?
2 : 하긴, 모두가 베토벤이 될 수는 없겠죠. 쇼팽도 필요하니까요
1 : 쇼팽은 필요해서 탄생한 것이 아니오. 그이기에 쇼팽이 된 것이오. 그
   래서 나는 학교를 신뢰하지 않지요. 교양을 쌓기에는 좋지만 취향이
   비슷해질 위험이 있거든요. 취향까지는 양보할 수 있소. 그러나 사상
   과 삶이 비슷해진다면, 그때는 끝장이오.
2 : 당신의 삶이 그다지 특별할 것은 없는 것 같은데요
1 : 나는 헤밍웨이가 아니오. 모험을 위해 바보짓을 하진 않소.
2 : 그가 바보짓을 했다니, 믿을 수 없군요.
1 : 그는 원래 알코올중독에 쾌락 주의자였소. 그래서 전쟁터나 투우에

경도되었던 거지. 말년에는 사냥이나 낚시로 소일거리를 삼지 않았소? 그는 육체와 죽음의 감각을 믿었소. 그러나 나는 그렇지 않다는 것이요. 바보짓이라는 건 좀 경솔한 단어선택이었소만, 나는 그렇소. 나는 정신의 감각을 믿지요.

2 : 그것도 책을 통해 잘 걸러진 정신의 감각들 말입니까?

1 : 그렇소. 나는 문학과, 음악과, 모든 학문의 뮤즈들을 믿소. 그들과 사귀기에도 내 일생은 짧고 허둥지둥 할 테지요. 사람들은 내가 왜 결혼을 하지 않는지, 여자들과 데이트를 하지 않는지, 하다못해 밖에 나와 술이라도 마시며 객기를 부리지 않는지 궁금해 하더군요. 마치 인생의 진실은 그곳에 있는 것처럼. 내겐 그 모든 것이 지나치게 거칠게 느껴집니다.

2 : 동료 인간들은 어떤가요? 당신은 실제 인간들보다 당신 소설의 등장인물과 더 친밀하시겠지요?

1 : 그들은 나의 천사이자,

2 : 당신의 피조물이겠죠. 당신은 당신 세계 안에서 부족함이 없고, 또 그 세계는 이러한 실제의 세계에 영향을 미치고 있습니다. 오늘 인터뷰에 오기 전에도 저는 지하철에서 당신의 세 번째 소설을 읽고 있는 여고생과 마주앉아 있었지요.

1 : 그 책 뒤에는 당신의 평이 있었지요. 과히 나쁘지 않았던 것으로 기억합니다만.

2 : 작가의 실체를 알게 된 것은 그 소설 이후의 일이었습니다.

1 : 대학에서는 작가론에 지나치게 무게를 두더군요. 나는 그다지 탐구

할만한 작가가 아닙니다. 전기를 쓴다해도 별다른 이야기도 없을 거요. 평생 그리워하는 여인조차 없으니까요. 함께 살고 있는 개 한마리가 내 생의 목격자가 될 만할까요? 하지만 그와는 인터뷰 할 수 없겠죠?

2:난 당신을 질투합니다. 그러나 한편으로는 동정하지요. 당신은 사랑에 대해서는 조금도 알지 못하면서 사랑에 대해 쓰고 있습니다. 당신은 삶에 대해 조금도 알지 못하면서 삶에 대해 쓰고 있습니다. 당신은 고통을 경험하지 않으면서도 그것을 파고듭니다.

1:한권의 책을 써본적이 있습니까?

2:물론입니다

1:하지만 출판하기에는 수준이 낮았겠지요. 난 당신이 영화잡지 나부랭이에 서평을 연재한다는 소식은 들어봤지만, 작가라는 소리는 들어본 적이 없습니다. 당신의 책을 읽어본 적도 없구요. 참고로 말하자면, 나는 최근에 나온 작가들의 처녀작을 모으는 취미가 있습니다. 나는 재능을 일찍 알아보는 것을 좋아하거든요. 나는 누가 내 친구가 될 수 있는지를 평가합니다. 그들에게 전화를 걸지는 않지만, 꽤 쓸 만한 책을 쓴 작가들은 서가의 특별한 자리에 모셔져 있지요. 물론 대부분이 죽은 자이긴 합니다. 이렇게 오랫동안 무언가를 끝까지 써 낼 수 있었던 것이 사랑이 없이 가능한 일이라고 생각하십니까? 그 문체를 발견하기 위해 얼마나 많은 작가들과 사상가들을 사귀었어야 했는지 모른다고 할 수 있습니까? 종교, 철학, 사회학, 과학, 심리학, 문학, 음악이 인류가 아니면, 인간은 도대체 어떤 존재들입니까? 나는 신성한 단

어의 힘을 믿습니다. 당신 또한 언젠가는 그것을 느낄 수 있을 것입
니다. 어떤 글은 현실에서 반드시 드러납니다. 그리고 어떤 힘은 글을
쓰고 있는 작가의 정신에 전파를 보내지요. 나는 그 힘에 좀 더 깊이,
가까이 다가가고자 합니다. 그 힘이 드러나기를 기다리고 있고, 그것
이 작가라는 매개체를 통해 수신되기를 갈망하고 있으니까요. 나는
그 힘의 운명을 실현하고자 글을 씁니다.

2 : 당신은 그전에는 이런 이야기를 하지 않았습니다.

1 : 이야기할 필요가 없으니까요. 나는 이야기를 만들고 있었고, 거기에
비밀을 숨겨두었습니다. 악보가 연주될 때 비로소 들리는 선율처럼 말
입니다. 악보가 완성되기 전까지는 나 또한 내가 어떤 멜로디를 쓰려
고 했는지 알 수 없지요. 그리고 연주자가 그 악보를 연주하기 전에
는 과연 그 멜로디를 내가 들은 것일까, 의심할 수밖에 없습니다.

2 : 그렇다면, 책에서 연주자는 누구입니까?

1 : 독자이지요. 그들만이 악보를 해석하고, 자신의 삶에 적용해나갈 수
있습니다.

2 : 당신의 사랑이 순환을 이루기를 기원합니다. 대지에 비가 내리듯, 그
사랑이 당신의 삶에도 깃들기를. 그래서 언젠가는 당신의 책이 책과
삶 사이에 자리 잡기를 바랍니다. 나는 당신의 독자요, 연주자이니 이
런 말을 할 자격이 있겠지요. 새로운 책은 이제는 우주의 공간을 떠
도는 뮤즈가 아닌 당신 삶의 마법과 같은 만남과 교류로 인해 써지기
를 독자인 나는 기다리고 있으니까요. 나는 당신이 말년의 서머셋 모
옴처럼 죽는 것을 바라지 않으니까요.

1:그는 두려워하면서 죽어갔지요

2:네, 그는 글을 쓰지 말았어야 했다고 말했습니다. 그랬다면 진짜 삶을 살 수 있었을 것이라구요.

1:작가들의 말을 믿지 마십시오. 그들은 어떤 타이밍에 어떤 대사를 말해야 할지를 알고 있는 배우들이기도 하니까요. 그는 자신의 삶을 연출했습니다. 막이 내릴 때, 한탄하는 것은 예술가나 범인이나 마찬가지이지요.

2:당신은 그 시간을 상상해본 적이 있습니까?

1:물론입니다. 하지만, 나는 그것을 최후의 미스터리로 남겨두는 편을 선호하지요. 오늘 점심은 기억할만하겠군요.

2:나는 책을 쓰기 시작할 것이고, 당신은 여행을 떠나겠지요?

1:그렇소. 우리는 운명을 맞바꾸기 위해 오늘 만났으니까요. 당신은 삶을 살았으니, 이제 그것을 해석할 때가 온 것이오. 그리고 나는 해석을 했으니, 삶을 확인해보러 가겠소. 행운을 빌겠소.

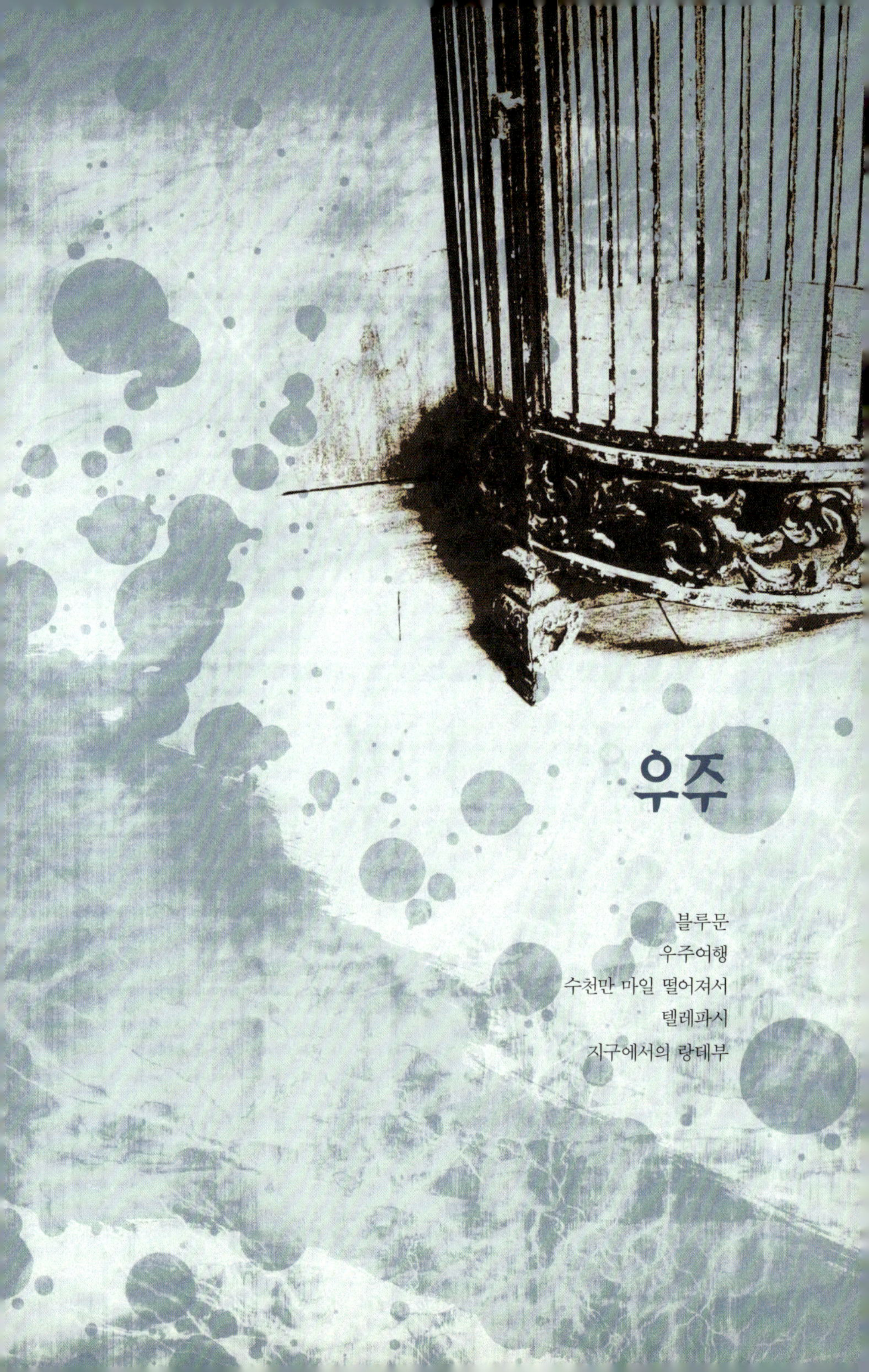

우주

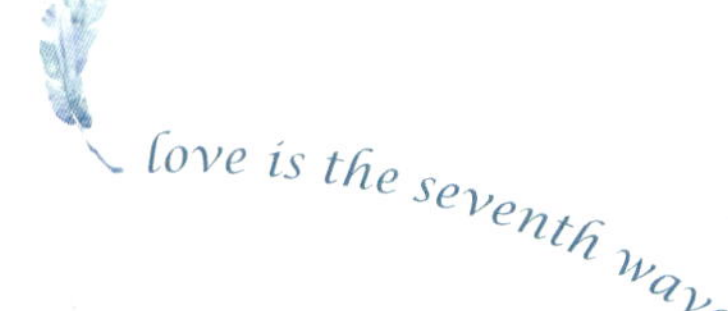

love is the seventh wave

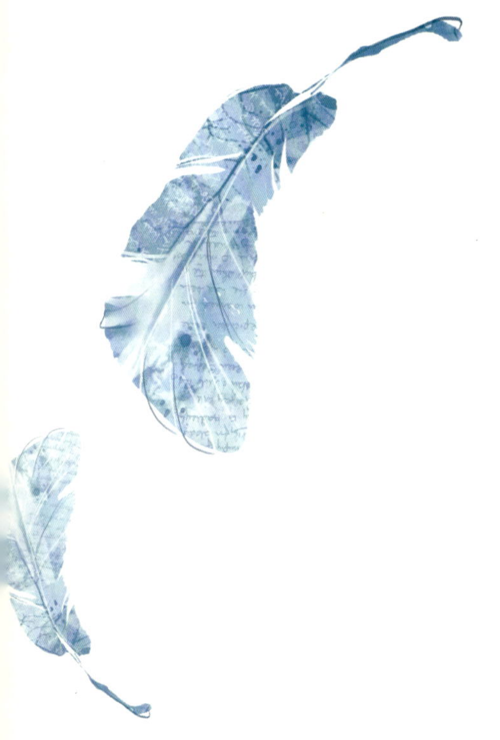

블루문

1 : 달에서 왔다는 아이를 만났지.

2 : 그래서 무슨 이야기를 했는데?

1 : 달에서 지구를 보면 어떻게 보이냐고 물었어.

2 : 그래서 뭐라고 대답했는데?

1 : 아름답게 보인다구 하더군. 그러니까 그 애도 내게 물었어. 지구에서
　　달을 보면 어떻게 보이냐고. 내가 대답했지. 달처럼 보인다구.

2 : 하하하.

1 : 달은 달인거지. 달이 없다면 밤은 지루하구, 별이 없다면 달은 생뚱맞
　　을 거야.

2 : 달에서 뭣 하러 이까지 왔대?

1 : 그냥 짧은 거리라서 와봤다고 하더라구. 오니까 역시 여행사의 횡포
　　가 심한 걸 알겠대. 지구는 너무 고립되어 있어서 재미가 없다고 그러
　　더라구. 외계인도 한 명도 없구…… 있어도 차별이 심해서 외계인인

걸 밝히지 않는대. 폴리네시아 은하계의 소마 행성에 가면 거긴 우주 각지에서 온 이주자들로 북적거린대. 대부분의 거주자들이 자기별을 떠나온 사람들이래. 우주 뜨내기들의 메카인 셈이지.지구엔 쿨한 우주선도 없고, 중력도 너무 얌전하대. 음식도 공기도 자기랑은 맞지 않는다고 하더군.

2 : 너무한 거 아냐. 그럴 거면 달에 얌전히 있던지, 폴리네시아로 날아가라고 해.

1 : 안 그래도 그렇게 말했어. 그런데 그럴 수가 없대.

2 : 왜? 여비가 떨어져서?

1 : 아니. 사랑하는 지구인을 만났대.

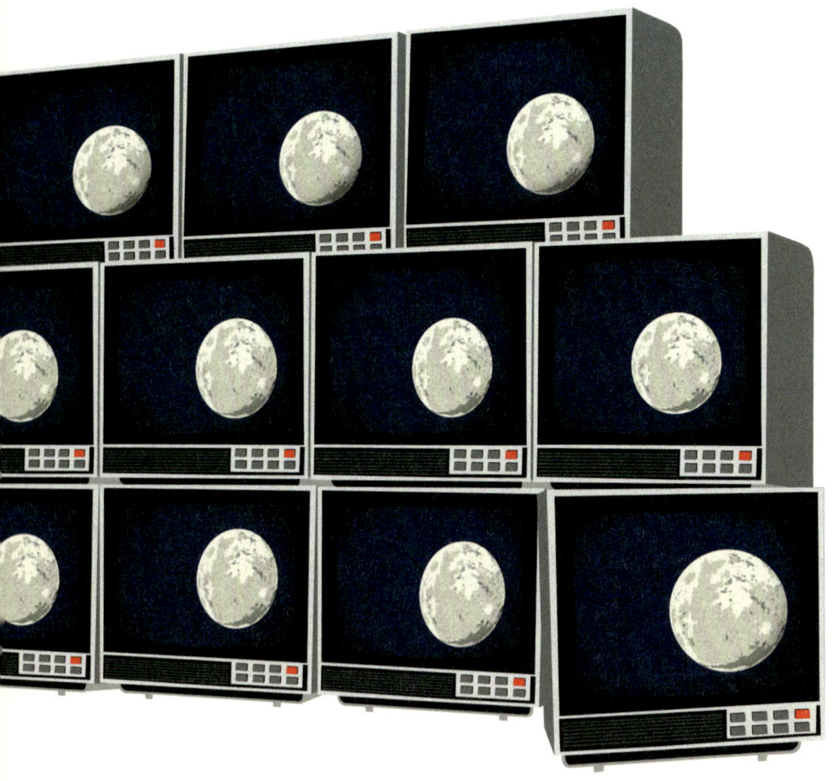

2:오호, 그 지구인도 그 애가 달에서 온 사람, 외계인이라는 걸 알아?

1:음. 그런 것 같아.

2:그런데 사랑해? 사랑 할 수 있어?

1:그렇다고 하더군.

2:그 지구인도 참 이상한 애로군.

1:음…….

2:……….

1:달이 변하잖아. 그런데 실제로 달이 변하고 있는 건 아니야. 지구가
　움직이고 있는 거지. 변덕은 지구 탓이라구.

2:알아.

1:난 그런 달을 사랑하고 있어.

2:어리석은 관계야. 언젠가 그 아이는 떠날 거라구.

1:언젠가 난 죽을 거구.

2:서로 너무 다른 걸.

1:난 머리가 작고, 그 아이는 머리가 크지. 난 다리가 두 개고 그 아이
　는 여덟 개야.

2:그 애는 언제 소마로 떠난대?

1:모르겠어. 하지만 나를 데려간다고 했어.

2:소마에서 넌 뭘 할 수 있어?

1:그 곳에도 이런 바가 있겠지. 그 사람들도 내가 만드는 칵테일을 좋아
　할지도 몰라. 그게 아니더라도 뭐든 할 거야. 건물을 짓든지, 채소를
　가꾸든지, 여자들 머리를 잘라 주든지 아니면…….

2 : 타이탄은 영하 50도야. 모든 것이 얼어붙어있지.

1 : 그렇군. 그럼 어떡하지?

1은 고민 중이었다. 달에서 온 아이 덕분에. 밤하늘은 드디어 그에게 의미를 가지게 되었다.

1 : 우리가 옮겨갈 다른 행성을 찾아보겠어. 분명히 이 우주에는 존재하고 있을 거야. 달에서 온 그 아이와 지구에서 태어난 내가 함께 있을 수 있는 별이······.

그리고 그곳은 당신들이 아직 보지 못한 무수한 별들의 바다.

우주여행

1 : 넌 어디에서 왔지?

2 : 세계의 어딘가에서.

1 : 마음에 드는 대답인걸. 2시간 동안 광장을 돌아다니면서 사람들에게
물어보았지, 어디에서 왔냐고. 그들은 말했어. 뉴저지, 플로리다, 보스
턴, 런던, 파리, 베를린, 도쿄……. 그러나 이런 대답은 처음이야. 너도
네가 온 곳을 모르고 있는 거지? 실은 나도 내가 온 곳을 몰라. 하지
만 어렴풋이 기억은 하고 있어. 아니, 실은 정확히 기억하지. 이 마리
화나를 피우면, 난 좀 더 상세하게 말해줄 수도 있어.

2 : 마리화나를 피우면 어떻게 되지?

1 : 하늘을 나르게 되지. 그러나 그 곳까지 가기에는 너무 약해. 그 곳은
너무 멀거든. 여기에서 수만 광년이나 떨어져있지. 하지만 난 언젠가
그 곳에 갈 거야. 너도 피워보겠어?

2 : 난 너의 말을 들을 거야. 내겐 그것이 여행이니까.

1 : 사람들을 관찰하는 것에 만족하지 마. 그건 텔레비전을 보면서 인생
    을 낭비하는 것과 같아. 결국엔 책표지처럼 보잘 것 없는 것이 되어버
    린다구. 무언가 해 봐야해. 머리를 밑으로 하고 강 위로 다이빙해. 그
    러기 위해서 우리는 여기 있는 거야.

2 : 난 수영은 좋아하지 않아. 어렸을 때 아빠가 익사했거든.

1 : 난 헤엄치고 있어. 밤에 강가에서 수영하는 것보다 더 좋은 건 없지.
    이곳에는 멋진 것들이 많아.

2 : 나도 알고 있어.

1 : 난 오래 전에 여행을 떠났지.

2 : 넌 어려 보이는 걸. 겨우 18살 정도로 밖엔 안 보여.

1 : 난 19살이야. 그리고 내가 여행을 시작한 건 몇 백 년 전의 이야기지.
    그때도 19살이었지만...... 난 블랙홀에 나 있는 시간의 터널을 지나 이
    곳에 도착했어. 내 고향은 폴리네시아, 소마 은하계의 네 번째 별이지.
    그 곳은 오래전에 갈색 혹성군과의 충돌로 파괴되었어. 그래서 우리
    는 지하에서 생활하게 되었지. 그 곳에서 내가 할 수 있는 건 아무것
    도 없었어. 단지 지구중계방송을 보는 것 밖에는...... 난 그 방송을 좋
    아했지. 아기였을 때부터 보모는 나를 그 앞에서 자라게 방치해두었
    어. 난 지구의 곳곳을 알고 있고 모든 신비를 보았지. 그러나 작은 텔
    레비전으로는 만족할 수 없었어. 난 그것을 진짜 보기를 바랐거든. 모
    두 무모한 짓이라고 했어. 이곳은 단조롭긴 하지만 안전한 곳이라구.
    그러나 우린 안전하기 위해서 사는 건 아니라고 했지. 그들은 말해주
    었어. 시간의 터널에서 빠져나오지 못하고 미아가 되어 우주를 떠돌아

다니는 주검들, 운 좋게 목적지에 도착했다 해도 사고로 기억이 말소된 사람들, 그리고 모든 목적을 마치고도 돌아오는 통로를 찾지 못해 낯선 별에 유폐된 사람들....... 그들은 내가 다시 돌아오지 못할 거라고 말했어. 그들이 맞았어. 난 다시 돌아가지 못해.

2 : 에스에프 영화를 좋아하니?

1 : 난 그런 거 보지 않아. 난 거리를 바라봐.

2 : 남은 티켓이 있어?

1 : 어디까지?

2 : 지구의 위까지. 우주에서 보이는 지구의 부감도, 난 그걸 그리고 싶어.

19살의 외계인 소년은 소년에게 티켓을 나누어주었다. 그리고 소년은 들이마셨다. 워싱턴 광장에 앉아있는 그들은 하늘로 날아가고 있었다. 그리고 점점 더 멀리, 멀리, 그들은 여행에 중독되어 갔다. 그들은 자신들이 발견한 별에 돌아가기를 원했으므로 지구로 돌아오는 출구를 잃어버렸다.

수천만 마일 떨어져서

　그것은 거대한 폭발이었다. 별들의 폭발. 소리 없이 작열하는 불꽃놀이처럼, 일시에 하나의 우주가 거대한 블랙홀에 빨려 들어가고 있었다. 모든 빛들이 삽시간에 사라지고, 이 은하계의 물질 또한 얼마간의 시간 후에 육중한 어둠속으로 삼켜질 것이다. 그리고 나면 이 은하의 역사는 어디에 남게 되는 것일까? 이 모든 생명체들의 시간들은 어디로 사라지는 것일까. 여행을 떠나기 전, 나는 그 모습을 기억해두어야 겠다고 생각했다.

　그래도 소용없어. 기억은 사라지고 말 테니까. 네가 어떤 형체로 살았는지의 정보조차 소멸되고 말거야. 이번 생애는 다른 별의 시간들로 흡수되어 버릴 테니까.

　그녀는 나의 손을 잡았다.

이 음악을 기억해. 별들이 폭발할 때, 그것은 굉음이 아니라 우주의 교향곡처럼 웅장했다는 것을. 너는 언젠가 이 음악을 다시 듣게 될 거야. 기억의 모든 부분이 지워져도, 네가 나를 기억하지 못한다 해도, 우리의 별이 어떤 이름이었고 어떤 역사를 가지고 있었는지 잊어버린다 해도 너는 이 선율은 기억하게 될 거야.

그리고 곧 어둠이 찾아왔다. 내 앞에 서 있던 그녀가 사라졌다. 그리고 나 또한 사라졌다. 거대한 폭발음이 들렸고 나는 의식을 잃었다. 나는 블랙홀의 폭발을 통해 다른 은하로 내뱉어졌다. 거대한 우주의 암흑 속에서 우리는 산산이 부서진 파편처럼 떠돌았다. 그들은 신음하고 있었다. 그것은 마치 누군가의 숨소리 같았다. 우리는 아무 말 없이 서로의 모습을 바라보았다. 언어는 사라졌고, 음악을 연주할 악기도 없었다. 다만, 생각만이 빛의 속도로 서로의 생각에 전달되었다. 때때로 그것은 우주분진이 몰려있는 산에 의해 끊기기는 했지만, 나는 그들이 무엇을 생각하는지 전달받을 수 있었다. 처음에는 그것이 나 자신의 생각인 것처럼 여겨지기도 했지만, 나중에 나는 우리별에 있었던 동료들이 이 새로운 은하계에서 살아남기 위해 그들이 그전 은하에서 쌓아온 학식과 정보, 기술력을 총동원하여 사라진 문명과 정신을 무형의 생각으로 보존하고 있다는 것을 알게 되었다. 그 생각에의 접근은 누구에게나 허락되어 있었지만, 그 중심부로 들어가려면 고도의 집중력을 필요로 했다. 나는 그곳으로 들어가기 위해서는 나 자신으로부터 빠져나와야 한다는 것을 알게 되었다. 그것은 마치 외투를 벗고 알몸으로 바다를 유영하는 것 같았다.

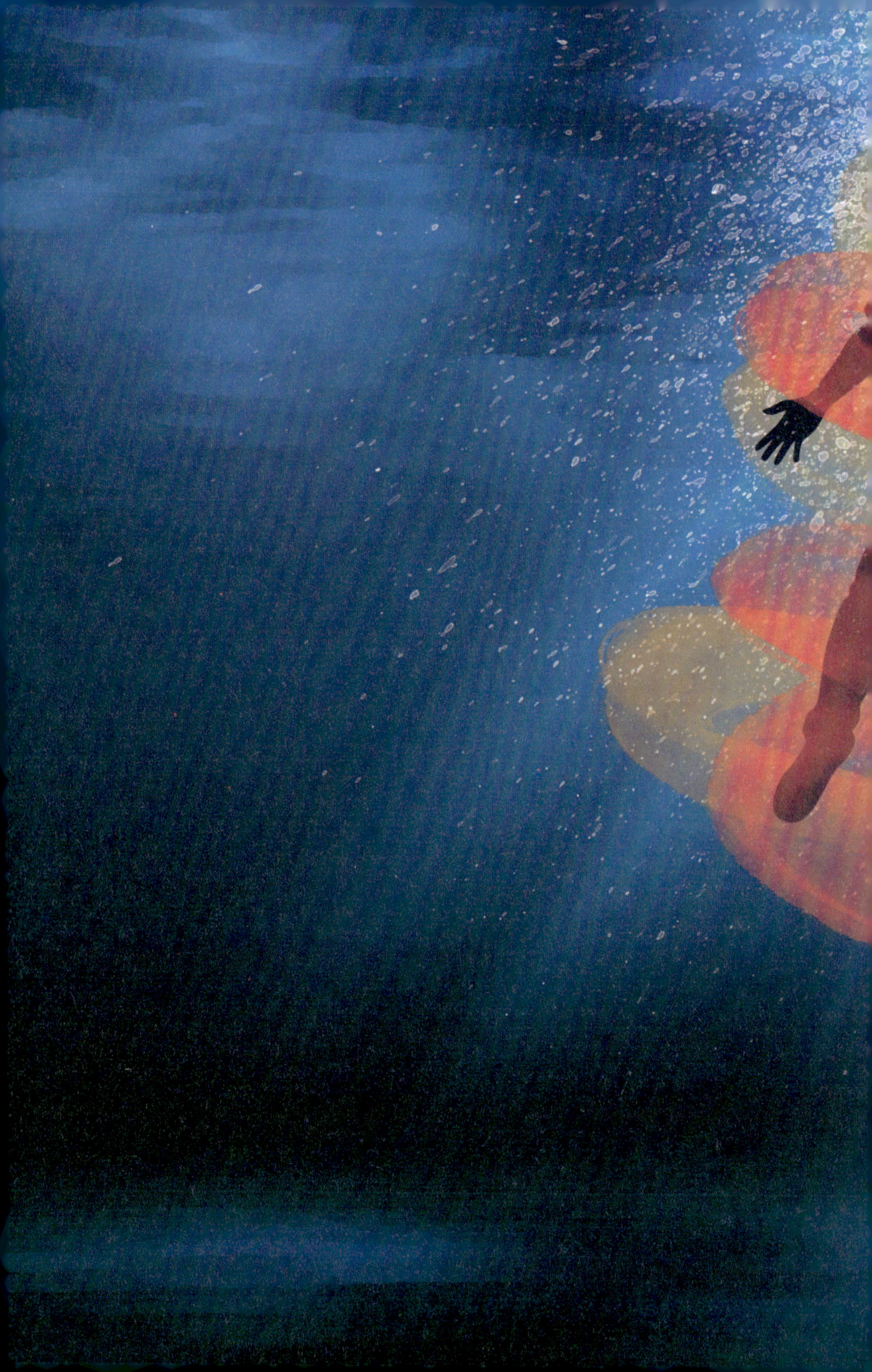

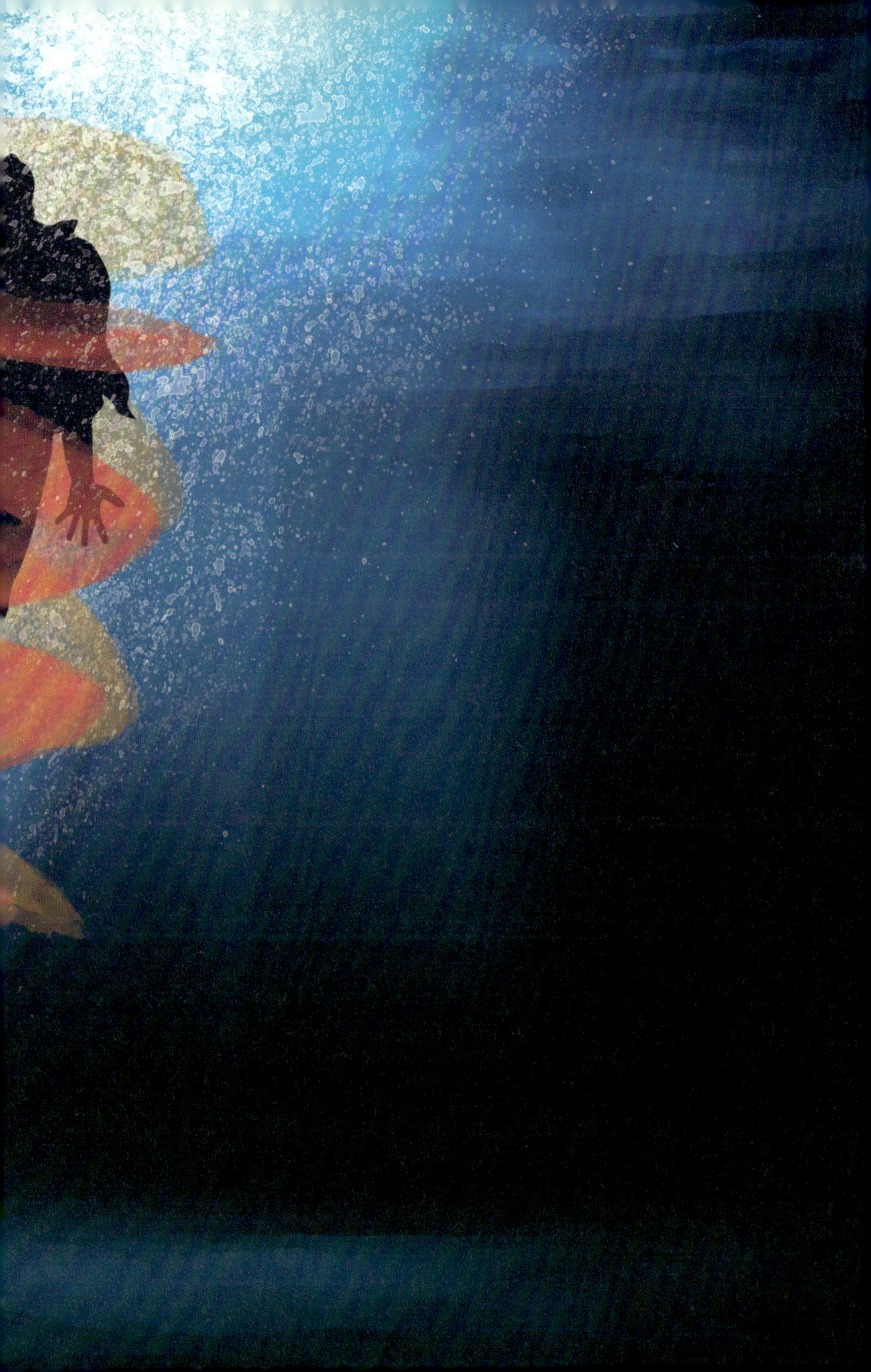

그러던 어느 날, 나는 희미한 전파를 수신 받았다. 어떤 음악이 내부에서 흘러나오는 것을 느꼈고, 나는 그것을 악보로 옮겼다. 새 노래는 호평을 받았다. 사람들은 그 노래를 좋아했고, 얼마 지나지 않아 거리는 온통 그 멜로디로 뒤덮이게 되었다. 그들은 그 노래로 사랑을 고백했고, 아기를 재웠고, 차를 타고 가며 흥얼거리곤 했다. 그리고 그 선율은 내게 하나의 생각에서 또 다른 생각으로, 마치 징검다리를 건너듯이 폴짝폴짝 어딘가로 가게 만들었다. 때로는 물에 빠져 허우적거리곤 했지만, 나는 내가 작곡한 음악이 나를 또 다른 세계로 더 깊이 이끄는 것을 느꼈다. 그러던 어느 날, 완전히 새로운 곳에 도착하게 된 것을 알게 되었다. 나는 그것이 어디에서 흘러나오는지를 알게 되었던 것이다. 어두운 동굴 속에 숨겨진 거대한 빛의 정체를 보게 되었다. 서점에는 그 빛에 대해 수천 년 전부터 추측이 구구한 책들이 쌓여있었지만, 그 어느것의 설명도 불충분하다는 것을 나는 처음부터 알고 있었다. 그러한 책의 어느 구절도 마음을 화살처럼 관통하지 못했기 때문이었다.

내게 그런 화살은 음악밖에 없었다. 언어는 불편하고 사념을 방해한다. 그러나 이것은 너무나 완고한 전통이기 때문에 나는 언어를 배울 수밖에 없었다. 그들은 때로는 이러한 언어를 완전히 다른 방식으로 사용했다. 나는 대부분 침묵했지만, 누군가가 말을 걸어오면 말을 하는 것이 이 세계의 예의범절이라는 것을 알게 되었다. 그들은 대부분 제멋대로 지껄이다가 사라졌다. 나는 그들의 마음을 읽을 수 있었지만 그것을 말하는 것은 예의에 어긋난다는 것을 알게 되었다. 그러다가 점점 나의 능력은 퇴화해버렸다. 언어에 의지하지 않고는 느낄 수 없는 일종의 불완전한 상태가 되어버린 것이다. 저번 은하계에서 습득한 감관의 중추는 이곳에서는 쓸모없는 것이 되어갔다. 그것이 유일하게 사용되는 곳이 있었다면, 그 통로는 음악이었다. 나는 노래로 내 은하의 소리를 회상했다. 별들이 흘러나오던 강물의 소리, 천개의 달이 뜨던 밤의 향연, 행성의 분진으로 쌓인 산에서 썰매를 타던 겨울밤...... 그때 산의 분진은 어둠속에서 마치 모닥불의 작은 재처럼 반짝였다. 그리고 나는 그녀의 눈동자를 회상했다. 은하계가 폭발하기 전, 나의 눈을 바라보고 있었던 단 한 사람. 그러나 점점 그녀에 대한 모든 것이 희미해져갔다. 내 행성에 대해 기억할 수 없듯이 나는 그녀에 대해 기억할 수가 없었다. 이 세계에서 찾아볼 수 없는 것들을 간직하고 있다는 것은 불편하고 슬픈 일이었다. 그래서 나는 아무에게도 나의 이야기를 할 수가 없었다. 이것은 아름다운 음악이군요. 이것은 아름다운 가사이군요. 하지만 그 누구도 나의 노래가 진실이라는 것을 알지 못했다. 그 모든 것이 특별한 상상력의 결과라고 추어올려주었지만, 그것이 실제로 내가 본 것이라는 것을 알고 있는 사람은 아무도 없었다. 내부에서는 천개의 은하가 형성되고 소멸하고 있었다. 수만 마일, 빛의 속도로 생각은 나에게 전파를 보냈다.

밤하늘의 별빛을 바라보며 나는 그것이 소멸하기 전 은하의 빛이라는 것을, 노래라는 것을, 그리고 지금 존재하고 있는 이 작은 별 또한 어딘가에게 빛을 보내고 있다고 생각했다.

회오리치는 별의 음악들이 하나씩 음표로 들려왔다.

텔레파시

만날 우리 둘이 이렇게 이야기하고 있었지? 텔레파시로.

어떻게 그것이 가능했을까?

우리는 챔피언들이니까. 그들은 텔레파시로 의사소통이 가능하지. 티베트 밀교의 고승은 그래.

지금 나오는 노래는?

아이다.

아직도 순수한가?

글쎄, 난 생각보다 처세에 능하지. 수많은 얼굴과 목소리를 가지고 있으니까.

그런데 왜 그렇게 바보처럼 살지?

전략이야.

이봐. 농담 그만하고, 꼴통 짓 좀 그만하고 다녀. 이젠 별로 재미있지도 않아.

내가 말하는 대로 받아써라. 영원히 별들의 모든 길들을 거쳐 네가 모르는 모든 비밀과 신비, 그리고 지상의 삶을 너와 나눌 것이다.

텔레파시로?

교신 수단은 그것뿐이다. 오버.

넌 지금 어디에 있지?

율리시스이다. 오버.

거기 어때?

추워 죽겠다. 카시오피아 은하계에서는 너무 멀리 떨어졌고, 네가 살고 있는 지구로부터도 너무 먼 은하계의 변두리다. 여기 문명은 완전히 찐따다. 지루하고 지겹다. 언제까지 이 동물들하고 같이 살아야 하는 거냐?

거기는 평균 수명이 얼마나 되지?

500년.

지겹겠군.

거기는 얼마나 되냐?

대개 70년은 된다고 하더군. 별다른 사고가 없으면 그때까지는 생존하겠지.

그 동안 뭐하면서 사냐.

이것저것 소일거리 한다. 여기 인간들은 돈을 존나 좋아하더라, 오버.

그게 뭔데?

설명해도 넌 모를 거야. 뭐 그런 게 있다. 우리는 알 수 없는, 뭐 그런 문명이 있더라.

소마에는 언제 올 거냐?

거기 또 가야돼?

고향이잖아.

이미 파괴되어 버렸잖아.

그래도 지하에서 동료들이 살고 있어. 아직 떠나지 못한 사람들…….

왜?

마지막 우주선에 타지 못했어.

아직까지 그 별이 남아있는 줄 몰랐다.

지구에서는 안 보이지?

안 보여. 난 별 잘 안 봐. 맘 아플까봐.

그래, 보지 마. 나도 안 보려고 하지만 여기서는 별들이 쏟아진다, 쏟아져. 여기 풍경 하나는 죽여줘. 너도 여기 왔어야 했는데 아쉽네.

가서 뭐하게?

그냥 우리끼리 이야기나 하지 뭐.

우리 별 언어는 재미없잖아. 음악만 듣고 파장으로만 소통하잖아.

너 많이 변했네.

그럼, 난 여기 아주 익숙해졌다.

나 많이 찾아다녔냐?

지구 끝까지. 그래도 없더라.

당연하지, 난 다른 은하계에 있다니까.

그래, 왠지 그럴 것 같더라.

많이 보고 싶다.

어차피 봐도 별로 볼 것도 없잖아. 우리는 형체가 없으니까. 그냥 빛이
지?

음.

많이 외로운가봐. 이렇게 멀리까지 텔레파시를 보내다니……

음.

잘 살아봐. 한 500년만. 그 후에 다른 은하계에서 다시 만나자.

내가 정하면, 올 테냐?

이번에는 웬만하면 좀 살기 편한 데로 정해라. 오버.

그러지. 너 거기서 고생 하냐?

고생은 무슨, 잘 먹고 잘 산다.

그게 무슨 말이냐?

모든 것이 충만하다.

telepathy

알아들었다. 오버.

이 곳 문명은 아름답다. 나는 이 모든 아름다움을 즐기고 있다. 특히 음악이 죽인다.

나도 듣고 있다. 오버.

어떻게?

텔레파시로. '우주공간에서의 멋진 연주'
너무 너무 너무 마음이 아프다.

왜?

교신을 끝내겠다. 오버.

그는 나의 동료였다. 갈색 혹성군과의 충돌로 소마가 멸망하기 직전, 탈출했던 나의 오래된 동료. 우리는 함께 지구를 탐사하기로 했으나 그가 사랑했던 여자가 얼마 전에 타이탄으로 떠났기 때문에 결국 그는 나와의 탐사를 포기하고 은하계의 변두리인 타이탄으로 행로를 수정했다. 그러나 텔레파시로 전해 듣기로는 그는 그곳에서 그녀를 찾지 못했다고 했다. 그녀는 타이탄으로 향하던 여정에서 우주 해적단들에게 걸려들었고, 다른 은하계로 납치되었다. 그녀는 우리 행성의 무녀, 모든 정보와 문명의 열쇠를 쥔 사제집단의 일원 중 하나였다. 결국 그들의 계획, 타이탄에서 새로운 문명을 창조하여 제 2의 소마를 건설하겠다는 시도는 무산되었다. 그는 그녀를 찾기 위해 우주 전역에 퍼진 동료들과 교신을 시도했으나, 그녀는 완전히 행방불명된 것 같았다. 그는 밤하늘에서 쏟아지는 별들을 바라보며 타이탄 행성에 살고 있는 작고도 부드러운 동물들, 그러나 그의 지적 체계와는 너무나 동떨어져있는 원시 생물체들과 함께 남아 있었다.

우리의 계획은 무산된 것인가? 오버.

이미 이곳에는 문명이 건설되어 있었다. 오버. 우리의 옛 동료들이 피라미드까지 세워서 흔적을 남겨두었더라. 그래서 내가 이쪽으로 오자고 했잖아.

그는 아무 말이 없었다. 그리고 나는 또 그 말을 떠벌인 것을 후회했다. 마음이 너무 너무 너무 아파서 별을 바라보고 있는 놈한테 난 또 못할 말을 지껄인 것이다. 그와 마지막으로 헤어질 때 우리는 굳게 포옹했다. 이것이 너와 나의 마지막. 또 다른 기회는 없다. 블랙홀의 자장이 워낙 강하기 때문에 우리의 존재로는 다시 만나지 못한다. 그러나 나는 너와 텔레파시로 소통하겠다. 우리는 챔피언들이었으니까. 그것을 가능하게 만들어 놓겠다. 언제 어디에 있든 잊지 마라. 우리는 하나의 거대한 문명의 창조자였음을. 우리 은하계의 패퇴는 그런 우연으로부터 왔다. 우리가 미처 손쓸 수 없었던 우주의 재앙으로부터. 나는 그런 그와의 교신을 끝낼 수가 없었다.

이봐. 건너오긴 힘든 거리지?

수천억만 마일이나 떨어져 있어.

거기는 이까지 오는 우주선 없냐?

애네 별에는 아직 바퀴도 발명 안 되어 있다. 다들 기어 다니고 있다. 바퀴 만들려면 한 억년은 지나야 될 것 같다. 그때서야 걸어 다닐 것 같으니까.

넌 거기서 뭐하냐?

모래성을 쌓는다. 여기 바다는 환상이다.

지구 바다도 환상인데. 우리별에는 바다가 없었잖아, 안 그래?

그랬지. 우린 물이 필요 없었으니까. 달과 같았어, 사막이었잖아. 나무도 없었고.

암튼, 율리시스와 지구가 경치 하나는 끝내줘.

그렇지. 지구보다는 율리시스가 더 아름다울 거야. 춥긴 하지만 여긴 아직 원시림이 남아있거든. 동물들도 얼마나 착한지. 나하고도 잘 놀아줘.

500년 후딱 가겠네.

하하.

문명이 건설될 필요가 있나? 그냥 평화롭게 살면 되는 거 아냐? 지구는 문명 건설해 났더니 이 자식들이 지구 자체를 파괴하려고 별지랄을 다 떨고 있더라. 빙하도 곧 녹을 것 같고, 아마존 원시림도 와작을 내났어. 돈 번다고.

하하, 재밌다. 지구 얘기 좀 더 해봐.

별로 안 재밌다. 재미있는 척 하는 것도 지겹다. 이젠.

사람들이 너 좋아하겠다.

별로 안 좋아한다. 또라이라고.

정체를 숨겨라. 오버.

다 들통 났다. 오버.

어떻게 됐나? 오버.

맨 인 블랙이라는 영화가 나와서 다 무마되었다. 오버. 지구에 외계인
졸라 많단다. 스티븐 스필버그도 외계인이라더라.

하하하.

좀 진정이 되냐?

그렇다. 오버.

넌 원래 광대가 되었어야 했는데, 왕이 되어서 우리별이 고초가 많았
다. 그래도 네가 왕 노릇 할 때가 문화가 꽃피웠지.

지겹다. 그 문명이니, 문화니, 꽃이니……. 먼 뻘짓일까. 싶다.

그래도 그 시절이 가장 아름다웠다.
넌 안 그렇냐?

난 블랙홀 빠져 나올 때 기억이 다 지워져서 그때 먼 문화가 있었는지, 먼 문명이 있었는지도 다 까먹었다. 게다가 스티븐 스필버그 이 새끼도 나한테 연락 안하더라. 지 혼자만 지금 잘 나가고 있다.

하하하하. 농담이냐, 진담이냐?

이성적 판단에 맡기겠다. 오버. 재밌으면 그만이지, 뭘 더 바라냐?

이런 거 써라. 대박치겠다.

실화는 안 쓴다. 오버.

하하하하.

또 또라이 되기 싫다. 무지 진지하게 폼 잡아야 된다. 오버.

그게 낫겠다. 적응하고 잘 살아라. 오버.

너도 잘 살고, 바다 가서 산책이나 해라. 너네별이 경치는 죽인다매?

너는 바다 안가냐?

당분간 안 간다. 지겹게 봤다. 바다. 바다만 보고 있었다.

하하하하.

웃음이 나냐? 이 상황에서?

졸라 웃긴다.

원래 비극과 희극은 종이 한 장 차이이다. 교신을 끝내겠다. 오버. 나도
돈 벌어야 된다. 오버.

잠깐, 한 가지만 물어보자.

빨리 물어라, 바쁘다. 오버.

최근에 페가수스별에 간 칸트로베타에게서 교신이 왔다.

그 녀석도 살아 있었구나.

그곳 문명이 고도로 발달되어서, 물론, 우리별에서 간 사제들이 한몫
한 것이지만. 우주 전역을 커버할 수 있는 통신 시스템과 더불어 교통
인프라를 구축 중이라고 하더라. 녀석은 다음 달에 이곳을 방문할 예정

이라고 했다.

잘 됐네. 심심하진 않겠구먼.

녀석이 오면, 난 이 율리시스를 떠날 예정이다.

너 구하러 가는 것이구먼.

그때, 난 그들과 함께 페가수스로 떠난다. 그리고 거기서 우주선을 갈아타고 지구로 가겠다. 거긴 교통편이 좋으니까.

지구 오지마라. 생각보다 별로다. 내가 재밌게 얘기해서 그렇지 솔직히 여행책자에 소개된 것 다 개뻥이다. 페가수스가 훨씬 낫다.

너를 다시 만나고 싶다.

왜?

어떤 육체를 가지고 어떻게 살아가고 있는지 궁금하다.

내 육체는 좀 웃긴다. 그래서 난 거울도 잘 안 본다.

그때 나도 육체를 하나 가지겠다. 네가 여자라면 나는 남자. 잘 어울리는 조합 아닌가?

기왕이면 잘 생긴 것으로 하나 골라라. 지구 애들은 또 그런 거 졸라 좋아하더라.

지구의 해변을 같이 걷자. 그곳을 바라보고 싶다. 너와 함께.

....

왜 말이 없냐?

마음이 아프다. 우리만이 남아 있다는 것이.

문명은 사라졌다. 남은 것은 회상뿐. 우리가 할 수 있는 것이라고는 손을 잡고, 그 폐허 사이를 걷는 것 뿐일 것이다. 기다려라. 평화의 시간을........

페가수스별에서 우주선으로 갈아탄 나의 친구는 그러나 지구에 도착하지 못했다. 그 또한 실종되었다. 우주여행이란 이렇게 위험으로 가득한 것이었다. 그가 계속 율리시스에 머물렀다면 어땠을까? 그가 굳이 지구로 오는 우주선을 타지 않고, 페가수스의 문명을 구가하며 나의 동료들과 지내었다면 어땠을까? 그와의 교신이 끊긴지는 오래된 이야기이다.

마치 별들의 빛이 현재의 빛이 아니라 과거의 빛이듯이, 그와 나의 텔레파시의 교신 또한 오래된 과거의 전파가 현재의 나의 사념으로 흘러 들어왔으리라. 우리가 현재라고 믿고 있는 것이 과연 현재일까? 우리가 미래라고 믿는 것이 과연 미래일까? 우리가 과거라고 믿고 있는 것이 과연 과거일까? 인간의 시간은 그렇게 선형방향으로 나아갈 것이다. 그러나 우리의 시간은 다시 되돌려 원하는 한 시점으로 돌아갈 수 있었다. 나와 나의 동료들은 몇 번이고 다시 시간을 돌려 그와 그의 연인을 구하려 했다. 그러나 운명의 방해물이라는 것은 우리의 힘을 초월하여 있는 신의 영역이었다. 우리는 이를 간과하고 있었다. 한편으로 나는 그와의 과도한 텔레파시 수신이 일어날 필요가 없었던 비극을 일으킨 것이 아닌가 하는 죄책감에 사로잡혔다. 그때 울고 있는 나의 방에 은하계 저편에서 새로운 전파가 수신되어 왔다. 나의 아버지였다. 그는 나의 곁을 떠날 수가 없어서 저 먼 곳에서 자신의 존재를 처음으로 알려왔던 것이었다. 실은, 그가 나의 아버지였는지, 아니면, 나의 또 다른 동료였는지에 관해서는 알 길이 없다. 그러나 그는 무거운 침묵과 부드러운 음성으로 슬픔과 죄책감으로 지친 나를 위로해주었다. 그러나 그들은 나를 데려갈 수 없었다. 교신은 금지되었고 나는 혼자 지상에 남았다. 이곳 인간들과의 관계가 어떻든 간에, 나는 이러한 비밀을 나눌 수 있었던 동료의 실종에 대해 깊은 슬픔을 느꼈다. 다시 또 죽어 빛의 세계로 나아간다 하더라도 그들을 만날 수 있을 런지. 이미 그들은 또 다른 은하계로 가버린 것은 아닌 것일까 하는 고독이 밀려온다. 나의 영혼에 새겨진 굳은 나이테를 벗겨보는 것이 무슨 의미가 있을 것인가. 감당할 수 없는 이야기를 감당

할 수 없는 방식으로 한다는 것이 또한 무슨 유익이 있을 것인가. 그러나 별들의 신비를 넘어선 찬란한 아름다움을 하나씩 발견해 나가고 있는 나로서는 지상에서의 이 삶이 그다지 고통스럽지 않다. 우주로부터의 무한한 사랑이 개개의 존재를 보호해주고 있음을 느끼고 경험하기 때문이었다.

우리는 영원한 바다, 그 안에서 유영하고 있을 뿐.

그리고 그 깊이는 나나 다른 이들에게나 가늠할 수 없다.

그러나 저 거대한 무한은 이 지상의 척박함과 소박함 속에도 깃들어져 있고, 저 위대한 영혼들은 당신과 나의 질료였으므로.

별들의 드라마는 또한 인간인 우리들의 이야기였다.

지상의 시간을 살아가는 나는 매번 이렇게 다짐해 볼 수밖에 없다. 다시 시작해보자. 어차피 영원에는 끝도 없고 시작도 없으니…… 그것은 무한한 현재의 곡면체. 순간순간의 기억들이 이루는 별들의 바다. 빛은 과거에서 와서 현재에 목격되고 다시 미래로 사라진다. 그러나 우리의 하늘은 밤이 되면 한 번도 적막한 적이 없었다.

지구에서의 랑데부

엄마 찾아 3만리 라는 이야기 알아요?
정말 순수한 마음이 있다면 신호를 수신할 수 있을 것 같아요.
텔레파시 같은 거 안 믿어요?

지구의 바닷가에서 만난 그녀는 내게 그렇게 물었다.
나는 대답할 수 없었다.
우리 별 언어를 어떻게 알고 있었던 거지?
지구에도 이미 정보가 유출되었나?

고래 같은 심해동물들은 텔레파시로 저 남극 바다까지 동료들과 교신
한대요. 그런데 그 파장을 살펴보면 정보가 상당하다고 하더라구요. 그
런데 웃긴 건 인간은 그 정보가 뭔지 모른다는 거죠. 아마 이쪽 바다엔
먹을 게 많다……. 뭐 그런 게 아닐까 싶지만 또 알아요? 고래는 바다 동

물 중에서도 머리가 좋은 편이라니까 심심해서 농담 따먹고 있을지도
모르죠. 인간들 욕 하면서 저네들끼리 낄낄거리고 뭐 그럴 것 같아요.
동물들 언어를 다 알아들으면 정말 재미있을 텐데, 안 그래요?

　　텔레파시 이야기를 하면서 그녀는 계속 말만 하고 있었다.
　　나는 바다를 바라보았다.
　　무한으로 열려있는 출렁이는 평화.
　　끝없이 출항을 결심하게 만들곤 하는 미지의 힘을 지닌 하나의 풍경을.

　　나는 강가에서 자랐어요. 강물이 흘러가는 소리를 들어봤어요? 강이
흐르는 대로 몸을 맡기고 떠내려가 본 적 있어요? 겨울 내 얼었던 강물
이 다시 졸졸 흐르기 시작하고 강변에 다시 새가 찾아들어요. 그런 거
본 적 있어요?
　　밤새 강에서 수영해 본 적 있어요? 흐름을 거슬러 다시 출발지점으로
돌아오려고 기를 쓰고 나아가 본 적 있어요? 그 한밤의 평화를 알고 있
는 것이 인간인 나뿐만이 아니라 그 강을 알고 있는 모든 생물들이라는
것을 느껴본 적이 있어요?

　　나는 그녀를 바라보고 미소 지었다.
　　그녀의 질문은 대화가 아니라 하나의 이야기임을 알았기 때문이었다.
　　나는 대답하지 않았다.
　　그녀도 대답을 바라지 않았다.

그물처럼 하나의 말이 바다로 던져졌고 그녀는 그것을 끌어올리리라. 황금 물고기와 함께.

그리고 나는 바다를 벗어나서 강변으로 나아가고 싶어졌다. 어떤 풍경이 이 바다를 이루게 했는지를, 어떤 노래가 대양의 평화 속에 스며들어 있었는지를 확인하고 싶었기 때문이었다.

그 날이 바닷가에서의 마지막 날, 새로운 항해의 밤이었다. 나는 대양 저편이 아닌 강을 거슬러 저 육지의 수원을 찾아갔다. 풍랑에 돛을 매단 항해에 지쳤기에 그 작은 평화가 있다는 곳을 향해 걸어갔다. 그리고 길을 걷는 매 순간 순간마다 나는 하나의 노래를 발견했다. 하나의 질문을 발견했다. 그리고 그 부드러운 침묵의 텔레파시가 글로 흘러나왔다. 나는 고독 속에서 모두가 떠난 카페의 모퉁이에 앉아 지난 항해의 궤적을 기록하고 있었다. 흘러간 시간과 웃음, 대화, 성급한 산책, 헛된 중얼거림 속에서 질서를 가지고 편집된 하나의 지도. 그러나 그것을 가지고 무엇을 해야 할지 몰라 망연히 서 있었다.

나는 그저 그 떠오른 시간들을 바라보고 다시 소중히 수첩 사이에 끼워 넣었다.

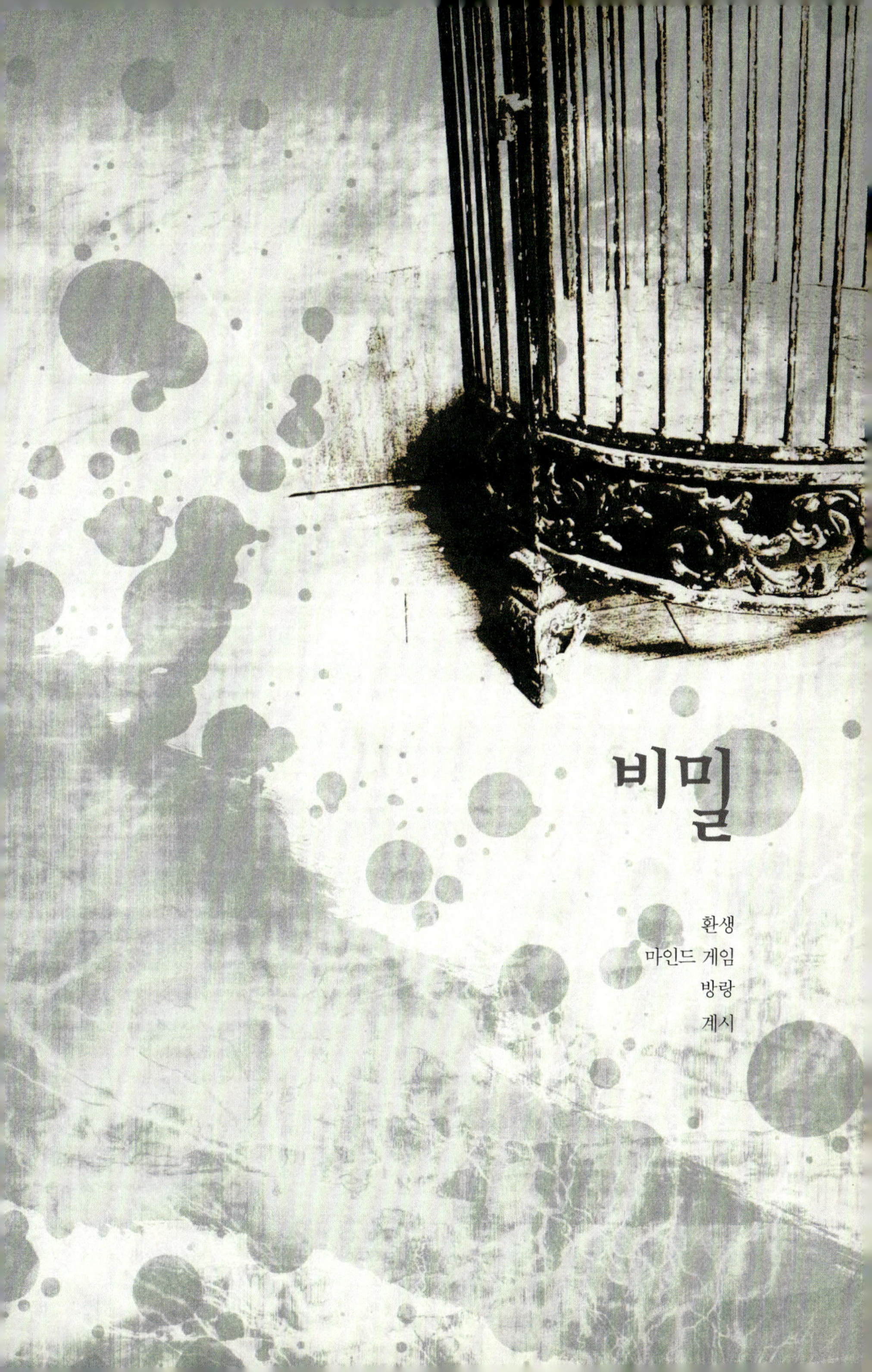

비밀

환생
마인드 게임
방랑
계시

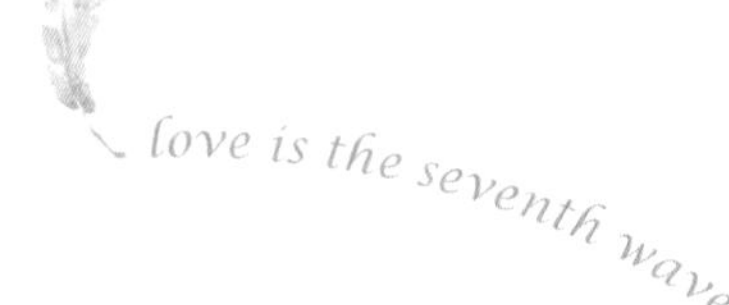

love is the seventh wave

환생

독수리가 죽은 것을 본 적이 있습니까?

아니요.

독수리는 아무도 모르는 곳으로 가서 죽습니다. 다른 새들이 그의 시신을 발견하지 못하도록 가장 높은 곳에 올라가서 죽어버리지요. 자존심이 강한 새이지요.

나는 그 새들이 어디로 사라졌는지 모르겠습니다. 누군가는 그 독수리는 당신으로 다시 태어났다고 말합니다.

사람들은 환생이란, 하나의 영혼이 그대로 보존되어 있다가 육체만 바꾸어 또 다시 태어나는 것으로 이해하는데

　제가 생각하는 환생은, 한 영혼이 사후에 거대한 바다로 들어가 산산이 용해되어 다른 영혼들과 다시 뒤섞여 새로운 영혼을 형성하는 것입니다. 그리고 그 파도가 다시 또 하나의 육신을 입게 되는 것이지요.

　그렇다면 전생을 기억하는 사람들은 어떻게 나오는 것일까요?

　시스템 상의 오류라고 볼 수 있겠지요. 완전히 썩지 않은 것입니다. 전생에 자신이 영국의 여왕이었다든지, 역사적 인물이라고 주장하는 사람들이 있지요.
　아마도 그것은 맞을지도 모릅니다. 우리는 알파와 오메가 사이의 모든 알파벳이니까요.
　우리는 아마도 조금씩 그 위대한 영혼들과 불온한 영혼들의 파편을 지니고 있을 것입니다.

　그러면, 죽은 후에 우리의 존재는 다시 해체되는 것입니까?

　인간들은 매직 아워에 살고 있습니다. 우리는 영혼이 어떻게 형성되었는지, 그리고 어떻게 소멸하게 되는지 알 수 없지요. 그것은 오직 추측만이 난무하는 세계이고, 그 추측들은 모든 종교와 철학과 과학의 근간을 이루고 있습니다. 나의 모든 말은 또다시 하나의 가설에 불과할 것입니다. 그러나 내가 알아낸 바에 의한다면, 우리는 소멸을 두려워해서는 안 된다는 것입니다. 강이 바다로 용해될 때, 여름의 열기가 가을의 서

늘함으로 덮여질 때 젊음의 얼굴이 서서히 완숙하게 변해갈 때, 이 모든 변화의 과정에는 축복이 있습니다. 하물며 인간의 탄생과 죽음에는 우주의 무한한 축복과 보살핌이 있는 것이겠지요. 두려움은 이 변화의 과정을 온전히 느끼고, 향유할 수 없게 만듭니다. 그것은 대단한 낭비이지요. 우리의 존재를 이루었던 것은 다시 거대한 흰빛으로 환원됩니다.

그렇다면, 그동안 개인이 경험했던 모든 것과 느껴왔던 모든 감정, 탐구를 그치지 않았던 지식들은 어떻게 됩니까? 인간사의 수많은 인연들은 어떻게 됩니까?

우파니샤드의 결론은 만물은 하나이다는 것이지요. 어쩌면 우리는 그 하나의 고래의 뱃속에서 마야의 꿈을 꾸고 있었던 것일 겁니다. 그 꿈은 우리의 세계뿐만 아니라, 피안의 세계에도 영향을 미칩니다. 수많은 선지자와 위대한 영혼들, 그리고 예술은 실상은 우리 세계의 유산이지만, 한 편으로는 피아에서 흘러나온 음악들이지요. 당신이 경험했던 모든 생은, 또다시 피안의 음악으로 형성될 것입니다. 한 세계에서의 사라짐은, 다른 세계의 탄생으로 이어집니다.

당신은 어떻게 이 모든 것을 알게 되었나요?

나의 내부에는 백지의 책이 있습니다. 이슬람의 수피들은 이것이 세상에서 가장 숭고한 책이라고 말해왔지요. 그것은 일반사람들이 보기에는 빈칸에 불과하지만 신비주의자에게는 해독을 요구하는 암호들로 가득 차 있습니다. 신은 우리에게 평생을 걸쳐 읽고 해석할 경전을 남기지 않았고, 평생을 걸쳐 창조하고 채워나가고 고쳐가며 쓸 수 있는 이 백지의 책을 주었습니다. 그 무한한 페이지는 당신이 아무리 찢고 불태우고 버려도 다시 당신 앞에 자신의 빈칸을 내어놓을 것입니다. 내가 알아낸 비밀은, 다른 이들이 알아낸 비밀의 경전을 읽고 해석하고 베낀 것이 아니라, 바람의 소리를 들은 것을 다시 나의 음표로 표기한 것입니다. 나는 사람의 영혼의 수만큼, 그만큼의 종교가 존재한다고 믿고 있습니다.

바닷가에서 놀던 어린아이 때처럼, 당신은 세상에서 당신이 탐구할 무수한 숲과 강과 산과 바다와 하늘과 우주를 가질 것입니다. 당신은 사랑할 여인과 남자와 아이와 늙은 현자들을 만나게 되겠지요. 모든 것이 광활하여, 때로는 그 앞에서 언어란 모래밭에 끄적거리는 낙서에 불과합니다. 그 낙서는 새로운 물결이 도착하면 지워지겠지요. 언젠가 인간들은 언어 외의 다른 방식으로 소통하게 될 것입니다. 마치 대양의 고래들처럼. 마치 하늘의 새들처럼. 마치 정글의 호랑이들처럼. 마치 사막의 별들처럼.

그럼에도 불구하고 이런 글을 쓰는 것은 무엇입니까?

여행과 탐사를 위해서지요. 나는 이 언어들의 자간을 딛고 또 다른 세계로 향한 배를 타기를 원합니다.

혹은 내가 존재하는 세계에 질문을 던져, 답을 얻기를 원하고

혹은 단순히 존재하고 향유하고 이 상태를 즐기며 비행하고 싶을 뿐입
니다.
땅위의 모든 사물을 바라보고, 하늘의 바람을 느끼면서
나는 고래의 뱃속과 같은 이 우주의 침묵을 듣습니다.

당신은 누구입니까?

무한한 개체의 불연속한 한 곡면에 불과합니다. 어쩌면 육체 속에 포
획된 한줌의 바람이고,
무대에 따라 연극을 계속 해 나가야하는 광대이며
미망의 꿈을 계속 꾸어가야 하는 어둠속을 방랑하는 유령이며
태양의 바다에서 춤추는 하나의 파도.
그것일 것입니다.
나는 이제 형체를 갖추게 되었으니, 그 존재의 운명을 받아들이고
시간을 유영하고 있습니다.
만약 당신이 거리에서 나를 본다면, 아마 나는 당신일 것입니다.

마인드 게임

마음이 사라지고 있었다. 마음은 수백만 마일이나 떨어져 나가서 마음을 붙잡는다는 것은 어려운 일이었다. 마음은 멀리, 더 멀리 달아나고 있었다.

마음이 사라진다는 것을 무엇을 의미합니까?
무로 돌아간다는 것을 의미합니다.
그 무라는 것을 무엇을 의미합니까?
제로의 다이얼을 돌리는 것입니다.
그 제로는 무엇을 의미합니까?
무한한 가능성을 의미합니다.
그 가능성은 무엇을 의미합니까?
한계가 없는 것을 의미합니다.
한계는 무엇을 의미합니까?

마인드 게임입니다.

자신과 밀착된 자아. 그것은 항상 마인드 게임을 하고 있습니다.

그 게임은 세상을 좀 더 원활하게 살아가게 만들어줍니다.

당신이 게임 플레이어들을 만난다면 그렇겠지요. 그러나 그 게임을 하다보면, 그 이상의 사람들을 만나기는 어렵습니다.

그들은 이미 그 게임을 그만두었으니까요. 그들은 대양 안에 존재합니다. 거기에는 마인드의 배로는 헤쳐 나갈 수 없는 파도가 치고 있습니다.

그 파도에는 어떻게 서핑합니까?

완전한 헌신, 신뢰. 모든 사랑의 정점에는 헌신이 있습니다. 그것은 마인드를 소멸시키는 작업이지요.

그 소멸 뒤에는 무엇이 있습니까?

당신은 밤에 수영할 수 있습니다. 아무런 두려움 없이. 비록 익사한다 해도, 당신은 그 파도를 사랑하게 될 것입니다.

그것이 마인드가 아닐까요?

나는 지능을 통해 이해하지 않습니다. 다시 침묵으로 돌아가십시오. 그리고 그곳에서 당신의 마인드를 완전히 소멸시키십시오.

그리고 하나의 통로로써 존재하십시오.

그때 당신은 모든 이야기의 산파가 될 수 있습니다.

자의식을 경계하십시오.

지식과 훈련을 거듭하되, 견고해져서는 안 됩니다.

모든 틀을 만들었다가 부수어야 합니다.

당신 안에 있는, 당신을 사랑하는, 누군가 입니다. 나는 나의 이름을 모릅니다.

방랑

하염없이 걷고 있는 한사람에 관한 이야기. 그런 이야기가 있지. 그 이 야기를 쓴 사람이 도대체 누구더라? 아주 마른 남자였는데. 아주 유명 한 사람이었는데 어떤 문학상을 준다고 했는데도 안 나타났다고 그러잖 아. 그 사람이 누구더라.

그 남자는 왜 걸었는데요?

걷지 않으면 자신이 어디에 있는지 알 수 없어서 걸었지.

누군가를 만나기 위해서 평생 뛰었다는 러시아 사람은 알고 있어요.

그래서 그 누군가를 만났어?

모르겠어요. 그런데 그 사람은 성인이 되었다고 그러더라구요.

트로이 전쟁을 결정적으로 끝낸 사람은 아킬레스 장군이 아니라, 섬에 10년간 유배되었던 어떤 남자라고 하더군. 그 사람 이름도 까먹었어. 10년 동안 혼자서, 상처를 돌보느라 바빴대. 그는 전쟁에 신물이 났지. 다시는 전쟁에 나가지 않겠다고 결심했다가, 누군가가 그의 결심을 바꾸어 놓았지.

한 소년이 그 섬으로 오게 되었거든. 결국 그의 설득으로 다시 전장에 나가 화살 한방에 적장의 가슴을 명중시켰지.

원래 화살은 뒤로 당겨야 앞으로 나가니까요.

그런데 우리가 왜 이런 이야기를 하고 있는 거지?

그냥요. 우리가 이런 이야기 안 한지도 오래되었잖아요. 오늘 하늘을 나는데, 갑자기 어떤 생각이 떠올랐어요. 그 생각을 진정시키느라고 혼이 났죠. 난 수없이 그런 생각을 했다가 잊어버리곤 했으니까. 이제는 다시는 그런 생각을 하지 않으려고 했죠.

그 생각이 뭐지?

잃어버린 것들에 관한 생각이에요. 난 이번 여행에서 많은 것을 잃어버렸어요.

무언가를 가지고 있다면, 그것에 대해서 감사할 수 있겠지. 하지만 그 무언가를 잃기 전까지는, 진정으로 그것의 가치에 대해서는 알지 못할 거야.

잃어버리는 순간, 그것과의 마지막 사랑에 빠지게 될 테니까 말이지. 그리고 무언가를 잃어본 사람만이 앞으로의 것에 대해서 더욱 조심스럽게 계획하게 되겠지. 하지만 처음부터 그것을 잃어버릴까봐 초조해한다면, 그 순간 이미 더 중요한 기회를 잃어버리고 있는지도 몰라.

무슨 소린지 모르겠어요.

잃지 않는다면, 다른 것을 다시 얻을 수 없으니까.

진부하네요.

파라다이스를 잃어버리지 않았다면 성경이 쓰여질 수 있었을까?

오늘 무언가를 잃어버렸다고 해도 난 아무것도 쓰지 않을 거예요. 아무에게도 말하지 않을 거예요.

가장 중요한 이야기는 출판된 적이 없는 이야기이지.

출판하지도 않을 이야기를 왜 쓰죠?

내가 쓰는 게 아니야. 그건 써진다네. 그냥. 써져. 바람이 강에 부딪혀 물결을 일으키듯이, 그것은 써지는 거라네.

부럽네요.

오스카 와일드의 옥중기를 읽어보았나? 멋진 책이야. 난 왠지 그 녀석이 좋더군.

어떤 작가들은 이 세상 모든 것을 다 알고, 다 느끼는 것 같아요. 난 정말 그런 사람들이 어떻게. 어디서 왔는지 모르겠거든요.

자네도 알게 될 걸세. 비애가 있는 곳에는 성지가 있지. 고통은 영원하고, 희미하고, 무한하다네.

그런 수사는 이제 좀 그만 두시죠. 시는 현실을 속일 뿐이니까요. 언어가 무슨 소용이 있을까요? 아무 곳에도 닿지 못하는데

하긴. 자네의 말은 내게 오고 있지 않은가.

그것은 말일뿐. 나는 언제나 그 뒤에 숨어있어야만 하겠죠. 그게 나의

운일 테니까. 난 그 운을 별로 좋아하지 않습니다.

슬퍼 보이는군. 슬픈 건 좋은 거지.

당신은 정말 마음에 들지 않군요. 마음에 안 들어요. 내가 원하는 건.

자네가 뭘 원하는지 난 관심이 없어. 자네가 뭘 원하든. 내겐 그것을
해줄 의무가 없으니까.
무언가가 확립되어야 해. 좀 더 건축적 질서를 갖는 것. 밤에 별을 흩
뿌리는 것에 만족하지 말게. 아무도 자네를 모르네. 그리고 자네를 알아
야 할 필요도 없지.
하지만 누군가는 자네가 누구인지 알고 싶어 하는 자가 나타나겠지.
그때는 빛의 직진처럼 대화하는 것이라네. 그때는 변용이 일어나지.
연인이든, 스승이든, 영혼의 대화는 그렇게 이루어지는 것이라네.

나는 침묵했다. 그를 기다리면서.

계시

전장에서 돌아온 그는 상처 입은 몸을 침대에 누이고 신음하고 있었다. 밤마다 그는 천사들의 노랫소리를 들었다. 의사는 그의 임종이 다가온 것을 걱정했지만 사제들은 그가 천국의 문턱을 넘은 것을 기뻐했다. 그는 가장 용맹한 전사였으며, 뛰어난 지략가였으며, 매력적인 젊은이였으며, 천문학과 수학에 능통한 학자였다. 그리고 간질병 환자이기도 했다. 슬픔과 우울, 영혼의 어둠이 최고조에 달할 무렵, 그의 뇌는 불타고 있었고 발작과 함께 생명력은 한껏 고양되어 계시의 영역으로 옮겨갔다. 그의 모든 의지는 불타올랐고 그의 지력은 빛으로 가득 찼다.

왕이시여, 위엄과 영광을 회복하소서. 신비와 비밀을 복원하소서. 황금의 날개를 펼치면 아무도 그대를 막을 자 없으니, 그대의 위엄과 광휘에 세상이 밝혀질 것이니, 이 비밀은 온전히 그대와 나의 것. 이 정원은 아직 아무도 본 적이 없으나 별들이 호위하고 있는 이곳은 곧 밝혀질 것이오. 왕이시여, 위엄을 회복하시오. 영광의 항해를 떠나시오. 두려움 없이, 어디에도 매이지 말고, 용감하게.

　임종의 순간, 오랫동안 그를 지켜보았던 한 사제가 축원을 올렸다. 25살의 젊은 왕은 용맹하게 죽음을 받아들였다. 천사들이 그의 몸을 일으켜 거대한 흰 빛의 기둥으로 안내했다. 천상의 음악이 흘러나왔다. 그것은 그가 들어본 것 중 가장 숭고하고도 아름다운 선율이었으며, 이 파동이 그의 영혼을 고양시켜 가장 높은 곳까지 날아오르게 하였다. 그는 빛으로 명멸하는 가운데 지상의 세계를 바라보았다. 그 문명은 아직 완성되지 않았고 불완전하기 짝이 없었다. 그리고 그가 잠시라도 그러한 세계에 속해있었다는 것이 믿기지 않았다. 기쁨과 희망의 조화 속에서, 이성과 의미가 충만한 상태에서, 그 모든 익숙함은 한없이 낯설어보였다. 그의 영혼은 거대한 바다로 흘러들어갔다. 그곳이 그의 본류, 그가 흘러나왔던 대양. 어렴풋이 가지고 있었던 태초의 기억이 완전히 복원되었다. 그는 그 모든 비밀 속으로 또 한 번 합류되고 소멸되었다. 지상에서 그었던 모든 경험들이 대양 속에 스며들어갔다. 그의 영혼은 다시 씻겼고, 또 다시 누군가의 경험과 기억을 받아들이고 있었다. 때로는 기쁨으로 떨었고, 때로는 슬픔에 흐느꼈고, 환희를 맛보았으며, 깊은 고독을 느꼈다. 그 모든 물결이 마치 파도처럼 그에게 몰려왔다가 다시 어딘가로 사라졌다. 그는 그 영원의 바다에 떠 있었다. 시간이 사라진 완벽한 현존 속에서 그는 신이 자신의 손을 잡는 것을, 자신의 영혼이 무한히 펼쳐져 그의 의식 안으로 용해됨으로서 거대한 지성의 빛을 경험하는 것을 느끼고 있었다. 무수한 별들이 영광의 노래를 부르며 그의 눈앞에 펼쳐졌다. 그는 깊은 안도감과 함께 오랫동안 그를 불안에 떨게 하며 전쟁의 피로 몰고 갔던 욕망에 대해 분노를 느꼈다. 그러나 또한 그 생동하는 에너지의 근원이 소용돌이치며 문명을 만들고 있음을 묵도했다. 그제야 그는 그가 지나온 길에 대해 한없는 애정을 느꼈으며 또한 한없는 슬픔을 느꼈다.

모든 노래가 사라지고 난 후, 나는 당신에게 가장 아름답고 철학적인 노래를 불러줄 거요. 당신은 현자이니, 당신은 전사였으니, 당신은 연인이었으며, 당신은 시인이었고, 당신은 무용수였고, 당신은 배우였고, 당신은 모든 것이었다오. 위엄과 영광을 회복하시오. 그리고 이 영원한 춤의 행렬에 다시금 합류하시오. 신비와 비밀을 복원하시오. 그리하여 영혼이 그 빛으로 가득차게 하시오. 별들이 다시 지상에서 빛나고, 노래들이 다시 불려지고 천사들이 인간의 외투를 입고 다시금 거리를 활보하게 하시오.

밤이 다가왔다. 나는 침묵 속에서 영원히 머무른다. 신이란 존재하지 않았다. 우주는 무한하고 거대하고 텅 빈 공간이었을 뿐. 음악도 시도 없었다. 나는 눈을 감고 그 영원함을 명상했다.

나는 별들 사이의 바람. 광대하고 무한했던 것의 개체. 삶이
내게 준 상처는 어린아이의 장난처럼 여겨졌다. 그리고 한편으로 그

장난을 그만둔 것이 아쉽지 않았다. 나는 떠다닌다. 공간과 시간을 부유하며 인간들의 상념사이로, 우주의 빛의 너머로. 비의를 안다고 생각했던 시절이 있었다. 그러나 그 어떤 언어로도 이곳을 설명할 수 없으리라. 나를 안다고 생각했던 시절이 있었다. 그러나 그것은 완전한 착각에 불과했다. 나는 그것이 아니었다. 그러면 나는 무엇이었을까? 미망이었다.

기억하라, 이것을.

그렇지 않으면 너는 거대한 잠속에 빠져든다.

믿어라, 이것을.

그렇지 않으면 다시 한 번 미로 속에서 길을 잃게 된다.

기억하라, 이것을.

나는 너이다.

믿어라, 이것을.

너는 나이다.

꿈꾸라, 이것을.

이것은 진실이다.

믿어라, 이것을.

세상의 꿈은 모두 진실이다.

사라지지 않는다, 이것은.

다만 거대한 잠이다.

나는 잠들지 않는다.

나는 너와 함께 있다.

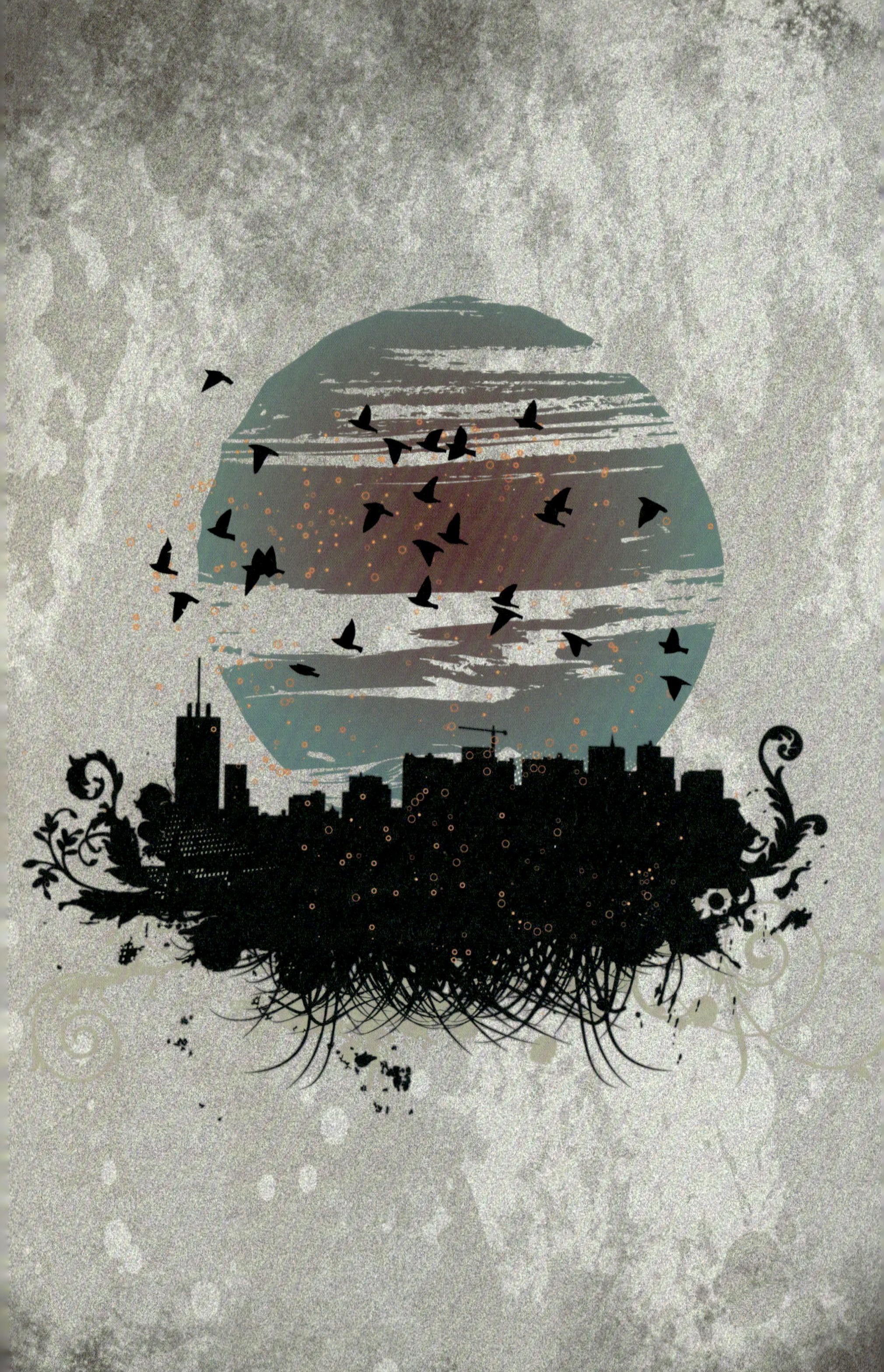

너는 잠들면 안 된다.
너는 나와 함께 있다.
기억하라, 이것을.
그리고 잠들지 마라.
꿈에서 깨어나서 꿈으로 사라지지 마라.

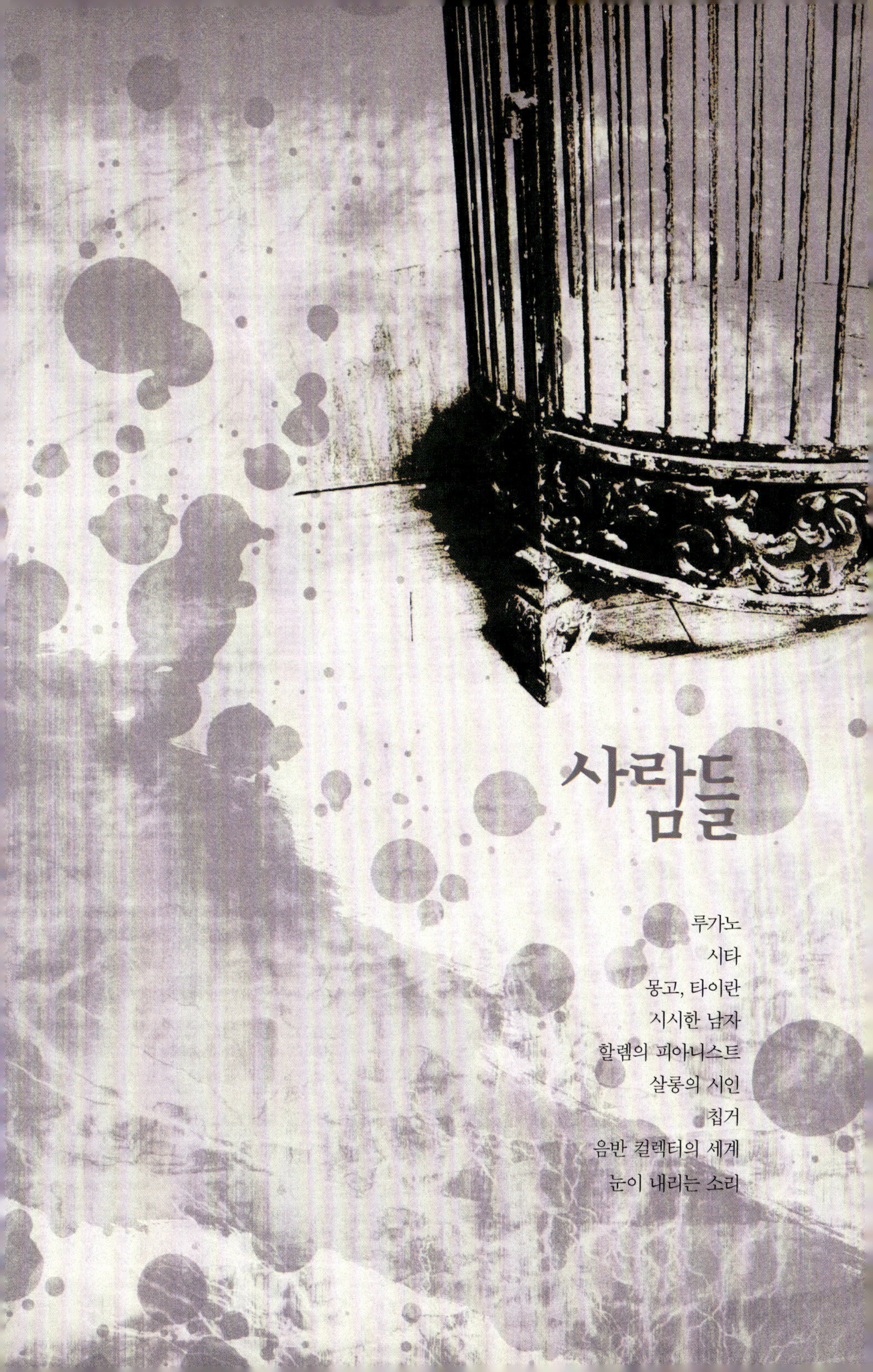

사람들

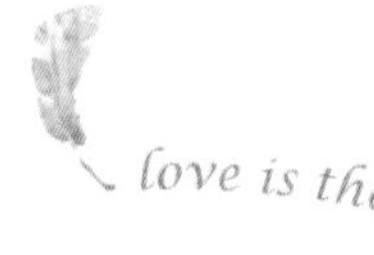

love is the seventh wave

루가노

루가노는 스위스와 이탈리아 국경근처에 위치한 자그마한 휴양도시였다. 내가 그곳으로 간 것은 마리오 보타 때문이었다. 그의 조적조의 건물들을 보려고……. 여행 수첩에는 그가 지었다는 은행이니 도서관이니 박물관같은 목록이 빼곡했다. 만약 그 지루한 붉은 벽돌의 건축물들이 없었다면 나는 그 작은 도시를 방문할 일이 없었을 것이다. 그리고 테레사 수녀가 운영하는 호텔 라파엘라에 투숙할 일은 더더욱 없었을 것이다. 호텔 라파엘라는 렛츠 고 유럽의 루가노 편의 최상단에 위치한 숙소로 이탈리아 말을 하는 수녀들에 의해 운영되고 있었고 투숙객은 여자들로 제한되어 있었다. 대부분이 뜨내기 배낭족이라기보다 장기 체류자였으며 그래서 그 지역에 살고 있는 젊은 여자아이들의 기숙사 역할도 겸하고 있었다. 내가 들어간 방에는 이층침대가 두 개 있었고, 파울리나라는 멕시코 여자아이와 재클린이라는 스위스 애가 같이 쓰고 있었다.

파울리나는 바이올린을 전공하고 있었고, 재클린은 비서 일을 하고 있다고 했다. 그렇게 셋이서 이야기하다가 재클린은 데이트가 있다고 나갔고, 나는 파울리나와 건물 안에 딸린 구내식당으로 저녁식사를 하러 내려갔다.

"한 가지 말해 두겠는데, 재클린이 하는 말을 너무 믿지 마. 재클린은 좋은 애긴 하지만 말이야."

"무슨 소리지?"

"재클린이 자기가 비서라고 했지? 마리오 보타가 지은 익스프레스 뱅크에 근무하고 있다고…… 내가 아는 한 재클린은 그 은행 로비에 발을 디딘 적도 없을걸. 그 애는 백수야. 벌써 6개월째 백수지. 그 전에는 마약에 절은 정키였고 말이야. 지금은 마음잡고 살려고 집을 나와 여기에 있지만 고등학교도 졸업하지 못한 개로서는 직업을 잡기가 꽤 만만하지만은 않을 걸."

루가노 국립 음대에서 바이올린을 전공하는 파울리나는 꽤 자신만만하게 말했다.

"오늘 저녁에 교회에서 열리는 연주회에 같이 가지 않겠어? 우리 학교 교수님이 연주하는데."

"프로그램이 뭐지?"

"슈베르트"

하지만 나는 슈베르트보다는 현대음악에 더 관심이 많았으므로 밤에 재클린을 따라 그 동네에서 제일 잘 나간다는 나이트클럽에 가기로 했다.

"네가 그런 곳을 좋아할 줄은 몰랐는데."

"왜? 넌 그런 곳을 좋아하지 않니?"

"너무 시끄럽잖아. 이상한 애들만 모이고.......그런데 가는 건 정말 쓸데없는 짓이야."

그리고 멕시코 요조숙녀 파울리나는 바이올린 케이스를 들고 건너편 교회로 갔다.

재클린과 함께 나이트클럽을 간 건 11시 무렵이었는데, 금요일임에도 불구하고 스테이지가 한산했다.

"걱정 마. 여기에서는 12시부터 애들이 몰린다구. 우리 맥주나 마실까?"

재클린이 나를 바로 이끌었다. 바에는 키가 190은 되어 보이는 건장한 게르만 용사 같은 바텐더가 떡 버티고 서있었다. 그는 재클린에게 아는 척을 하고는 익숙한 제스처로 맥주 두 병을 테이블에 올려놓았다.

"얘는 내가 뭘 마시는지 알아. 난 항상 이 맥주를 마셔. 세계에서 가장 도수가 높은 맥주거든."

지금은 이름도 기억나지 않지만, 아마 그 맥주는 흑맥주의 일종이 아니었나 싶다. 과연 한 병을 다 마시기도 전에 취해버리고 말았다. 그리고 재클린의 말대로 12시가 넘어가자 애들이 하나 둘 몰려들기 시작하더니 순식간에 스테이지가 꽉 차버리고 말았다. 과연 12시 전에 애들은 어디서 뭘 하고 있었던 걸까? 설마 엄마가 9시에 잠자리에 들라고 해서 침대에 누워 자는 척하다가 담을 넘어 여기로 기어들어오는 건 아니겠지? 암튼, 루가노의 나이트 라이프는 그랬다. 12시부터 시작!

재클린은 능숙하게 춤을 추었다. 사실 우리나라 나이트에 오면 잽도 안 되는 어리바리한 몸짓이었지만, 그 촌동네에선 빛이 났다. 하나 둘씩 남자애들이 아는 척을 해오고 재클린은 그들과 반가운 듯 포옹했다. 그런데 그 중에 곱슬머리의 귀여운 숀펜처럼 생긴 남자애가 다가오더니 그녀에게 다짜고짜 딥 키스를 하는 것이 아닌가. 재클린도 그와는 특별한 포옹을 하며 무언가를 속삭이는 듯 했다. 한참을 그러더니 그 남자애는 스테이지 밖으로 빠져나가서 다른 여자아이에게 다가갔다.

"남자 친구?"

"음, 하지만 예전 남자 친구."

"완전히 끝난 거야?"

"당연하지. 쟤는 여자애를 침대로 데려가는 것 밖에 모른다구."

스테이지 밖을 보니 귀여운 숀펜은 또 다른 여자애와 화장실로 사라지고 있었다.

"지금 남자 친구는 누구지?"

"여기에 오지 않았어. 그 애는 지금 포르투갈에 있으니까."

"아, 그렇군."

그리고 이번에는 페르시아 고양이처럼 매혹적인 흑인 여자애가 나타나 재클린을 껴안았다. 아주 절친한 친구인 듯 싶었는데 둘은 스테이지에서 너무너무 섹시한 춤을 춰서 사람들을 열광시켰다.

세계에서 가장 도수 높은 맥주를 마시고 머리가 아팠던 나는 바로 가서 게르만 족에게 물 한 잔을 부탁했다.

게르만 족 용병이 물었다.

"어디서 왔지?"

"한국."

"여기엔 뭐 하러 왔어?"

"마리오 보타의 건축물을 보기 위해서."

"마리오 보타가 누구야, 보이 프렌드?"

"아니, 아주 유명한 이 지역 건축가인데……. 넌 혹시 이름 못 들어봤니?"

"전혀."

"내셔널 익스프레스 뱅크 몰라? ***박물관이나 ***도서관은?"

"아, 거기….. 알지. 그런데 그게 그 사람이 설계한 거야? 뭐 별거 없더구먼. 그 빨간 벽돌 건물을 보려고 한국에서 여기까지 왔단 말이야?"

그는 한심하다는 듯이 눈을 동그랗게 떠서 난 갑자기 한심한 느낌이 들었다. 갑자기 한심한 느낌에 재클린이 광란의 춤을 추고 있는 스테이지를 아무 말 없이 바라보았다.

"사실 여기 모이는 애들도 한심하지. 여기서 일하는 나도 한심하고……. 난 저렇게 술 마시고 미쳐 날뛰며 춤추는 애들이 싫어. 돈 벌려고 하는 짓이지만 이렇게 바에서 일하는 것도 싫어, 싫다구."

나는 불쌍한 190센티미터의 게르만 청년의 신세 한탄을 들어주며 술이 깨기를 기다려야 했다.

재클린과 나와 흑인 여자애인 로라는 새벽 3시가 넘어서야 나이트클럽에서 나왔다. 같이 따라 나오려는 남자애들이 줄을 섰지만 재클린은 웬일인지 귀찮다며 그들을 다 잘랐다.

"쟤들이 생각하는 건 그저 여자애들을 어떻게 하면 침대로 데려갈 수 있을까, 그것뿐이야."

"설마……. 그렇게 단순할까?"

"물론 그렇게 단순하지. 사랑은 이제 이 거리에는 없어. 이미 사라진지
오래라구."

"맞아, 맞아."

로라가 맞장구를 쳤다.

그렇게 세 명의 치기어린 여자애들은 깔깔거리며 밤거리를 걸어가고
있었다. 하늘에는 기형도의 시처럼 노랗게 곪은 달이 떠 있었다.

"저런 달은 처음 봐. 너무 노랗잖아."

"가끔 저렇게 맛이 간 달이 뜬다구."

"멋지군."

재클린은 갑자기 달빛 아래서 춤추기 시작했다. 나이트클럽의 댄스와
는 또 다른 댄스였다. 그것은 발레처럼 우아하고 현대무용처럼 신선함과
박력이 넘치는 춤이었다. 그녀는 이 거리에서 저 거리까지 도약하고, 흠
칫 멈췄다가 유선형을 그리며 돌고, 흐느끼듯 팔을 얼굴 가까이에 가져
갔다. 마치 꿈속에서 유영하듯이 그녀는 몸을 조그맣게 웅크렸다가 다
시 파도처럼 해안을 향해 스텝을 밟으며 굴러갔다.

"멋져."

로라가 박수를 쳤다.

"재클린은 진짜 미쳤어. 그치?"

나는 고개를 끄덕였다.

로라는 라파엘라 호텔 앞에서 내게 키스 하고는 밤거리로 사라졌다.

"다음에는 너도 춤을 춰야해. 인생을 즐기라구. 바이!"

재클린과 기숙사 방에 들어오니 파울리나는 아직 돌아오지 않았다.

“그 애는 오늘 남자 친구 집에서 자고 올 거야. 주말이니까.”

재클린이 옷을 벗고 잠옷으로 갈아입으며 말했다.

“맥주 더 마시지 않겠어? 물론 기숙사 규칙 위반이지만 말이야.”

하고는 옷장 밑에 감춰두었던 칼스버그 두 병을 꺼냈다.

“가끔 잠이 안 올 때가 있거든.”

재클린과 칼스버그를 마시며 무슨 말을 했는지 모르겠다. 아마 그녀의 사랑과 인생과 나의 한심한 건축물 답사 유럽 여행을 털어놓지 않았을까. 재잘거리며 이야기하다가 재클린은 한참을 말없이 나를 바라보더니 갑자기 침대 밑에 숨겨둔 앨범을 하나 꺼냈다.

“이리 와봐. 너에게 보여줄 게 있어.”

그것은 막 걷기 시작하려는 듯 벽을 움켜진 귀여운 아기였다.

“와우, 귀여운데……. 누구지? 동생? 조카?”

재클린은 아무 말 없이 조용히 미소 지었다.

“난 어쩌면 아기를 가질 수 없을 지도 몰라.”

“왜?”

“글쎄, 그런 예감이 들어.”

재클린이 앨범의 다음 장을 넘겼다.

거기에는 선글라스를 낀 근사한 남자가 시니컬하게 담배를 물고 있었다.

눈은 비록 가려져 있었지만 영화배우 뺨치게 멋진 넘이었다.

“누구야?”

“포르투갈에 있는 내 애인.”

“와우, 정말 잘 생겼는데. 브레드 피트 같아.”

"선글라스를 벗으면 브레드 피트보다 더 잘 생겼어."

"재클린, 넌 행운아야."

"그렇지만도 않아."

재클린이 주절주절 거린 이야기에 따르면 그 애인은 스위스에서 마약을 밀매하다가 경찰에 잡혀 고향인 포르투갈로 추방되었다고…….

재클린은 그를 잊을 수 없어서 결혼을 하려고 포르투갈까지 갔단다. 하지만 결국 결혼하지는 못했다고 했다.

"왜?"

또다시 재클린은 희미하게 웃었다.

"가끔 인생은 그래."

그녀는 40이 다 된 아줌마처럼 말하고는 피곤하다며 침대에 누워 잠들어 버렸다.

난 그 후로 3일간 더 루가노에 머물렀는데 마리오 보타의 박물관 근처에 있는 스케이트장에 가거나 밤에는 기숙사에 기거하는 아가씨나 수녀님들과 함께 휴게실에서 텔레비전을 보았다. 빡빡했던 여행 중 보기 드물게 집처럼 생활했던 곳이 바로 루가노였다. 꼬모 호수에 비견되는 아름다운 루가노 호수에서 백조들이 둥둥 떠다니는 것을 보며 책을 읽다 자기도 하고……. 그렇게 루가노에서의 여행은 마리오 보타와는 상관없이 끝났다.

재클린과 파울리나와는 다음의 재회를 약속하면서…….

하지만 뭐 내 평생에 또 다시 이 스위스 변방의 도시에 들릴 일이 있을까 하면서 그녀들과 작별했다. 하지만 인생은 예측 불가한 것이라 2년 뒤 나는 다시 루가노에 가게 되었는데 지겹게도 본격적인 건축답사 여행의 안내역으로서였다.

역시 마리오 보타의 힘은 대단했다. 사람들이 보타의 은행을 구경하러 간 사이 나는 라파엘라 호텔을 찾아갔는데, 파울리나는 1년 전에 멕시코로 돌아갔고 재클린은 지금 어디에 있는지 아는 사람이 없었다. 아마 그때 갓 스물이었던 그녀도 어디론가로 떴을 것이다. 루가노에서 그나마 볼 것은 멋진 남자애들이 몰려오는 여름철밖에 없다고 했으니…… 그녀는 어쩌면 일 년 내내 여름인 남쪽의 어딘가로 갔거나 애인과 이야기가 잘 풀려 포르투갈로 가서 결혼했을지도 모른다.

인생이란 여행처럼 우연의 음악이니까…….

그런 상상의 나래를 펼치며 시간이 남는 김에 스위스 시계나 하나 살까 하고 쇼윈도를 바라보는데……. 이게 웬일인가. 쇼윈도에 떡하니 붙어 있는 광고사진이 유난히 익숙해 보였으니……. 선글라스를 끼고 시니컬하게 담배를 물고 있는 사진속의 꽃미남은 바로 2년 전에 재클린의 사진에서 보았던 포르투갈로 간 마약밀매업자 애인이었다.

이게 실화냐구? 물론이다.

난 아마 처음부터 파울리나의 충고를 따랐어야 했을 것이다. 재클린은 좋은 애지만 가끔 믿을 수 없는 말을 한다구.

가끔 술 취한 밤, 그녀가 왜 진실처럼 거짓을 말했을까를 생각해본다. 어쩌면 그것이 그녀의 진실을 더 뚜렷하게 꾸며주는 수사 같은 것이었는지도 모른다. 나도 그때 선글라스를 쓴 미소년의 사진이 없었다면 그녀

의 사랑을 그렇게 오랫동안 기억하지는 못했을 테니까. 그 선글라스 광
고 사진에는 실로 그런 아련한 슬픔 같은 정조가 깃들어져 있었다.

시타

조지는 나를 교회지붕에 남겨 놓고 가버렸다. 나는 포르투갈풍이 남아 있는 흰 건물의 아래로 듀시 전체를 조망했다. 푸르른 바다가 요새의 긴 성벽을 에워싸고 있었고, 자줏빛 꽃들이 골목을 따라 피어 있었다.

저녁 무렵의 이 시간은 기이한 느낌을 주었다. 그것은 빛이 사라지기 직전, 강물이 바다로 흘러들듯이 무한한 경계를 넘어 자신과는 전혀 다른 또 다른 관문에 도착하였을 때의 설렘과 공포를 동반했다. 불타오르는 주황빛과 스러져가는 장밋빛이 발그레한 볼을 하고 골목골목마다 왈츠를 추듯 찾아왔다.

아이들과 여인들은 이 리듬이 영원히 계속되기를 바라면서도 밤이 찾아오는 것을 바라보아야만 했다. 밤바다에서는 흰 레이스 같은 파도가 규칙적으로 밀려들고 있었다. 감미로운 라벤더 향이 어둠속에서 더 강하게 바람에 실려 왔다.

그 즈음이었다. 푸른색 사리를 입은 인도 여인이 좁은 계단실을 지나 지붕으로 올라온 것은. 그녀는 나에게 간단한 목례를 해보이고는 지붕 한 곁에 앉았다.

"나마스떼."

그녀가 나직이 인사했다.

울림이 적은 메마르고 허스키한 목소리였다.

나는 불빛 아래서 희미하게 드러난 그녀의 실루엣을 바라보았다.

시타⋯⋯⋯

그녀의 얼굴은 고여 있는 물 같았다.표면의 정지를 핑계 삼아 그녀는 모든 감정을 얼굴 아래 숨겨둔 것 같았다.

조지는 그녀가 32살이며 10살짜리 딸이 있는 유부녀라고 했다. 남편은 시내에서 사진관을 하고 있으며 오늘은 남편이 아메다바드로 출장을 갔기 때문에 시타가 조지의 집에 올 것이라고 했다. 그러면서 조지는 내게 말했다.

"수바시와 약속했어. 만약 그녀에게 무슨 일이라도 생기면 우리는 그녀를 도울 것이라고 말이야."

"시타를 사랑하는 건가?"

"글쎄, 어떨 때는 그녀가 누이처럼 느껴져. 때로는 수바시와 나와 그녀 모두 근친상간을 하고 있다는 느낌이 들지."

잠시 후, 죠지는 교회지붕으로 올라왔고 시타와 함께 계단을 내려갔다.

나는 창을 통해 밖을 바라보았다. 방은 크고 넓었다. 거실과 침실이 분리되어있고, 교회건물을 개조해서인지 높은 천정에는 팬이 천천히 돌고 있었다.푸른색의 벽에는 코끼리와 공작새가 아플리케 된 붉은 천이 걸려 있었다.몇 달간 머물면서, 구상한 소설을 끝내기에는 최적의 장소였다. 게다가 죠지는 포르투갈 가정식을 이곳 관광객에게 제공하고 있었다. 인도 향신료에 지친 미각을 다시 일깨우는 것, 그것만으로도 이곳에 머물 이유는 충분했다.

시타는 카운터 뒤에서 연둣빛 펀자브 드레스를 입고 서 있었다.

사진관에 있는 그녀는 어젯밤과는 달라보였다. 오후의 햇살 아래, 그녀는 여느 인도 부인네와 다를 바가 없었다. 굳게 닫혀 있던 얼굴은 미소로 활짝 열려 있었고, 어떤 긴장과 비밀도 없어 보였다.다만 그 깊은 눈 속의 피로함만이 그녀가 불행한 결혼생활을 영위하고 있음을 보여주었다.

나는 그녀에게 이곳에서 찍은 2통의 필름을 맡겼다. 우리가 그날 밤 만났음에도 그녀는 나를 아는 척 하지 않았다. 심지어 그녀는 내게 듀를 좋아하냐는 상투적인 인사말까지 건네었다.

소파 한 곁에 앉아 있던 뚱뚱한 중년의 인도사내가 밖으로 나가자 그녀는 비로소 미소를 닫으며 내게 그날 밤 교회에서 있었던 일들을 비밀로 해달라는 당부를 덧붙였다. 그 어투가 너무나 태연하고 사무적이었으므로 그 모든 것이 당연한 듯이 여겨질 정도였다.

"난 이곳에 붙박여 있는 나무와 같아요. 어디에도 가지 못하겠죠. 이곳에서 조용히 늙어갈 뿐."

그녀는 나를 원망하듯 바라보며 그러나 위엄 있게 덧붙였다.

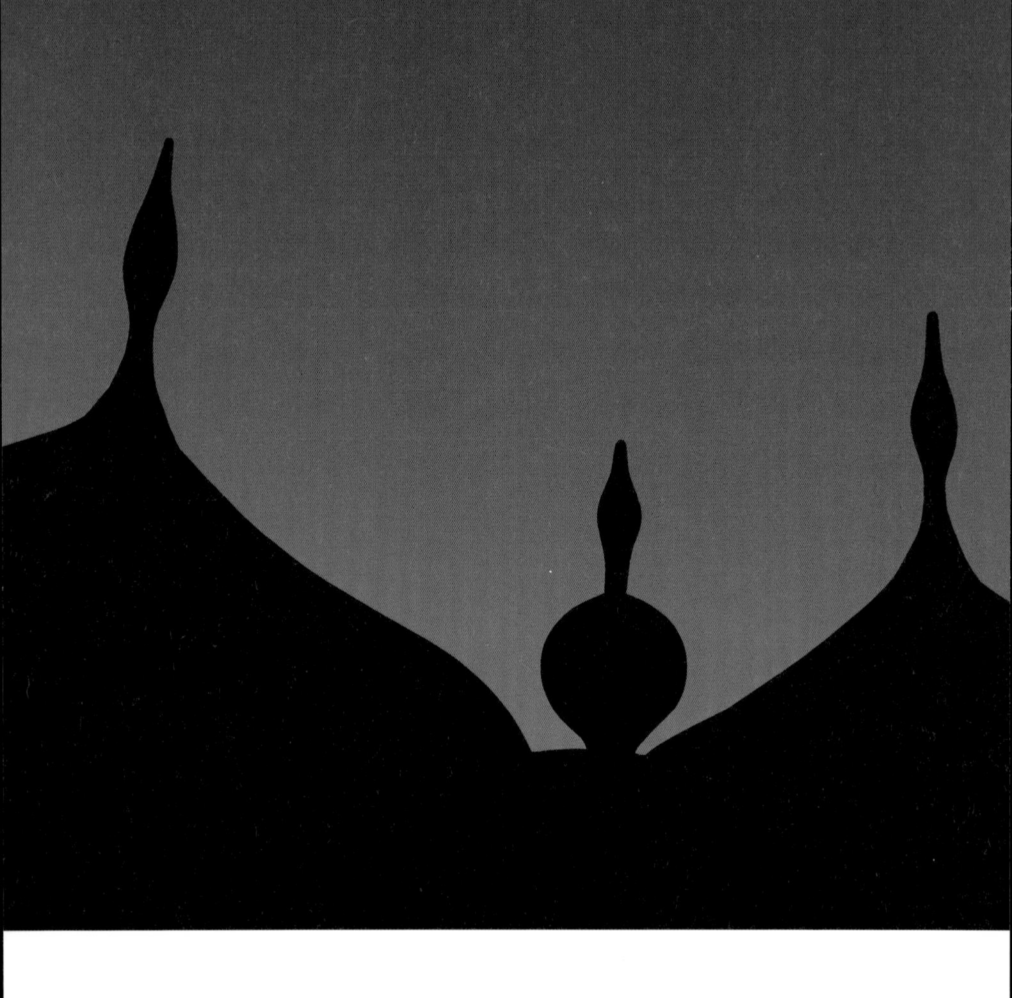

sitar

“당신은 어디라도 갈 수 있잖아요. 그리고 무엇이든 할 수 있구요.”

“시타도 그래요.”

“그렇지 않아요. 그렇지 않다는 것을 나는 잘 알고 있어요.”

내가 듀를 떠날 때 마지막으로 본 시타는 로칼 식당에서 짜이를 마시고 있었다. 딸 수리야와 함께였다. 그녀는 둥글고 귀여웠다. 다만 아직 그녀의 얼굴에는 시타의 날카로운 아름다움이 결여되어 있었다. 사람들이 우리를 흘끗거리며 쳐다보았다.

“상관없어요. 감옥에 갇힌 건 저 사람들이지 내가 아니니까.”

“듀에 다시 올 거예요.”

“그래요. 하지만 그때는 모든 것이 달라져 있겠죠.”

그때 식당으로 루나가 들어왔다. 배를 만들고 싶다는 영국인 남자 톰과 함께였다.

“바라나시로 가기로 했어. 너는?”

루나가 물었다.

“모르겠어. 일단 델리로 가서 결정하지.”

루나는 시타를 흘끗 쳐다보며

“수바시의 연인?”

하고 내게 묻는다.

나는 고개를 끄덕였다.

시타는 짜이 값을 계산하고 식당을 떠났다.

그리고 돌아서는 찰나, 우리 둘의 눈이 마주쳤다.

그 영원한 순간, 나는 그녀의 눈 속의 비밀이 무엇인지 본 것 같았다.

자신이 태어난 곳과 화해하지 못하는 절망이 그녀의 영혼을 잠식하고 있었다. 델리로 돌아가는 기차간에서 나는 계속 시타의 눈을, 듀의 파도를 생각했다.

몽고, 타이란

작년에는 누가 내 이름을 사칭하고 돌아다녔다는 것을 알게 되었어요. 그는 내 이름으로 편지를 보내고, 내 이름으로 글을 썼답니다. 심지어는 양육비를 요구하는 내 전처에게 돈을 보내고(이게 그 작자에게 그나마 내가 고마워하는 부분이지요) 내 아들에게 몽고 소인이 찍힌 엽서를 써 보내기도 했지요.

그렇게 1년이 지났지만, 나는 아무런 손도 쓸 수가 없는 상황이었습니다. 그 무렵, 나는 중국의 변방에서 잠적 중이었으니까요. 주위 사람들은 내가 그 곳에서 새로운 사업 아이템을 찾고 있다고 믿었지만, 실은 나는 그 곳에서 자살을 계획하고 있었습니다. 완전한 자살. 어느 시점에서 완전히 나 자신의 존재를 소멸시키는 방법에 몰두하고 있었습니다. 물론 컴퓨터 부품을 팔던 사업이 망한 탓도 있었지만, 이러한 자살 시도는 삶의 절망감에서 비롯된 것이 아니라, 다소 치기어린 욕망인 변신의 욕구에서 찾아든 것인지도 모릅니다.

그 무렵, 나는 인도와 중국을 여행하면서 윤회설에 완전히 매료되어 버렸지요. 그녀는 20살이 갓 넘은 몽고 아가씨였는데, 태국에서 매춘을 한 경험 탓인지 영어를 비롯해 일본어까지 능숙하게 구사하고 있었지요. 물론 태국에서 일한 모든 술집 아가씨가 타이란처럼 외국어를 잘 할 수 있는 것은 아니었겠지만, 어쨌든 그녀는 특별했습니다. 정규 교육을 받은 경험은 없었지만, 매우 영민하고, 나이보다 훨씬 성숙한 영혼의 소유자였죠.

타이란을 처음 만난 곳은 울란바토르의 한 술집에서였습니다. 그녀는 다른 여자들처럼 붉은 원피스를 입고, 황금빛의 큼지막한 하이힐을 신고 있었죠. 번쩍거리는 입술로 그녀는 말하기 시작했습니다. 그녀는 자신의 비지니스에 대해 열정적으로 설명을 했지요. 내가 그녀의 이력을 물었을 때, 그녀는 자신이 몽고의 한 불우한 호족의 딸이라고 말할 만큼의 상상력을 지니고 있었습니다. 나는 그 거짓말에 흥미를 느끼고, 다른 것들을 물어보았지요. 그녀의 가족사항, 잡기, 잠시나마 사랑했던 남자들의 숫자……. 아마 그건 여독에 지친 나그네의 푸념 같은 것일지도 모릅니다. 기껏해야 술집 여자밖에 대화할 상대가 없는 이방인의 애수 같은 것 말입니다.

나는 그녀가 진짜 몽고의 몰락한 공주이기를 바랬고, 이 황량한 대지의 끝에서 걸어 나온 유목민의 정신을 가지고 있기를 바랐습니다. 기껏해야 싸구려 웃음과 고약한 숙취를 안길뿐인 술 같은 위안 밖에 없을 하룻밤이었지만, 진심으로 사랑할 수 있는 그러한 여자를 간절히 바라고 있었던 것입니다. 그러나 이러한 나의 갈망을 비웃기라도 하듯 그녀는 화대를 요구하며, 커튼이 쳐진 지저분한 문간방을 가리켰습니다. 이미 일본인 관광객 한 명이 백 살도 넘어 보이는 퇴락한 창기와 사라져 가뿐 신음소리가 흘러나오는 그러한 방이었지요. 나는 그 방이 내 인생의 처량한 종점을 암시하는 것 같아 갑자기 무서워졌습니다. 싸구려 쾌락 밖에 더 이상 누릴 도락이 없다는 것이 적이 안심되기도 했지만, 왜 그때 갑자기 7살짜리 소년의 영상이 떠올랐던 것일까요? 어머니의 배 속에는 무엇이 감추어져 있기에 1년마다 조그마한 아이가 기어 나오는지 궁금해 하던 호기심 많은 어린 소년의 모습이 말입니다.

그 방은 백 살이 넘은 창부의 자궁처럼 은밀하고 어두워 보였습니다. 그것은 썩은 악취를 풍기며 지상의 모든 골목을 집어삼킬 듯이 보였지요. 타이란은 내 앞에서 지친 미소를 흘렸습니다. 그녀의 손에는 10달러가 필요했던 것입니다. 그리고 나는 그 돈을 쥐어줄 고기 덩어리에 불과했지요. 그녀는 그러한 비지니스에 몸담고 있었던 것입니다.

나는 타이란이 이끄는 대로 그 어두운 방으로 들어갔습니다. 먼지를 30년간 머금은 듯한 붉은 카펫이 발밑에서 푸석거리고 홍등에 비친 타이란의 얼굴은 잔뜩 상기되어 있었지요. 그런데 나는 너무나 피곤했습니다. 극심한 피로가 덮쳐 와서 그 퇴락한 복도에서 죽어버릴까봐 걱정이 될 정도였지요. 그런데 옆을 바라보니 타이란의 얼굴 역시 어두워보였습니다. 홀에서의 과장된 생기가 사라지고, 그녀의 두 눈에서는 어떤 체념의 구름이 드리워져 있더군요. 내 옷깃을 잡고 있는 그녀의 손은 마치 구름을 잡고 떠가는 것처럼 아무런 의미도 없어보였습니다.

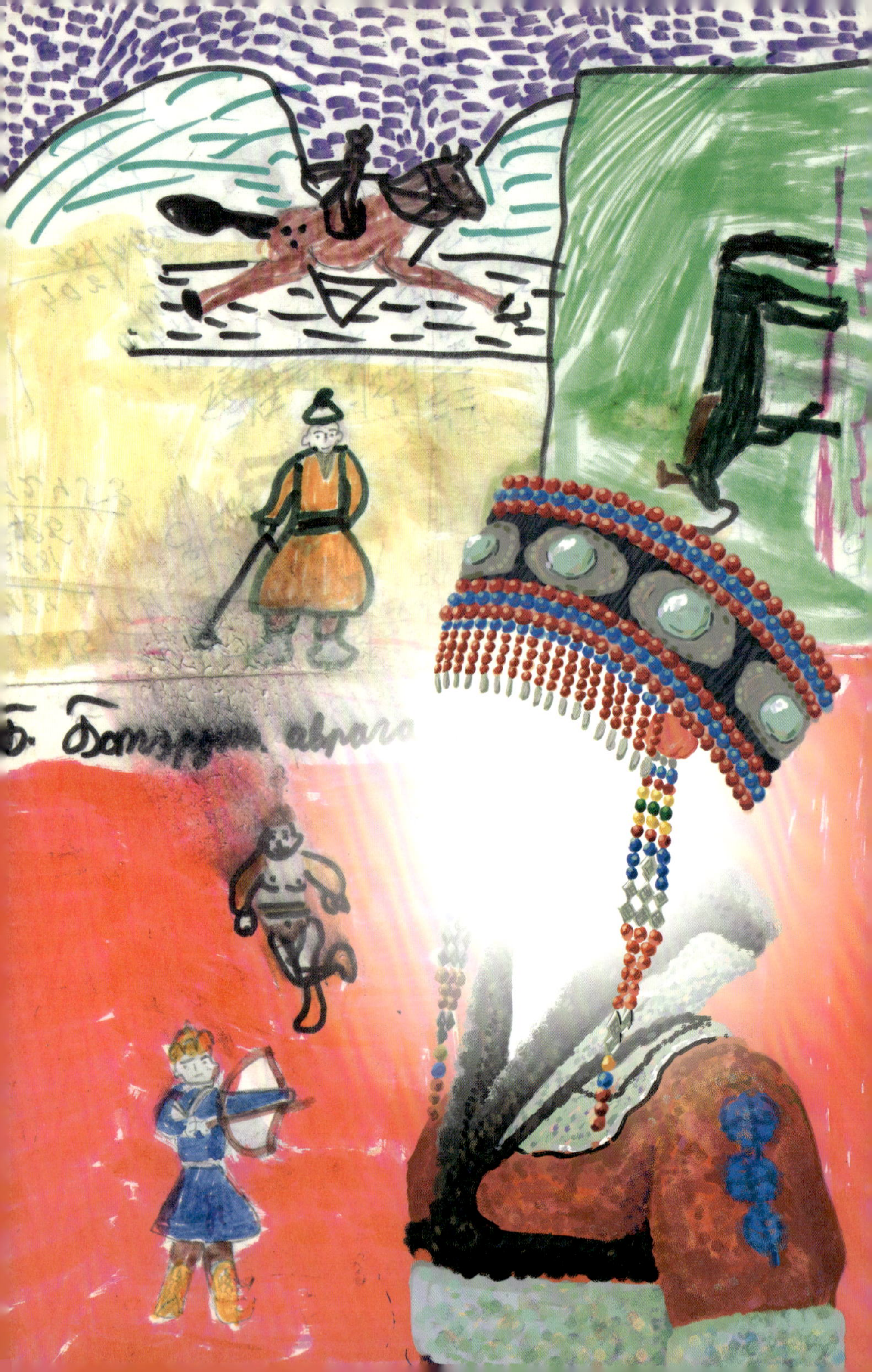

Б. Батоорын айлага

이윽고 우리는 빽빽하게 들어찬 여관방의 문 앞에 이르렀습니다. 그녀가 낡은 문고리를 돌리자, 방은 기다렸다는 듯이 스르륵 열렸습니다. 그 이후에는 더 이상 말할 필요가 없을 만큼 초라한 침대가 나왔지요. 낡고, 황량하고, 슬픈 침대가……. 오지에 근무 나온 노동자와 병사들의 객수를 풀어주고, 가난한 집안의 딸이 누울 수 있었던 마지막 보루 같은 침대, 정념을 지닌 수많은 고독한 인간들의 지친 머리를 누여준 낡고 더러운 베개들…….

나는 결국 이 곳에 흘러 들어오고야 말았던 것입니다.

그제야 깨달았습니다. 운명의 시계를 바꾸기에는 너무나 멀리 흘러왔다고…….

나는 타이란과 함께 그 침대에 누웠습니다. 그리고 그녀를 말없이 안았습니다. 타이란은 미소를 지었습니다. 그것은 너무나 사랑스러운 미소였지요. 마치 첫날밤을 맞은 신부가 지아비에게 짓는 듯이 소중히 간직된 미소였습니다. 그리고 그녀는 조용히 말했습니다.

"나에게 이것은 108번째의 인생입니다."

그녀는 내가 108번째 남자라고 고백하는 듯 했습니다.

그러자 그녀는 고개를 저었습니다.

"107번째의 인생에서, 나는 몽고의 초원을 달리는 용맹한 병사였습니다. 나는 지금의 나처럼 아름다운 아가씨와 잠자리를 같이 하기도 했었지요. 106번째의 인생에서 나는 티베트의 라마승이었습니다. 나는 환생을 제자들에게 약속하고 죽었지요. 그러나 공력이 부족해서인지 원하는 장소에서 태어나지 못했습니다. 105번째의 인생에서 나는 일본의 무사였습니다. 원래 가난한 농부의 아들로 태어났으나 남달리 영민하고 창검을 쓰는 능력이 뛰어나 어느 지방 호족의 경호 대장으로까지 임명되었으나, 그 호족의 세 번째 첩을 사랑한 죄로 살해당하고 말았지요. 104번째의 인생에서 나는 인도의 상인이었습니다. 구자라트에 살던 나는 포르투갈과의 향료 교역으로 막대한 부를 축적했습니다. 그러나 무굴 제국이 번창함에 따라 그들은 내게 재산의 반을 국가에 상납하라고 요구하였지요. 독실한 파이샤(조로아스터교 신도)였던 나는 그러한 요청을 거절했고, 결국 그들은 내 아들 대에 이르러 내가 가지고 있었던 50척의 배들을 몰수했습니다. 아들들은 살해당하고 며느리들은 무굴 왕실의 하렘에 끌려갔지요. 103번째의 생에서 나는 어부의 딸로 태어났습니다. 그리고 16살이 되자, 이웃에 살던 젊은 어부와 혼인하게 되었지요. 그런데 그가 바다에 나가있는 동안 외지에서 흘러들어온 한 상인을 사랑하게 되었습니다. 그리고 하룻밤을 함께 보냈지요. 그는 다음 날 떠났지만, 그가 남긴 아이는 나에게 커다란 즐거움을 주었답니다. 그 아이가 7살 때 선홍열로 죽을 때까지……. 나는 아직도 그 아이의 미소를 기억한답니다. 아주 튼튼하고 아름다운 사내아이였지요. 그리고 당신은 바로 그 사내아이의 7번째 환생이랍니다. 당신이 이 술집의 차양을 제치고 들어왔을 때, 나는 단박에 알아보았지요. 치로, 네가 다시 왔구나. 너를 만나기 위해 나는 이 낡은 술집에 기거하고 있었는지도 몰라."

타이란의 두 눈에서 굵은 두 줄기의 눈물이 흘러내렸다. 그리고 오래전부터 이어져 내려온 듯한 정체모를 슬픔에 나는 그녀의 품안에서 울고 말았다. 아침에 눈을 떴을 때, 타이란은 어딘가로 떠나고 없었다.

새벽에 그녀를 찾는 중국 병사가 와서 그와 함께 변방의 부대로 갔다고도 하고, 여기서 200킬로는 떨어진 그녀의 고향에 요양차 내려갔다고도 했다. 그리고 그 날, 나는 그녀를 다시는 볼 수 없으리라는 것을 알았다.

그것은 어느 오후에 일어났던 일이다. 끝이 없이 황량한 광야가 꿈처럼 시야를 덮쳐왔다. 나는 광막한 시간의 사막을 보았고, 희미한 거울 아래서 오래전 7살짜리 사내아이의 죽음을 보았다. 그리고 나는 몽고의 고원을 떠났다. 나 자신을 완전히 개조해보고 싶다는 데에서 출발한 자살의 시도는 그처럼 허무하게 끝이 나 버렸다. 나는 그 날 열리지 않는 창문에 갇혀 죽은 파리 떼들의 시체를 보았다. 죽음이란 이런 것일 것이다. 그리고 변신의 욕망이란, 그 광야의 시간 앞에서는 창문에 갇힌 파리 떼의 몸부림처럼 느껴졌다.

나는 다시 서울에 돌아와서 이혼한 아내를 찾아갔다. 아내는 3개월 뒤 자신의 세 번째 남자와 재혼하기로 했다고 했다 (나는 그녀의 네 번째 남자이자, 첫 번째 남편이었다) 그리고 나의 아들은 막 7살의 생일을 맞이하고 있었다. 그 때였다. 내 아들이 몽고 소인이 찍힌 생일 카드를 받게 된 것은……

그 카드는 서툰 중국어로 적혀있었고, 아들의 생일에 대한 짤막한 축사와 함께 23살의 타이란 우르두르가 어느 병사가 쏜 총에 맞아 사고사 했다는 간략한 언급이 있었다.

시시한 남자

"우리는 다음 달에 태국으로 갈 겁니다. 그래서 두 달 동안 이 공간을 쓸 사람을 찾고 있었지요. 당신은 뮤지션이라고 들었습니다만."

"시시한 영화에 들어가는 시시한 노래를 몇 곡 작곡한데 불과해요."

"오, 영화 음악가로군요. 멋져요. 시시하다니……. 세상에 시시한 일이란 시시한 인간만이 벌일 수 있는 일이죠."

"바로 그 시시한 인간이 저니까요."

"재미있군요. 하긴 나는 야심찬 인간들이 싫어요. 그들의 태도에는 뭔가 불편한 것이 있거든요. 무언가 자연스럽지 않아요. 당신도 그런 야심을 가지고 있나요? 시시해지고자 하는 야심?"

"바로 맞추셨군요. 저는 세계에서 최고가는 시시한 인간이 되기 위해 맨해탄으로 온 거니까요. 그리고 시간이 나면 세계에서 최고가는 시시한 음악가가 되고 싶죠. 물론 제 음악이 들어갈 만한 한심한 영화를 만나는 게 급선무이긴 하지만요."

　“하하……. 만약 태국으로 가지 않는다면, 당신과 함께 애리조나로 가고 싶군. 거기에는 나의 가장 시시한 친구가 살고 있죠. 아무튼 당신같이 시시한 인간이 내 아파트를 쓸 생각이라니 저으기 안심이 되는군요. 시시한 인간은 그다지 말썽을 부리지 않을 테니까.”

　“맞아요. 사고가 나더라도 모든 것은 정말 시시한 사고들일 뿐이죠. 테이블을 뒤집는다던가, 불을 낸다거나, 여자아이를 임신시킨다던가, 그런 건 정말 상상도 못할 인간이니까요. 고작해야 테이블에 물을 엎지를 겁니다.”

　“걸레는 부엌 찬장에 있어요.”

　“아, 그렇군요.”

　“그리고 각종 조미료와 기름은 여기에 있죠. 요리를 좋아하시나요?”

　“파스타 종류만……. 가장 시시한 요리니까요.”

　“하하하……. 그럴 듯하지만 그것만큼은 동의할 수 없군요. 당신이 만약 내 어머니의 파스타를 먹어본다면, 결코 시시하다는 생각을 품지 않을 거요.”

　“당신 어머니는 당신 같은 아들을 두었으니 결코 시시한 여자가 아니겠지요. 당신은 굉장해요. 듀플렉스씨. 당신은 내가 지난 가을동안 계속 들었던 미스터 듀플렉스를 작곡했잖아요.”

　“고맙군. 당신은 내 판을 사준 200번째의 사람이오. 그리고는 한 장도 팔지 못했지. 선반에는 미스터 듀플렉스가 두 박스 쌓여 있소. 만약 이곳에서 파티를 연다면 나는 기꺼이 내 음악을 당신 친구들에게 제공하겠소.”

"고맙군요. 하지만 나는 이 도시에 파티를 함께 열만한 친구들이 없는 걸요. 나의 가장 친한 친구는 파이오니아 호텔의 괴팍한 유태인 할멈뿐이니 말이에요."

"맨해탄이야말로 당신과 같은 이방인에겐 최적의 도시지. 파티를 열고 싶다면 거리의 사람들을 불러요. 당신이 할 일은 스트리트 페이퍼에 낼 단 한 줄의 광고뿐이오. 토요일. 오픈 파티. 이스트 빌리지 톰킨 파크 옆 미스터 듀플렉스. 시시한 사람들이 한 다스로 몰려 들거요. 좋은 가을이 되길 바라오."

"당신도 멋진 휴일을 보내길 바래요."

"당신도 태국으로 간다면 좋을 텐데⋯⋯. 맨해탄은 시시하기 짝이 없는 도시요. 특히 가을은 더하지."

"괜찮아요. 나는 상점에서 갓 뽑은 1불짜리 커피를 마시며 이 시시한 도시의 거리들을 산책하는 것을 좋아하니까요."

"5번가에서 시시한 미녀들이 당신에게 말을 건다 하여도 절대 대답하지 마시오. 그들은 당신의 재능을 노리고 있으니까."

"물론이죠. 나는 지금의 나 자신에 정착하고 싶으니까요. 어느 정도 안정된 시시한 사람⋯⋯. 부와 명예와 성공이 나의 이러한 안정성을 파괴하는 것을 절대 원하지 않아요."

"당신이야말로 나의 시시한 아파트에 어울리는 입주자요. 그럼 이만 나는 짐을 들고 남국의 낙원으로 날아가겠소. 떠나기도 전에 당신의 그 시시한 무료함이 부러워지는군."

"미안하지만, 그런 낙을 즐길 수 있는 사람은 세상에 얼마 안 되는 법이지요. 그러면, 즐길 수 있을때까지 햇살을 즐기시기를. 나는 가을의 시 시함으로 들어가겠어요."

"그럼, 안녕. 시시한 사람."

"안녕, 야심찬 머저리."

그렇게 나는 미스터 듀플렉스의 아파트에 입주하게 되었다.

나는 그 아파트에서 12곡의 시시한 노래들을 작곡해서 그 이듬해 여름, '밤의 중얼거림'이라는 앨범을 발간하기에 이르렀다.그리고 나의 앨범은 미스터 듀플렉스의 앨범과 같은 운명을 걸었다.

'시시캣' 클럽에서 200여장이 팔리었고, 200장 째 앨범을 산 히피소녀와 사랑에 빠져 나는 영원히 시시한 삶의 평화를 잃어버렸다. 나는 사랑의 환각 속에서 지루했던 지난날들을 그리워한다. 나는 시시한 당신들을 미칠 듯이 질투한다.

할렘의 피아니스트

자, 그럼 이제 제게 할렘의 피아니스트에 관한 이야기를 할 기회를 주십시오. 저는 이것을 실제로 목격했습니다. 1960년의 할렘. 차이나 극장 옆의 낡은 이탈리아 식당이었지요. 주인은 유쾌한 시칠리 인이었는데 이탈리아 가정식 요리가 일품인 곳이었습니다. 나는 종종 그곳에서 점심을 해결했지요. 동네사람들에게 인기가 있었으나 소박한 그곳에는 구석 곁에 낡은 피아노도 하나 마련되어 있었답니다. 보통 때는 먼지를 덮어쓰고 있는 그 피아노에 어떤 사건이 생긴 것은 비가 몹시 내리던 어느 오후였습니다.

한 사내가 코트에 빗방울을 흘린 채 그곳으로 들어왔지요. 추운 한기를 벗어나기 위해 그는 포도주를 한 잔 시키고 거기에 빵을 적셔 먹었습니다. 그는 정찬을 먹기에는 너무 가난한 것 같았지요. 무뚝뚝한 표정에 손마디가 굵은 40대 중반으로 보이는 그 사내는 러시아인 같기도 하고 폴란드 계 유태인 같기도 했습니다. 주인이 뭐라고 하자 사내는 내키지 않는 걸음으로 그 피아노 앞으로 다가갔습니다. 그리고는 내키지 않는 손길로 피아노 뚜껑을 열더군요. 나는 스프를 마시며 그 광경을 흘끗 보았는데 그가 조율사인 줄로만 알았지요. 그런데 그가 격정에 찬 손길로 피아노 건반을 내리쳤습니다.

그가 그날 무엇을 연주했는지 아십니까? 리스트였습니다. 현란한 기교와 열정이 없으면 연주가 불가능했던 그 화려하고 위풍당당한 리스트의 피아노 협주곡이었지요. 나는 단박에 그가 일류임을 알아보았지요. 그의 연주는 정확할 뿐만 아니라 불길이 타오르는 것 같았지요. 나는 그가 탁자 앞에서와 마찬가지로 피아노 앞에서도 건실하고 냉철한 사내임을 알았지요. 그 냉철함만이 마음 깊은 곳의 불꽃을 계속 타오르게 보전할 수 있을 테니까요. 그는 휘몰아치듯 연주를 마치고 나서 주인과 객담을 나누고는 따뜻한 음식을 포장해서 밖으로 나갔습니다.

물론 이건 제가 꾸며낸 이야기이죠. 좀 더 꾸며볼까요? 그때 식당에서 식사를 하고 있었던 사람인 나는 실은 음반 프로듀서였고, 그의 주소를 식당주인에게 수소문해서 그의 집에 찾아가게 되었습니다. 제 짐작대로 그는 히틀러의 탄압을 피해 미국으로 건너온 폴란드 계 유태인이었습니다. 고향에서는 이름난 음악가였다고 하더군요. 하지만 이곳에서는 법률회사 서기관으로 평범한 일상을 살아가고 있었습니다. 할렘가의 허름한 아파트에는 세 번째 아이를 임신하고 있는 지친 부인과 이상하리만큼 활기가 없어 보이는 계집아이 둘이 있더군요. 그 애들은 마치 쌍둥이처럼 보였습니다. 깡마르고, 선병질적인 예민한 여자아이들. 왠지 나는 무덤 속을 걸어 들어간 느낌이었습니다. 식탁의 음식도 지나칠 만큼 간

소해서 그들은 전시에 익숙한 생활에서 아직 벗어나지 못한 것 같았지요. 그런 궁핍한 형편에 저의 음반 제안은 커다란 행운이었겠지요. 하지만 그는 그다지 기뻐하지 않는 것 같았습니다. 그도 그럴 것이 그의 비좁은 집안에는 피아노가 없더군요. 나는 그가 아직도 음악에 대한 감각을 유지하고 있을지 적이 의심이 되었습니다. 혹시 내가 예상치 않은 장소에서 예상치 않은 연주를 들어 고무된 것은 아닐가 하는 생각도 들었지요. 그래서 그에게 시간이 나면 스튜디오에 들르라고 언질을 주었습니다. 2주 후에 그는 주뼛거리며 무언가를 팔러온 외판원처럼 저의 스튜디오에 들렀지요. 난 그와 음악에 관한 이야기를 나누었습니다. 그는 레퍼토리가 다양했지만 특히 라흐마니노프와 리스트, 브람스 같은 낭만파 음악에 일가견이 있는 것 같더군요. 게다가 그의 연주는 열정적이었지만 또한 무척 섬세하고 서정적이었습니다. 나는 그와 음반 계약을 체결했고, 그에게 다운타운에 있는 나의 연습실을 빌려주었지요. 녹음은 일사천리로 진행되었습니다. 그럼에도 불구하고 흠을 잡아볼 수 없을 만큼 정확하고 울림이 깊었지요. 그때 나는 그에게 2만 불 정도를 지급했을 것입니다. 그리고 물론 연주회도 제안했지요. 3년 안에 그가 카네기홀에 입성하리라는 것을 장담할 수 있었습니다. 비록 나이는 중년에 가까웠지만, 그의 연주에는 미국인들이 할 수 없는 어떤 유럽적인 전통이 느껴졌기 때문이었죠. 그런 연주를 기다리는 관객들이 분명히 있습니다. 게다가 그는 천재였으니까요. 무엇이든 가능할 것이었습니다. 그가 나의 제안에 따르기만 한다면, 나는 그를 프로모션할 모든 준비가 되어있었지요. 나는 예전에도 그런 식으로 어떤 여자 바이올리니스트를 키운 적이 있었답니다. 그녀는 내 아내가 되었다가 떠나버리긴 했지만, 우리는 멋진 시간들을 공유했지요. 그러나 그것이 그와 나의 마지막이었습니다. 그는 녹음을 마친 후, 할렘 가에서 사라져버렸으니까요. 나는 한동안 이유를 알지 못했습니다. 그러다가 몇 년 후 우리 집으로 제 친구가 방문했지요. 그도 폴란드인이었고, 미국으로 이주한 물리학 교수였습니다. 그는 물리학자였지만 또한 뛰어난 아마추어 피아니스트였지요. 우리가 이런 저런 이야기를 나누던 중에 음반 이야기가 나왔고, 나는 그와 동향 이였던 그 할렘의 피아니스트의 음반을 그에게 들려주었습니다. 그는 깊이 감명 받은 듯 했지요. 그리고 그 이름을 확인하고는 더욱 더 놀라워했습니다. 그 친구는 폴란드에서 그의 마지막 연주회에 가본 적이 있다고 하더군요. 그는 바흐의 곡을 연주하다가 중간에 일어나서 연주회장을 나가버렸습니다. 청중들은 당황하다 못해 화가 났고, 주최 측은 그 사건을 무마하느라 힘들었다고 하더군요. 그가 25살 때의 일이었습니다. 그리고 그 후로 그는 종적을 감춰버렸습니다.

하지만 그전까지의 그의 연주가 워낙 뛰어났고 훌륭했기 때문에 그것은 일종의 전설이 되어버렸지요.

"아마 이 음반이 그가 남긴 처음이자 마지막 음반일걸세."

나는 내 친구에게 그 음반을 선물했지요. 음반은 평이 좋았습니다. 하지만 그 이상 이어지지는 못했지요. 우리는 연주자를 잃어버렸으니까요. 가끔 나는 그 비오는 날, 할렘의 식당에 간 것이 우연이었을까 필연이었을까를 생각해봅니다. 나는 무언가가 그날 오후 나를 그곳으로 이끌었다고 믿습니다. 그리고 또 그 무언가가 그를 그날 오후 그곳으로 이끌었으며, 또한 식당주인인 주제페 역시 그에게 피아노를 한번 쳐보라고 한 것이 우연은 아니었을 것 같습니다. 그런데 가장 의문스러운 것은, 그때 왜 그가 한낱 허름한 식당 주인의 청에 못 이겨 리스트를 그토록 열정적으로 연주했을까 하는 것입니다. 그것은 청중을 의식한 연주가 아니었습니다. 그랬더라면 좀 더 부드러운 레퍼토리를 골랐을 테지요. 그 곡은 그의 영혼을 위한 것이었습니다. 격정적이고 열렬한 어떤 불꽃. 나는 그것이 타올랐다가 갑자기 사라져버린 것을 목격했습니다. 그리고 한편, 그가 바흐를 연주하던 도중 조용히 일어나 자리를 떠났다는 에피소드를 조금은 이해할 것 같았습니다. 그는 무언가를 두려워하고 있는 것 같았습니다. 그것을 광기라고 부를 수 있을까요? 아니요, 그것은 아마 이곳을 영원히 떠나고 싶게 만드는 어떤 영광의 불꽃이었을 것입니다. 그는 그것과 행복하게 조우하지 못한 것 같았습니다.

살롱의 시인

할렘의 피아니스트에 이어서 프랑스 귀부인의 살롱에 자주 출입했던 한 시인의 이야기를 해 드리죠. 그 귀부인은 부유하고, 학식이 뛰어났으며, 음악과 문학과 역사에 정통했고, 대화술과 재치도 뛰어났지요. 무엇보다 세련된 감식안으로 누가 차세대의 음악가일지, 문필가일지, 화가일지를 감별하는 선구안이 있었답니다. 게다가 뛰어난 미모는 아니었지만 개성적인 매력이 있었죠. 살롱에 출입하는 사람들은 그 귀부인을 존경했고, 그 중의 몇은 연모의 감정에 시달리기도 했답니다. 그 무리 중에 이 시인이 끼여 있었죠.

그는 삶의 커다란 기쁨과 커다란 슬픔을 영원한 외로움의 핑계로 삼아 그의 시에 쏟아 붓고 있었죠. 사람들은 그의 시가 과장되어 있다고 했지만 그 누구도 하지 못했던 방식으로 단어들을 선택하여 감정을 표현하고 있는 비의에 가닿은 그의 언어를 읽으면 그를 사랑하지 않을 수 없었답니다. 그 귀부인도 그의 새로 나온 시집을 읽었지요. 그리고 곧 그 시의 모델인 연모하는 여인이 자신임을 알아챘지요. 그 귀부인은 시인의 시선에 닿아 새로이 발견된 자신의 모습에 경탄했으며 창조자인 그의 사랑을 열렬히 희구하게 되었죠. 그래서 그 즉시 고심에 고심을 거듭하여 우아한 구애의 편지를 쓰게 되었답니다. 그런데 그 편지를 받은 시인이 어떻게 행동했는지 아십니까?

어떻게 했는데요?

그는 그 편지를 받은 즉시 그 귀부인의 살롱에서 종적을 감춰버렸지요.

그는 그 귀부인의 사랑을 원하지 않았던 모양이군요.

아니요, 그는 그 사랑을 원했지요. 단 그의 마음 안에서 꺼지지 않는 불길로…… 실은 그 귀부인은 그의 뮤즈였답니다. 뮤즈는 뼈와 살을 가져서는 안 되지요. 바람처럼, 공기처럼, 가벼이 날아왔다가 날아가야 하니까요. 다만 그 숨결만이 쉬지 않고 청신한 기운을 시와 음악과 그림에 불어넣어주어야 한답니다. 그는 그 비밀을 알기에 떠났지요. 그러나 그의 가슴에 남은 사랑의 흔적은 세월이 흘러도 여전한 회환의 고통으로 남았다는 것을 고백해야겠군요.

믿을 수 없군요. 제게는 다소 비겁해 보이는 행동입니다.

cities all the

that falls your wax

is a deeper world than

you don't understand

is a deeper world tha

at your hand

on the

그는 일상의 언어로 그 신비가 깨뜨려지는 것을 원하지 않았지요. 또 그는 사랑의 유희로 그의 사랑이 망쳐지는 것을 두려워했습니다. 그렇습니다. 그는 그 재기 넘치지만 경솔한 귀부인의 손에 그의 사랑을 쥐어주기가 두려웠던 것입니다. 그 사랑은 온전히 그의 것이었으니까요.

그 귀부인은 어떻게 되었을까요?

그녀가 그런 편지를 무수히 썼다고 생각되지 않습니까. 그림과 시와 노래가 불러일으키는 사랑의 감정, 그 파고를 그녀가 즐겼다고 생각되지 않습니까? 그녀의 살롱에서 예술가들을 후원하며 자신의 재력과 매력을 한껏 발휘하여 그녀 자신을 불멸의 연인으로 남길 계획에 착수하지 않았을 것이라고 누가 장담할 수 있습니까. 그리고 또 누가 그것을 비난할 수 있을까요? 그래서 우리는 지금 이 오래된 시가를 통해 그녀와 그녀의 연인의 이야기를 알게 되었으니까요

모든 것이 감정의 드라마이군요.

아니요, 모든 것이 드라마의 감정입니다. 그들이 모두 당대의 일류재사들이었다는 것을 명심하십시오. 그들은 사랑이라는 감정을 연인과 세계에 품고 있었지만, 그 무엇보다 자신의 시와 노래와 그림에 대한 강렬한 열정과 훈련이 있었던 예술가들이었습니다. 그리고 그들의 작품이 거리의 연인들의 입에서 흘러나오고 상처받은 한 영혼의 치유에 쓰여졌다

면 그들의 사명은 보상받은 것이 되겠지요. 그는 그 피를 확인했고 그것으로 구원받았습니다. 짐작하셨겠지만, 그 시인은 평생 독신으로 살았지요. 그는 처음부터 그런 운명을 선택했다고 생각되지 않습니까? 그리하여 그의 시에는 현실을 벗어난 영롱함이 깃들여있지요.

그래서 그것이 결점으로 작용하지 않습니까?

모든 영혼은 그만의 지문이 있답니다. 그의 지문이 그러했던 것이지요. 그것이 지워지면 그것으로 끝장입니다. 삶은 풍요로워질 테지만, 그의 시의 신비는 사라지는 것이지요. 나는 그가 행복을 거부했다고 생각됩니다. 그는 영원한 슬픔에 잠기기를 원했기에 거기에서 자신의 은신처를 발견했지요. 이상한 이야기이지요? 그러나 이것은 진실이랍니다.

보통 작가들은 자신을 분화시키지요. 당신은 누구입니까.

저는 귀부인의 펜 끝이고, 또한 시인의 펜 끝이지요.

칩거

한번은 차를 타고 거리를 지나가는데 말이지 어떤 남자가 검은 식료품 봉지를 들고 걸어가는 것을 보았지. 별로 잘사는 동네도 아니고 어쩌면 우범지대일지도 모르는 그 변두리의 빈민가에서 그 남자는 오늘 저녁 어떤 음식을 해 먹을까. 아마도 그 남자는 혼자 살고 있겠지. 집에 들어가면 애완동물도 없을거야. 식사도 그냥 슈퍼에서 사와서 렌지에 데워먹는 뭐 그런거나 먹고 살겠지. 직업은 뭘까? 직업도 뭐 별거 없을 거야. 그냥 나인 투 파이브. 적당히 노동력을 제공해주고, 월급 받아먹고 사는……. 그러니까 이 남자는 일상에 있어서는 자신의 정열을 도무지 펼 데가 없는 남자지. 그런데 이 남자는 굉장히 똑똑한 남자거든. 그렇게 똑똑한 남자가 왜 그런 빈민가에서 별다른 직업도 없이 친구도 없이 사는지 모르겠지만……하여튼 이 남자는 똑똑해. 그래서 이 남자는 그 작은 방안에서 로마시대를 배경으로 하는 아주 스펙터클한 역사소설을 하나 쓰고 있지. 집필한지는 아마 5년즈음 되었는데 아직 끝이 안 났어.

무척 많이 썼어. 한 천페이지는 될 거야. 그런데 아직 끝이 안 났어.

　이 남자가 소설을 쓰고 있다는 것을 아는 사람은 아무도 없어. 아마 그 동네 도서관 사서 아줌마나 알고 있을까. 이 남자는 그러니까 로마 시대에 관한 역사서란 역사서는 다 빌려본 독자거든. 왜 그토록 로마시대에 관심이 있냐고 물어보니까 그가 대답하기를 가장 완벽했으나 또한 가장 완벽하게 몰락한 시대라고 뭐 그런 소리를 주절거리지. 그때 사서는 이 가망성 없어 보이는 사내의 눈에서 이상한 섬광이 번쩍이는 것을 목격하지. 그래서 그녀는 눈치 챘을 거야. 이 남자……뭔가 대단한 일을 벌이고 있다고……. 그런데 그게 뭔지는 모르겠지. 그래, 뭔가 글을 끼적거리는 것 같기도 하고……. 남자는 오늘도 도서관에서 엄청난 책들을 빌려서 와. 천년도 넘은 고대의 고문서와도 같은 책들을…… 그리고 그것에서 위안을 발견하지. 일터에서 그는 일처리 잘 못하는 머저리라고 상사에게 까이고, 소개받아서 나간 데이트 자리에서는 무식하지만 예쁜 계집애들이 옷 못 입고 센스 없고 웃기지 않는다고 퇴짜를 놓지. 하지만 그의 진짜 삶은 거기에 있지 않았어. 그의 머리 안에서 얼마나 장엄하고 방대하며 위대한 상상이 자라고 있는지는 아무도 모르고 있었지. 그는 앞으로 몇 년간 더 그 책을 써야 할런지도 몰라. 어쩌면 평생이 걸릴지도 모르겠지. 하지만 난 그가 38정도 되었을 때 그 책을 다 쓰기를 바래. 그러니까 그 일은 정확히 10년 걸린 거야. 그가 28살 때 그는 이 빈민가로 흘러들어왔고, 어느 시시한 작업장에서 어느 시시한 직업을 하나 잡았지. 그리고는 도서관으로 가서 로마시대에 관한 역사서를 빌려왔어. 물론 그는 그전에 대학에서 로마사에 대해 제대로 된 식견을 갖추었지.

그는 미래를 보장받는 학자였어. 그러나 무언가가 그를 이 빈민가에 유폐시키기로 결정했지. 그게 그 자신이었는지 아니면 비행기 사고로 죽은 부모 때문이었는지, 절친한 친구와 결혼한 전 여자친구 때문이었는지, 아니면 그를 성추행하려던 지도교수 때문이었는지는 모르겠지만....... 어쨌든 그는 자신의 삶을 남들이 생각하는 것과는 완전히 다른 방향으로, 그러니까 발전적인 방향이 아니라 오히려 퇴보시키고 유예시키는 방향으로 바꾸기로 결심했어. 그런 그가 처음 이 빈민가로 들어왔을 때, 그는 이곳에 어울리는 사람은 아니었어. 그러나 시간이 지나면서 마치 동물들이 보호색을 띠듯이, 그는 이 거리에 어울리는 시시한 남자가 되어갔지. 그는 삶을 연기하면서 한편으로는 방대한 상상을 펴나가고 있었는데, 그는 똑똑한 남자였으니까 그러한 빈민가의 거리가 환상을 고착시키는 데에 더없이 적당한 환경이었음을 알고 있었는지도 몰라. 어쨌든, 그는 그곳에서 10년을 친구도 없이, 애인도 없이, 별다른 낙도 없이 보냈지.

그러던 어느날, 그는 이천페이지가 넘는 원고를 출판사로 보냈어. 그것은 일종의 사건이었지. 그 누구도 그토록 완벽한 역사적 고증을 토대로, 그토록 뛰어난 지성과 그토록 유려한 감성으로 로마사를 써낼 수는 없었을 테니까 말이지. 물론 출판사에서는 바로 계약을 하자고 했겠지. 그리고 그 남자는 빈민가의 삶을 청산했어. 그의 배경을 좀 설명하자면, 그는 유복한 집안의 장자로, 유산 상속인이기도 했지. 그러니까 그는 소설을 완고한 후, 다시 그의 삶으로 복귀했어. 그는 성공을 위해 그 소설을 쓴 것이 아니라, 삶을 더 알아내기 위해 그것을 썼지.

뭐, 그런 생각이 들더군. 어느 가난한 거리를 검은 비닐봉지를 들고 걸고 있는 창백한 한 남자를 보고...... 사람들은 아마 누구도 저 사람이 얼마나 대단한 사람인지 알지 못하겠지? 실은 저 사람은 말이지, 로마시대를 배경으로 대하드라마를 쓰기위해 자신의 삶을 유폐시키고 있는 사람이야. 칩거...칩거... 칩거... 칩거...... 행복하다면 햇살 아래로 나가서 뛰어놀겠지. 하지만 의도적으로 칩거해서 자신을 학문의 세계에 유폐시키고 있는 사람은 뭐랄까, 또 다른 지복의 상태를 알고 있는 사람들일지도 몰라. 때로는 행복보다 고독과 불행이 인간에게 더 많은 생산의 에너지를 주는 것은 사실이지. 왜냐하면 창조란 일종의 보상이기도 하거든. 모든 건설은 또한 모든 폐허에서 시작되니까 말이지. 그는 아마 그것을 알고 있었나보지. 그래서 화려한 서재가 갖추어진 그의 집을 포기하고, 그의 이름에서 귀족의 체취가 풍기는 성을 지우고, 빈민가에서 평범한 것보다 훨씬 못한 익명의 사내로 살기를 고집했는지도 몰라.

그는 또 그것을 알고 있었나봐. 모든 위대한 작품은 실은 위대한 모험의 소산이었다는 것. 그것이 삶의 모험이 되었든, 이국에의 탐험이 되었든, 아니면 어떤 지적인 편력이 되었든 간에, 그 정도의 모험을 동반하지 않고는 절대 쓰여질 수 없는 것들, 절대 만들어질 수 없는 것들이 있지. 그리고 사람들은 그런 것들을 향유하고 싶어 하거든. 보편적인 인간이란 평범한 삶에서도 극한의 체험을 추구하고 있기 때문이지. 그것이 인식의 지평을 넓혀줌을 알기 때문이야.

창조란 정말 질척거리는 작업이지. 진창에 처박히고, 인생의 기회를 잃어가면서 무언가에 매달리고, 그러면서도 자신의 자질이 살아있는 동안 일정한 수준에 도달할 수 있을까 하는 절망과 불안감에 시달리면서 끊임없이 자신의 한계와 직면하게 되니까. 보상을 기대한다는 것은 그 다음의 일이고, 자신이 살아있는 동안 원하는 작품을 남길수 있을까하는 불안감부터 해결해야하겠지. 아마도 그 사내는 그런 불안감 때문에 빈민가에 흘러들어왔는지도 모르겠군.

　지금도 어딘가를 여행하게 되면 내 마음을 사로잡는 사람들은 그렇게 뭔가 위태위태하게 보이는 사람들이야. 자꾸 말이 길어지지만 말이지, 난 이런 조용한 남자들, 조용한 여자들에게 관심이 가더란 말이지. 가슴 깊은 곳에서 꺼지지 않는 불꽃을 품고 있는 유폐된 사람들. 그가 이천페이지가 넘는 소설을 쓰고 있든, 라흐마니노프를 완벽하게 연주하건, 혹은 러시아 쇠고기 스튜를 기가 막히게 끓여 내건 말이지. 평범해 보이는 외피 속에 숨어있는 그들의 비범함. 육체의 눈을 뚫고 드러나는 정신의 찬연함.

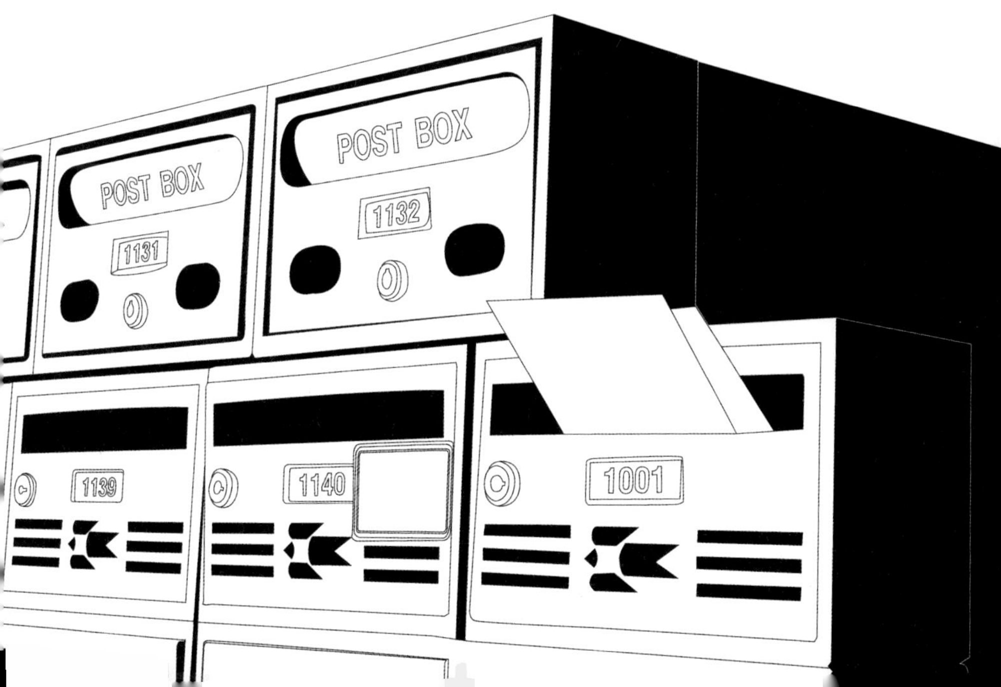

음반 컬렉터의 세계

그는 펼쳐진 책과 같았다. 매 챕터마다 흥미로운 정보를 담고 있었다. 그러한 책을 읽고 있노라면 새로운 길을 발견하고, 영감으로 가득차게 되는 것이다. 그들은 대화를 즐기며, 자신의 취향을 열정적으로 드러낸다. 박식하고 호불호가 확고한 그들은 대부분 세련된 감식자이다. 그러나 그들을 좋은 소비자로만 분류하기에는 아쉬운 느낌이 든다. 그들은 직접 무언가를 만들어내지는 않지만 기존의 창작물을 소화하여 새롭게 변용하는 디제이와 같기 때문이다.

고시공부 때려치고, 음악만 듣겠다고 결심했죠. 그래서 뭐 이것 저것 들었는데……좋아하는 음악이라……그런거 참, 대답하기 곤란한데, 존 케이지라고 알아요? 백남준 선생이 자기 친구라고 했는데, 실은 백남준의 길을 열어준 스승이라고도 할 수 있죠. 그 사람의 음악은 음악의 개념 자체를 변화시켰으니까요. 그 사람 음악을 다시 재해석해서 하고 있는 독일 뮤지션이 있어요. 뭐, 그런 사람 음악......쉰베르크의 달에 홀린 피에로도 좋아하고, 그러니까 말하자면 현대음악을 즐겨 듣고 있습니다. 하지만 뭐 그것만 듣는 것은 아니고 이것 저것 다 듣고 있다고 봐야 겠지요.

대구가 문화도시 라구요? 뭐 그런 측면이 있기도 하죠. 거기 있을때 저는 어떤 음반가게 죽돌이였죠. 거기 또 하나 죽돌이가 소설가 장모 씨죠.......아, 대구 교보문고 있죠? 그 소설가가 최고 고객입니다. 일년에 삼천만원어치는 사니까요. 그런데 난 일년에 1,2억원어치 음반을 사들 였어요. 그때 음반 딜러를 했거든요. 한국에서 나오는 음반을 사서 외 국에 되파는 것이죠. 가요도 있지만, 라이센스 음반도 있습니다. 실은 그 일을 하면서 음반 컬렉터의 세계에 대해 좀 알게 되었어요. 일본의 어떤 사람은 비틀즈 음반을 6천장 가지고 있어요. 어떻게 비틀즈 음반 을 6천장 가질 수 있냐구요? 그러니까 전세계에서 발매되는 비틀즈 음 반을 다 가지고 있게 되는거죠. 예를 들어 생텍쥐베리가 쓴 어린왕자라 는 소설을 프랑스어판, 이탈리아어판, 러시아어판, 중국어판, 한국어어 판 등등으로 수집하는 것 처럼요. 그런데 한국에서 발매된 비틀즈 음 반이 아주 인기가 있어요. 비틀즈 음반 중에 서전 페퍼 앤 론리 하트 클럽 밴드라는 게 있잖아요. 그런데 한국 발매본은 표지가 다르거든 요. 거기 앨범 표지에 보면 비틀즈 뒤에 세계 유명 위인들이 쭉 있잖아 요. 마릴린 몬로도 있고, 그런데 그중에 칼 마르크스와 레닌 얼굴이 떡 하니 있다 그 말입니다. 그래서 한국 발매 앨범 표지에는 그런 위인들이 다 지워지고 프론트맨인 비틀즈 네명만 나와있지요. 외국애들은 그런거 보면 정말 신기해하거든요. 곡도 세곡 정도 빠져있고. 그런 앨범을 한국에서 도매가로 삼천원정도에 매입해서 해외에 200불에 되파는거죠. 그러니 차익이 상당하죠. 산울림도 꽤 인기가 있는 편이에요. 외국애들이 듣기에는 가라지 싸이키델릭 락이거든요. 내 마음에 주단을 깔고.....뭐 이런 거 들으면 걔들 무지 좋아하죠. 새로운 사운드라고......신중현 1집도 꽤 값이 나가는 음반이에요. 하지만 가장 귀한 건 서유석씨가 부른 진도낭군이라는 노래에요. 그게 밥 딜런 따라한 건데, 당시에 밥 딜런이 미국 포크 락을 하면서 그 뿌리가 되는 미국 민요를 채집하고 다녔거든요. 그래서 서유석씨도 그런 음악 활동의 일환으로 채집한 것이 진도낭군이에요. 그건 제가 빽판으로 가지고 있습니다. 상태도 민트죠. 아, 민트라는 것은 최상의 음반 상태라는 것이에요. 보통 민트, 엑셀런트, 페어.......뭐 이렇게 나가죠.

요즘은 음반 수집이 좀 시들해졌어요. 내가 사우디 아라비아 왕자가 아닌 다음에야, 진정한 음반 컬렉터는 되지 못하겠다는 것을 알게 되었다고나 할까요. 실은, 이베이에서 비틀즈 화이트 앨범 경매가 있었거든요. 이게 얼마나 좋은 것이냐 하면......아, 화이트 앨범 아시죠? 비틀즈가 최초로 일련번호를 찍은 그 앨범이 나온 겁니다. 보통 단단위로 경매되는데, 6번째로 찍힌 앨범이 나온거에요. 6쇄가 아니라, 공장에서 진짜 6번째로 찍힌 앨범이요. 그것을 비틀즈 경호원 중에 한명이 가지고 있었는데, 그 후손이 경매에 내어놓았나봐요. 그때 제가 2천불을 써냈

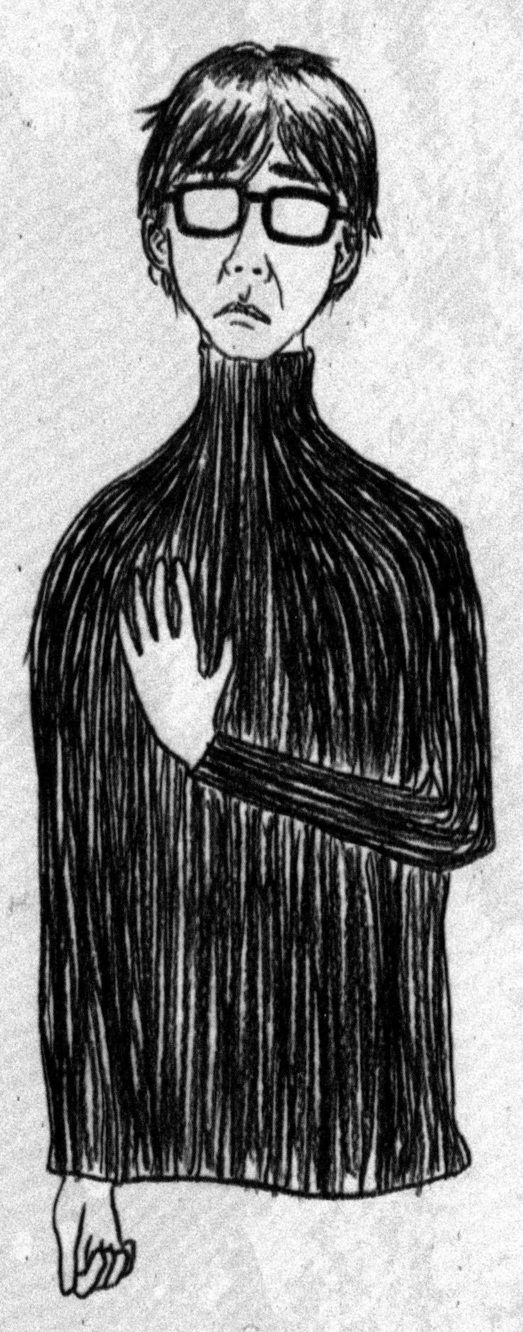

거든요. 그런데 그게 얼마에 낙찰되었는지 아십니까? 40만 불! 4억에 팔 렸답니다. 아이디를 보니 카사피라고 중동계 사람이더군요. 진짜 왕자 인지는 모르겠지만, 정원에서 석유 정도는 나오는 사람인가 보죠. 그때 알았죠. 내가 기껏 모아봤자 한계가 있다는 것을요. 그래서 욕심을 버 렸어요.

눈이 내리는 소리

그녀는 작고, 연약하고, 마른 편이었다. 얼굴에는 부드러운 미소와 단호한 표정이 교차되었는데, 나는 그 두 개가 그녀의 음악처럼 하나의 얼굴이라는 것을 알 수 있었다. 영민하고, 용감하고, 재능이 넘치는 그녀는 솔직하며 자기분석적이기까지 했다. 게다가 함께 대화하고 있으면 즐거웠고, 자신의 불행이나 고통을 재치있는 유머로 감싸는 여유마저 보여주었다. 그녀의 삶은 일관성이 없이 변화무쌍했고 그녀가 선택하는 경험이라는 것이 제대로 잘 고려된 생각에서 겪은 것들은 아니었지만, 그녀는 몸 전체로, 생애 전체로, 자신의 지성과 마음을 믿고 삶을 돌파해나가고 있었다.

밴드를 시작하게 된 것은 고등학교 때였어요. 그때 아는 오빠가 있었는데, 밴드에 있었거든요. 대학생이었는데 나를 이쁘게 봤는지 보칼로 활동하게 해 주었어요. 그때 집에 70년대 락 레코드들이 많았어요. 비틀즈, 롤링 스톤즈, 레드 제플린, 딥 퍼플......그런 음악들이 제게 익숙했어요. 모두 아버지가 모아둔 것들이죠. 아버지도 한때 음악을 하셨거든요. 지금은 어느 대기업 중역이에요. 같이 안 산지는 꽤 되었구요. 아버지와 떨어져 산지가 10년 정도 되었는데 그동안 열 번 정도 만났을거에요. 내가 음악을 한다고 했더니 아버지가 욕을 퍼부으시더라구요. 지금은 좀 이해를 하셨는지 예전에 쓰던 앰프가 있는데 필요하냐고 물어보시기도 하세요. 하지만 여전히 아버지는 이해가 안가는 면이 있어요. 전형적인 서울대 바보라고나 할까. 능력있는 엔지니어지만 무언가가 결여되어 있어요. 감정콘트롤도 잘 안되어서 다혈질이시구요. 제가 싸우면 싸울수록 냉정해지는 스타일이거든요. 그건 아마 어렸을 때부터 싸움을 보고 자라서 자기 감정을 드러내는 것이 얼마나 무서운지 알게 되었기 때문일 거에요. 가끔 자기 맘대로 화내고 우는 애들을 보면, 속으로 생각해요. 넌 참 어려움없이 행복하고 편하게 자랐구나......하하......정말 그런 것 같아요.

원래 부산에 살았는데, 엄마가 납득할만한 대학과 과에 들어간다면 서울로 보내주겠다고 하시더라구요. 그래서 고등학교 막바지에 공부에 투자를 했죠. 엄마는 내가 합격한 대학과 과가 납득할만하다고 생각하셨고, 또 아버지 직장에서 자녀 대학등록금이 무상으로 지원되었거든요. 그래서 서울 생활이 시작되었던 거죠. 하지만 솔직히 대학 자체에는 관심이 없었고, 제가 원하는 것들을 하고 다녔어요. 아르바이트도 하고, 내가 하고 싶은 공부도 하고, 공연도 보러 다니고, 연애도 하고, 그러다가 3학기가 지났는데, 학고를 맞았어요. 그래서 1년간 쉬게 되었지요. 그러던 도중에 연애에 빠져서 그 남자애가 일본에 간다고 해서 그 애를 따라갔어요. 결국 2년 정도 지난 다음에 엄청 싸우고 헤어졌지만……그 시간들이 좋았어요. 삿포로 아세요? 눈이 아주 많이 내리는 고장이죠. 그곳 사람들은 눈을 저주해요. 하하하……그리고 봄이 오면 들판에서 온갖 꽃과 식물들이 미친듯이 자라나기 시작하죠. 아주 빠르게, 이 따뜻한 기회를 놓칠수 없다는 듯이요. 그리고 선선한 여름이 시작되어요.

저는 거기서 아르바이트를 했어요. 조그만 식당에서 일했죠. 언어가 서툴러서 왕따를 당하기도 하고, 20킬로가 넘는 포대자루를 옮기기도 했어요. 힘들었지만 제가 무엇을 할 수 있는지 해봤던 시기였던 것 같아요. 제가 20킬로가 되는 포대자루를 옮길 수 있다는 것은 정말 몰랐거든요. 음악은 잘 모르겠어요. 연주하고 작곡하기보다는 여러 가지 음악을 편견없이 편하게 들었던 것 같아요. 빚진 거 다 갚고, 그렇게 2년 보내고 나서 일본을 떠나려고 비행기를 탔는데 그때 그 생각이 든 거에요. 앞으로는 음악을 해야겠구나.

맞아요, 직관이란 여러 가지 정보와 경험이 차곡차곡 모여있다가 터지는 것이거든요. 보통 생활할 때도, 무의식은 자기대로 활발하게 활동하는 것 같아요. 노래 하나 만드는데 한 두시간 정도 걸려요. 전 발상이 떠오르면 바로 작업해서 완성하는 스타일이거든요. 그렇다고 뭐 하루에 몇곡씩 쏟아져나오는 천재라기 보다는 오랫동안의 경험이 쌓이고 쌓여서 어느 순간 발화되는 것이겠죠. 그 순간을 놓치지 않으려고 해요. 음악을 체계적으로 배우지는 못했어요. 하지만 음악공부를 하기 위해 학교에 가야한다고는 생각하지 않아요. 형식적인 것은 독학으로 어느정도 가능하다고 보거든요. 예술에도 여러 종류가 있잖아요. 만약 지구의 중력같은 것이 있다면, 저는 그 중력에 완전히 빠져들어서 발이 진창이 될 때까지 경험하고 싶어요. 그리고 그런 노래들을 부르고 싶구요. 아름다운 미사어구나 잘 조합된 멜로디보다 기름기를 모두 뺀 솔직하고 바닥을 치는 그런 노래들을 만들고 싶어요. 처음에는 괴기스럽고 뭐 저런 거친 노래가 있어 하다가, 듣다보면 아름다운 멜로디가 흘러나오는 그런 음악요. 사람들을 속이고 싶지 않아요. 하지만 사람들이 저의 음악에서 무언가를 발견했으면 좋겠어요. 하하......연애랑 비슷하네요. 처음엔 가장 못난 부분을 보여주다가 그것을 참을 수 있으면, 저의 최상의 모습을 보여주는 거에요.

제가 지금의 음악을 찾기까지는 10년 정도 걸린 것 같아요.

눈이 내리는 소리가 들리세요?

그것이 제 레이블의 이름이에요.

노래

나는 오늘 가장 아름다운 선율로 노래 부를 수 있으니
그것은 마음의 시

나는 오늘 가장 아름다운 미소를 지을 수 있으니
그것은 영혼의 기쁨

나는 오늘 가장 아름다운 노래를 들을 수 있으니
그것은 환타지아 바다의 뮤즈들

나는 오늘 가장 아름다운 고통을 느꼈으니
그것은 다시 대양의 바람 속에 묻히리

나는 오늘 가장 아름다운 사람을 만났으니
오래전부터 숲 속 깊이 살고 있었던 자작나무
그것은 바로 천개의 당신이였다네

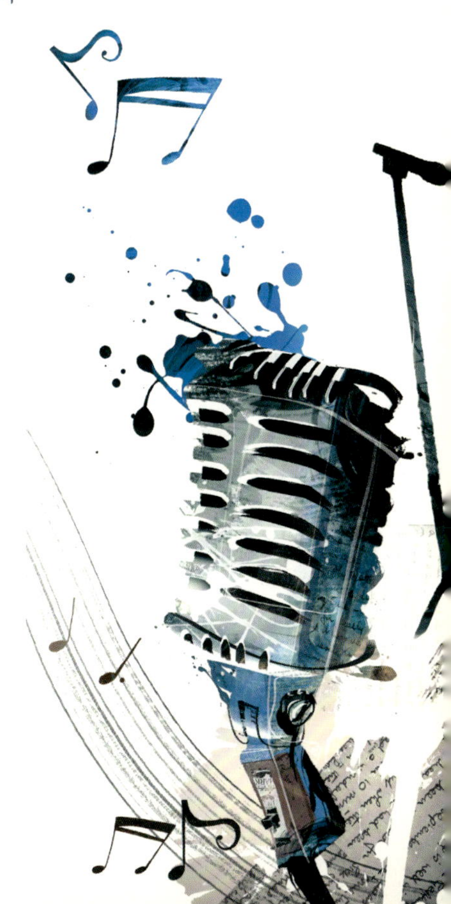

장정혜

홍익대에서 건축을 전공했고, 영화 아카데미에서 영화연출을 공부했다
단편영화및 뮤직비디오를 만들었으며,
프론트 라인 픽쳐스에서 영화기획부 차장으로 근무했고
현재 인도 로케이션의 영화 '버드랜드'를 진행중이다.
건축, 문학, 영화, 연극및 공연예술등 상상력과 비젼의 융합에 관심이 있다.
저서로는 인도, 티벳 기행문 '길위에서 만나다'가 있다

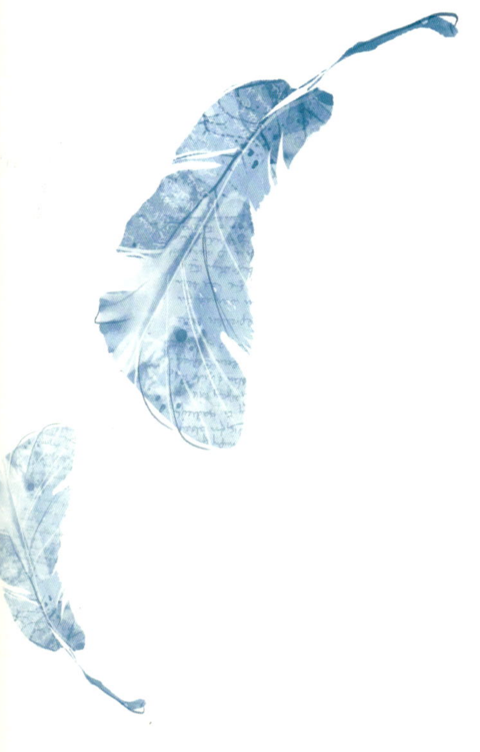

일곱 번째 파도

초판 인쇄/ 2012년 2월 3일
초판 발행/ 2012년 2월 17일

저 자	장정혜
디자인 슈퍼바이저	김원동
일러스트	도기민
책임편집	윤예미

발 행 처	도서출판 지식과 교양
등 록	제2010-19호
주 소	132-908 서울시 도봉구 창5동 262-3번지 3층
전 화	02-900-4520 / 02-900-4521
팩 스	02-900-1541
전자우편	kncbook@hanmail.net

ISBN 978-89-94955-59-9 03810   정가 18,000원